Michael Wallner

SHALOM BERLIN – GELOBTES LAND

MICHAEL WALLNER

SHALOM BERLIN
GELOBTES LAND

KRIMINALROMAN

PIPER

Mehr über unsere Autoren und Bücher:
www.piper.de

Wenn Ihnen dieser Kriminalroman gefallen hat, schreiben Sie uns unter Nennung des Titels *»Shalom Berlin – Gelobtes Land«* an empfehlungen@piper.de, und wir empfehlen Ihnen gerne vergleichbare Bücher.

Die Zitate auf den Seiten 231, 240, 247 und 248 stammen aus:
Goetz, Rainald: Krieg. Stücke. Frankfurt: Suhrkamp Taschenbuch, 2003

Von Michael Wallner liegen im Piper Verlag vor:

In der Alain-Liebermann-Reihe:
Band 1: Shalom Berlin
Band 2: Shalom Berlin – Sündenbock
Band 3: Shalom Berlin – Gelobtes Land

In der Reihe »Die Korffs«
Band 1: In Zeiten der Liebe und des Kriegs
Band 2: Als die Hoffnung uns gehörte

Unser Versprechen für mehr Nachhaltigkeit
Klimaneutrales Produkt
FSC®-zertifiziertes Papier
Hergestellt in Europa

FSC
www.fsc.org
MIX
Papier aus verantwortungsvollen Quellen
FSC® C083411

ISBN 978-3-492-06256-5

Satz: Satz für Satz, Wangen im Allgäu
Gesetzt aus der Goudy Old Style
Druck und Bindung: CPI books GmbH, Leck
Printed in the EU

1

»Modernes Hebräisch.« Onkel Chaijm wiegte den Kopf. »Gibt es so etwas wie modernes Hebräisch?«

Die Gesellschaft lachte und erhob die Gläser.

»Dreitausend Jahre ist unsere Sprache alt, aber eines ist sie nie gewesen: modern.« Chaijms Blick blieb an dem jungen Paar hängen. »Im modernen Hebräisch heißt ›Erusin‹ *Engagement*. Im Allgemeinen bedeutet das Wort *Verlobung*. Wir sind hier, um Verlobung zu feiern.«

Einige Gäste nahmen das als Stichwort, die Gläser klingen zu lassen. Die Liebermanns kannten die biblische Länge von Chaijms Ansprachen und warteten erst mal ab.

»Gemäß rabbinischer Tradition zelebriere ich Erusin

als *Kiddushin*«, fuhr der Rabbi fort. »Das bedeutet *Heiligung*. Die Braut soll dem Bräutigam geheiligt übergeben werden. Das ist wahrscheinlich der Grund, weshalb die Juden die Eheschließung seit dem Mittelalter gleich nach der Verlobung vollziehen. Sie fürchten wohl, dass die Unberührtheit der Braut in Gefahr gerät, wenn nach der Verlobung zu viel Zeit verstreicht.«

Obwohl wieder Gelächter erklang, entging Chaijm nicht, dass die Aufmerksamkeit der Gesellschaft nachließ. Er ergriff sein Glas. »Und so rufe ich euch zu: *Selig, wer zum Hochzeitsmahl des Lammes geladen ist!* L'Chaim!«

»L'Chaim!«, echoten sie einstimmig, gerührt und ein wenig erleichtert, weil es gleich etwas zu essen geben würde.

Alain küsste die Braut. »Das wäre geschafft.«

Diana löste sich aus seiner Umarmung. »Ich liebe es, wenn du romantische Sachen sagst.« Sie hatte den Schalk im Auge, außerdem einen weißen Schleier im Haar, mit Spitze verbrämt, ihr einziges Zugeständnis an den Status der Braut. Im Übrigen trug sie ein knapp sitzendes, knielanges Kleid.

Während die Liebermann-Meute zum Büfett drängte, manövrierte Alain seine Braut in die Gegenrichtung. Im grünen Salon küsste er sie noch einmal.

»Wofür war das?« Sie wischte ihm Lippenstift vom Kinn.

»Dafür, dass du es wirklich mit mir riskierst.«

»Im Gegenteil. Mit mir hast du dir ganz schön was eingebrockt.«

»Herrliche Zeiten werden das.« Er warf einen Blick ins Balkonzimmer. »Kümmere dich besser um deinen Vater. Er sitzt ganz allein da drüben.«

»Ich beneide dich.«

»Wofür?«

»Dass du mit deiner wunderbaren Großmutter plaudern kannst, während ich zu meinem miesepetrigen Vater muss.«

»Setz dich später einfach zu uns. Helene freut sich, mit dir über Italien zu reden.«

Diana wechselte ins Balkonzimmer, wo Vater Göring an einem Stück Matze knabberte.

»Das ist ungesalzen«, begrüßte er seine Tochter. »Trocken ist es auch.«

»Es ist Matze, Papa. Es soll trocken und ungesalzen sein.«

Die jüdischen Liebermanns waren in Großmutter Helenes Wohnung auf dem Ku'damm zusammengekommen, um mit der nicht-jüdischen Familie Göring Verlobung zu feiern. Die Görings stammten aus Wuppertal, wo Dianas Vater immer noch lebte. Der Rest der Familie hatte sich in der Nachkriegszeit nach Dänemark abgesetzt. Diana pflegte keinen Kontakt zu ihren dänischen Familienangehörigen und außer zu Weihnachten auch keinen zu ihrem Vater. Aber bei ihrer Verlobung wollte sie nicht die einzige Göring unter all den Liebermanns sein und war das Risiko eingegangen, ihre Familie nach Berlin einzuladen.

»Ich bring dir etwas anderes vom Büfett.« Sie nahm ihrem Vater den Teller ab.

Alain setzte sich vor seiner Großmutter auf den Boden. Der schöne Makartsessel, der während der Weimarer Republik in den Besitz der Liebermanns gekommen war und die Nazizeit überdauert hatte, diente der alten Dame als

Thron. Da keine weitere Sitzgelegenheit in der Nähe stand, beugten sich unerfahrene Familienmitglieder zu ihr herunter. Die Klugen wählten den Platz des Hofnarren und saßen zu Füßen Helenes.

»Hast du meine Nachricht gekriegt, Oma?«

»Eine Nachricht, Vegele?« Um ihn anzusehen, legte sie den Kopf schief. An Weihnachten war der Bügel von Helenes Brille abgebrochen. Im Alter von sechsundneunzig Jahren fand sie, es lohne sich nicht mehr, das reparieren zu lassen. Die Brille saß beängstigend schief. »Ich habe keine Nachricht von dir bekommen.«

»Hast du deinen Laptop überhaupt aufgeklappt?«

Helene nippte am Cognac. »Nicht oft.«

»Ich habe dir den Computer geschenkt, damit wir einander besser erreichen. Du kannst jeden damit erreichen. Die ganze Welt kannst du dir so in die Wohnung holen.«

»Was soll ich mit der ganzen Welt in meiner Wohnung? Mir reicht der Unsinn, den das ZDF verzapft.«

»Das ZDF kannst du auch auf dem Computer gucken.«

»Wozu?« Helene zeigte zu ihrem Fernseher. Das mächtige Röhrengerät nahm die ganze gegenüberliegende Ecke ein.

Plötzlich kam sich Alain mit seiner Digital-Pädagogik lächerlich vor. In Helenes Gesicht konnte man die ganze Welt, die Geschichte Deutschlands, die Geschichte der Juden ablesen, ihr Gesicht war eine Landkarte, die man auf Google Maps nicht fand.

»Aber jetzt bist du da, Vegele, und kannst mir deine Nachricht persönlich ausrichten.« Sie hielt ihr leeres Glas hoch. Sofort griff eine dienstfertige Hand danach. Die anderen Liebermanns hielten höflichen Abstand, während Helene im Gespräch war, doch sie stand stets im Mittelpunkt der Aufmerksamkeit.

»Noch ein Cognac?«, fragte Alains Cousine Anna.

»Hunger hab ich. Bring mir bitte was von den Kreplach.«

»Kreplach? Sind die nicht zu schwer?«, erwiderte Anna fürsorglich. »Eigentlich solltest du nicht ...«

»Hast recht.« Helene tätschelte die Hand ihrer Enkelin. »Ich sollte nicht. Aber wir feiern Erusin. Also bring mir zwei schöne Kreplach.«

»Ich habe Italien gebucht«, sagte Alain, während Anna zum Büfett loszog. »Das habe ich dir in meiner Mail geschrieben. Aber dann habe ich mir doch Gedanken gemacht.«

»Worüber?«

»Mir sind so Sachen eingefallen.«

»Zum Beispiel?«

»Dass du deine Brille nicht reparieren lassen willst. Du willst den Computer nicht einschalten. Willst du denn überhaupt nach Italien fahren?«

»Was hat das eine mit dem andern zu tun?« Sie berührte seinen Scheitel.

»Du sagst in letzter Zeit so Sachen ... Zum Beispiel, wenn ich dir neue Hausschuhe kaufen will, sagst du: *Zahlt sich das noch aus?* Oder wenn ich finde, du rauchst mehr in letzter Zeit, antwortest du: *Glaubst du, es könnte mich umbringen?* Was du sagst, hat oft mit ... mit ...«

»Mit dem Tod zu tun.«

Er sah sie an.

Sie nickte freundlich. »Womit denn sonst, Vegele? Der alte Freund ist ständig da. Er streicht durch die Zimmer, er schmökert in meinen Büchern. Er kostet von meinem Essen, wir plaudern beim Cognac miteinander. Was denkst du? Dass der Tod irgendwann gewaltsam zupackt, so wie der Mörder im *Tatort?* In meinem Alter ist der Freund immer um mich, Vegele, auch jetzt. Das ist das Schöne, wenn man so alt wird wie ich. Man hat Zeit, diese Freundschaft zu pflegen.«

»Ich will aber nicht, dass du stirbst.« Alain war Hauptkommissar, ein tougher Kerl vom Staatsschutz, aber er konnte nichts dagegen tun, dass seine Augen feucht wurden.

»Mein Jingele, ach, mein Jingele.« Sanft und streng streichelte sie seinen schwarzen Haarschopf. »Frag mich bloß nicht nach der Kehrseite des Alters.«

»Wieso? Ist irgendwas nicht in Ordnung?«

»Ich mag dir solche Sachen nicht erzählen.«

»Was für Sachen?« Er stemmte sich auf die Knie hoch.

»Letzte Woche hatte ich Durchfall, und diese Woche kann ich überhaupt nicht aufs Klo gehen.« Sie zwinkerte. »So, jetzt weißt du's. So sieht das gesegnete Alter aus.«

Alain verstand genau, dass sie ihm solche geriatrischen Fakten nur an den Kopf warf, um ihm seine Sentimentalität auszutreiben. Niemand besaß so viel Gefühl wie Helene, aber Sentimentalität konnte sie nicht leiden.

»Erzähl mir von Italien. Du hast für uns gebucht?«

»Ja, du wirst staunen, ein schönes Haus mit Garten. In der Anzeige schreiben sie *rollstuhlgerecht*, aber was weiß man schon in Italien? Es liegt am Rande der Amalfiküste, fast auf der Sorrento-Halbinsel. Dort dürfte es mit den Touristen nicht so schlimm sein. Ich frage mich trotzdem, ob dir das nicht zu viel wird.«

»Zu viel? Ich freu mich. Ach, ich freu mich so.« Temperamentvoll schlug Helene mit der Linken auf die Armlehne, mit der Rechten nahm sie den Teller von Anna entgegen.

»Worüber freust du dich?«, erkundigte sich die Enkelin.

»Auf meinen Urlaub.«

Konsterniert wandte sich Anna an Alain. »Wann hat Oma das letzte Mal Urlaub gemacht?«

»Neunzehnhundertvierundneunzig«, antwortete die Großmutter. »Auf Teneriffa. Eine grässliche Insel. Wer will schon schwarze Strände sehen? An der Amalfiküste sind die Strände weiß, oder?«

Im Balkonzimmer wurde es laut. Alain stand auf. Es sah nach einem Streit zwischen Diana und ihrem Vater aus.

»Entschuldige mich bitte, Oma.«

Diana war nicht sicher, ob sie es mit Ignoranz, Demenz oder Antisemitismus zu tun hatte. »Worüber regst du dich auf, Papa? Dir war Religion doch immer egal.«

»Du willst zum Judentum übertreten? Die Görings sind Katholiken. Die Görings waren *immer* katholisch.« Der grauhaarige Göring gestikulierte wie ein schlechter Schauspieler.

»Wann bist du das letzte Mal in der Kirche gewesen?«

»Ich bin Spendenmitglied der Laurentius-Basilika Wuppertal!«

»Was hat das mit meiner Verlobung zu tun?«

Wie ein Geier, der das Fliegen verlernt hatte, wedelte Göring mit den Armen. »So war es immer schon! Du machst, was du willst! Alle andern sind dir egal.«

»Komm mir jetzt nicht damit, dass du der vereinsamte Rentner bist, den keiner mag.«

»Ich bin der vereinsamte Rentner, den keiner mag!«

»Und woran liegt das? Sieh dich um. Die Welt dreht sich weiter, Papa, auch wenn du das in deinem beschissenen Wuppertal nicht mitkriegst. Jüdinnen heiraten katholische Deutsche, Türkinnen schlafen mit Männern aus Schleswig-Holstein, agnostische Frauen lassen sich auf Saarländer ein, so läuft es heutzutage. Und das wäre dir aufgefallen, wenn du mal über deinen Tellerrand hinausschauen würdest.« Diana fauchte. »Du machst mir meine Verlobung nicht kaputt, du nicht!«

Alain war nicht schnell genug im Balkonzimmer, um einzugreifen. Ein kräftiger Mann in mittleren Jahren kam ihm zuvor.

»Di! Bitte beherrsch dich, Di!«, sagte Vizepräsident Ewald Beryll.

Diana hatte Beryll öfter gebeten, sie nicht wie die verstorbene *Prinzessin der Herzen* anzureden, aber er ließ sich nicht davon abbringen.

»Komm zu dir, Di. Es sehen ja schon alle hierher«, setzte er noch eins drauf.

Die dänischen Görings waren näher gekommen, wohl nicht, um den Streit zu schlichten, sondern um mitzuerleben, wie sich die deutschen Görings zerfleischten. Als Letzter traf der Bräutigam ein. Er fasste Diana am Arm. »Was war los?«

»Sie hat sich aufgeregt«, antwortete Beryll an ihrer Stelle.

Wer bist du, ihr Psychiater?, dachte Alain. Er hatte den Mann mit dem großen Ego und dem unmännlich breiten Hintern noch nie gemocht. Neulich erst hatte man Beryll zum Vizepräsidenten des Verfassungsschutzes ernannt.

»Ich muss was trinken«, knurrte Diana. »Wollen wir was trinken?« Sie streichelte Alains Hand.

»Darf ich mich anschließen?«, fragte Beryll.

»Wollen wir den Verfassungsschutz mitnehmen?«, seufzte Alain.

Zu dritt betraten sie die Küche.

Die Frau am Büfett war Malaiin, der Mann bei den Getränken Jordanier. Man hätte misstrauisch werden können, ob die Regeln der koscheren Küche von den beiden eingehalten wurden. Doch bisher zeigten sich alle einschließlich des Rabbiners zufrieden.

Alain nahm ein Glas Wein. »Du auch?«

Diana bemühte sich, das Vorgefallene abzustreifen. »Für mich etwas Härteres. Was trinkt Helene?«

»Cognac.«

»Einen dreistöckigen«, bestellte Diana beim Jordanier.

Ausgerüstet mit zwei Chardonnays und einem Napoléon, betraten sie den Küchenbalkon. Schwer brütete der Sommer über Berlin. Als ob man durch Glasfasern gehen würde, so fühlte sich die Hitze an, tagelang, wochenlang. Es war Ende Juni, aber die Natur wirkte vertrocknet wie im August. Die braunen Wiesen, die ausgedörrten Wälder Brandenburgs erinnerten an Urlaub in Griechenland. So, wie er früher war, als Lea noch lebte. Inzwischen war die Hitze weit in den Norden vorangekommen. In London kletterte das Thermometer auf die Werte Barcelonas, in Berlin war es heißer als in Athen. Die große Seuche, die über die Welt gekommen war, hatte den Planeten nur kurz aufatmen lassen. Die Luft war frischer geworden, das Wasser klarer, die Straßen leerer. Der Himmel über Berlin gehörte wieder den Vögeln, weil deutsche Rentner nicht mehr nach Peru oder Myanmar fliegen konnten. Eine neue Genügsamkeit, eine neue Bescheidenheit schien von den Menschen Besitz ergriffen zu haben. In Wirklichkeit war es nur die Angst vor dem unsichtbaren Tod.

Alain war neugierig, was Diana so aus der Fassung gebracht hatte, aber in Gegenwart von Beryll wollte er sie nicht danach fragen. Sein Handy klingelte. Er hätte es abstellen müssen. Am Tag seiner Verlobung durfte man schon mal unerreichbar sein. Doch wegen der Gratulanten aus Übersee hatte er es eingeschaltet gelassen. Die Liebermanns aus Seattle, die Liebermanns aus Reykjavik hielten den Himmel über Berlin sauber und waren nicht angeflogen. Alain nahm das Ding aus der Tasche. Es war kein Gratulant aus Übersee.

2

»Mein Sohn Ghazal ist auf die Erika-Mann-Grundschule gegangen«, sagte Frau Nuraddin. »Er war einer von zehn Schülern in der Begabten-Klasse. Mit fünf Jahren konnte Ghazal die *Bürgschaft* von Schiller auswendig aufsagen. Während der Pandemie hat ihn unsere Nachbarin, die alte Frau Konopke, gebeten, zu *Lidl* zu gehen. Ghazal hat das gern getan, er hat für mehrere Leute im Haus eingekauft. Er ist nicht zurückgekommen. Viele Leute waren auf seiner Beerdigung, selbst der Bürgermeister, weil die *Tagesschau* dort gedreht hat. Niemand wollte die Frage beantworten, wie der Körper eines Achtjährigen so zerbrochen werden konnte, dass man ihn in einen Wartungsschacht stopfen konnte. Ein quadratisches Loch im Beton war das Grab Ghazals. Es gibt keine Antworten auf Fragen, die man nicht einmal denken kann.«

Frau Nuraddin trug kein Kopftuch, keinen Schleier. Sie sprach akzentfreies Deutsch. Ihre Haut war bronzefarben, ihre Augen dunkel, traurig, ausdrucksstark. Sie stand in einer Gruppe von zwanzig Frauen, die am Fundort demonstrierten. Die Polizei nötigte sie nicht, zurückzutreten. Die Frauen trugen Schilder auf der Brust, bemalte Pappdeckel, die die Namen ihrer vermissten, ihrer getöteten Kinder trugen.

»Wir haben darauf gewartet, dass die Polizei die Fälle löst«, sagte Frau Nuraddin. »Wir haben geduldig gewartet, als man zusätzlich das Bundeskriminalamt eingeschaltet hat. Wir haben die Geduld nicht verloren, als der Staatsschutz darauf angesetzt wurde. Wir haben gewartet, und wir haben gebetet. Acht unserer Kinder sind tot, vier weitere werden vermisst. Bis jetzt haben Sie nicht einen einzigen Fall gelöst, Herr Liebermann. Unsere Kinder sterben weiter.« Die hochgewachsene Frau trat auf Alain zu. »Sie sollten etwas dagegen tun. Aber Sie tun nichts dagegen. Niemand tut etwas.«

Sie überreichte ihm eine Mappe, Lederimitat mit goldverstärkten Rändern.

Er nahm sie entgegen. »Was ist das?«

»Darin ist alles, was wir gesammelt haben. Fotos von den Fundorten der Leichen. Mütter sind hingegangen und haben die Orte fotografiert, wo ihre Kinder gefunden wurden. Sie finden auch Bilder unserer Kinder, so wie wir, die Mütter, die Schwestern, die Großmütter sie in Erinnerung haben. Wir bringen unseren Kindern bei, wie man in dieser Welt auf sich aufpasst und auf andere

Rücksicht nimmt.« Frau Nuraddin wies auf die Frau hinter sich. »Der Sohn von Jamila wird seit einer Woche vermisst. Er könnte noch am Leben sein. Was tun Sie, Herr Liebermann, was tun Sie, um unsere Kinder zu schützen?«

Alain hatte ein Erbe übernommen, das niemand wollte. Die unterschiedlichen Dienststellen hatten zunächst Einzelfälle bearbeitet. Fünf Kinder waren gestorben, bevor jemand auf den Gedanken kam, ihre Tode in Verbindung zu bringen. In einer Stadt wie Berlin starben jährlich viele Kinder, manche gewaltsam. Fünf tote Kinder ergaben noch keinen zusammenhängenden Fall. Nicht die Behörde, die Öffentlichkeit stellte den Zusammenhang her. Die Medien behaupteten. Die Politik erschrak. Die Politik verlangte. Köpfe rollten. Der Bürgermeister forderte. Der Innenminister befahl.

Weil es Kinder waren. Weil tote Kinder die Betrachtungsweise änderten. Ein getötetes Kind war das Schlimmste, was einer Familie geschehen konnte. Inzwischen war der Fall ein rotes Tuch geworden. Keiner wollte ihn. Man konnte keine Lorbeeren damit gewinnen. Alain hätte es in der Hand gehabt, sein Team aus der Sache herauszuhalten. Kindermord in Berlin war eine Aufgabe für das Landeskriminalamt. Doch als Alain von seinem Chef, dem Direktor, auf die toten Kinder angesprochen worden war, zögerte er keinen Moment. Alain war kein Ritter in schimmernder Rüstung, kein Retter der Witwen und Waisen und kein kriminalistischer Kamikazekämpfer. Er wollte nur verhindern, dass Kinder starben.

Nachdem Lea, Alains erste Frau, in ihrem eigenen Haus vergewaltigt worden war, nachdem sie schlimme

Erfahrungen mit der Strafbehörde durchmachen musste, nachdem der Täter eine harmlose Bewährungsstrafe bekam und nie ein Gefängnis von innen sah, waren die Liebermanns aus dem Viertel weggezogen und ließen sich in Pankow nieder. Lea wurde schwanger. Ein Kind sei das beste Heilmittel für ihren Zustand, nahm Alain an. Aber Lea war geschwächt. Obwohl sie behauptete, sich auf das Kind zu freuen, schien ihr die Kraft für ein zweites Leben in ihrem Körper zu fehlen. Das Kind starb im fünften Monat. Nicht lange danach wurde bei Lea Krebs festgestellt.

Es gab keine Verbindung zwischen Alains Kind, das nie geboren wurde, und den toten Kindern aus dem Wedding. Aber es gab den Schmerz. Alain hatte sich diesen Schmerz gemerkt, sich mit ihm verbündet, lange bevor er die Frauen kennengelernt hatte. Er hatte sein eigenes Kind sterben lassen müssen, hatte Lea beim Sterben zugesehen. Er wollte keine Kinder sterben sehen.

Alain nahm die Mappe entgegen. Er machte den Frauen keine Versprechungen, verabschiedete sich und betrat das Gebäude, in dem das achte tote Kind in einer aufgelassenen Manufaktur gefunden worden war. Er vermochte nicht sofort, hinaufzugehen. In der zweiten Etage legte er die Mappe auf das Fensterbrett und sah hinaus.

Der Wedding. Hübsche Häuser standen hier, trotzdem zog man lieber nicht in das Viertel. Es gab Gewerbehöfe, die kaum jemand betrat, der Deutsch sprach. In denen sich die Polizei in Corona-Zeiten nicht zu prüfen getraut hatte, ob die Leute Masken trugen. Es gab protestantische Friedhöfe, auf denen Muslimas ihre Kinderwagen schoben. Im Wedding betrat man die Welt einer anderen Religion. Muslime und Christen lebten gemischt, aber die Lebensmittel in den Supermärkten gaben Auskunft darüber, wessen Suppe hier wirklich gekocht wurde. Der Wedding war dabei kein migrantischer Hotspot, keine problematische Randlage, es war ein Bezirk im Herzen Berlins. Vor der Wende war der Wedding die Frontlinie zum Osten gewesen. Man erkannte die Grenze noch, aber nicht wegen des ehemaligen Mauerstreifens, sondern weil im Wedding die Wohnbunker standen, nach dem Krieg hastig hochgezogen, um Wohnraum im zerbombten Berlin zu schaffen. Im Osten waren die Gründerzeithäuser vierzig Jahre lang verfallen. Nach der Wende beendeten sie ihr Dornröschendasein, wurden aufwendig restauriert und boten zahlungskräftigen Bewohnern ein neues Heim. Dort residierten heute IT-Manager, Verleger, Hedgefonds-Jongleure, Russen, Franzosen, Tesla-Fahrer.

Alain nahm die Mappe unter den Arm und ging in den dritten Stock.

***

»Diese Frau Nuraddin ist schon etwas ganz Besonderes.« Er schaute durch die Schlitze der Jalousie in den verhangenen Himmel. »Statt den Schmerz über den Tod ihres Kindes zu bewältigen, lädt sie den Schmerz über all die ermordeten Kinder auf sich.«

»Dadurch ist es leichter.« Salma drehte den Rollstuhl in Alains Richtung. »Nichts ist schwerer zu ertragen als Ohnmacht. Frau Nuraddin streift die Ohnmacht ab, sie ist aktiv geworden. Sie bewirkt etwas. Andere schließen sich ihr an.«

Alain hatte den inneren Kreis seiner Einheit in den

Konferenzraum bestellt. Die Gäste auf seiner Verlobungsparty waren inzwischen wahrscheinlich zu den Süßigkeiten übergegangen, den Halvaschnecken, den mit Marzipan gefüllten Datteln. Sie feierten ohne ihn weiter. Warum auch nicht? Wenn es brannte, rief man die Feuerwehr, wenn ein Mord geschah, die Polizei. Auch am Tag seiner Verlobung war Alain Polizist.

Er befand sich im Kreis von Menschen, die ihm ans Herz gewachsen waren. Nummer zwei des *Mobilen Einsatzkommandos Staatsschutz* war Salma Defraui, die Analystin, seit Kurzem verheiratet, durch eine Schussverletzung im Dienst Dialysepatientin ohne Aussicht auf eine Spenderniere. Nummer drei war der Riese, der Zweimeterzehnmann mit dem gütigen Herzen und der Treue einer Taube. Velkan, der Hacker, hatte keine Nummer. Keine Firewall hielt ihm stand, im digitalen Dschungel schwang er sich von Liane zu Liane. Velkan war der frischgebackene Ehemann Salmas. Wenn eine unmögliche Liebe je zu einer unmöglichen Ehe geführt hatte, dann bei diesen beiden. Velkan, das Fluchttier, Salma, die Menschen umarmende Palästinenserin, die nur an Grenzen stieß, wenn sie es mit dem Rollstuhl nicht über den Bordstein schaffte.

»Haben wir die vorhandenen Ähnlichkeiten ausreichend auf Eindeutigkeit geprüft?«, fragte Alain.

Salma hielt dicht vor ihm. »Es ist uns bisher nicht gelungen, aus zwölf unterschiedlichen Fällen *einen* Fall zu schmieden, weil es keine eindeutigen Ähnlichkeiten gibt.«

»Sechs der Kinder stammen aus dem gleichen Umfeld. Alle zwölf wurden am helllichten Tag entführt. Kann man das nicht als homogenen Opferpool bezeichnen?«

»Du *willst* es so bezeichnen. Weil die Mütter der Kinder nicht müde werden, das zu behaupten.«

»Ich bin nicht das Sprachrohr dieser Mütter.«

»Aber indem die Mütter die Fälle in Verbindung bringen, schaffen sie es, sie in der öffentlichen Wahrnehmung wachzuhalten«, entgegnete Salma.

»Vergessene Morde werden nachweislich seltener aufgelöst als solche, die die Gemüter erregen«, pflichtete Nummer drei bei.

Alain war müde. Das kam vom Chardonnay. »Die Anzahl mehrerer Morde in relativ kurzer Zeit ist der stärkste Hinweis, den wir haben.«

»Im Schnitt gibt es in Berlin siebzig Kindermorde pro Jahr«, konterte Salma. »Die acht Kinder, so traurig ihr Tod auch ist, stellen statistisch keine Abweichung vom Durchschnitt dar.«

Alain wollte die Müdigkeit abschütteln. »Die meisten Opfer sind Jungs, schlank, sportlich, zwischen acht und dreizehn Jahren alt. Sie stammen aus Familien mit muslimischem Hintergrund. Ergibt sich daraus nicht ein Muster?«

»Keines, das ich erkennen kann.« Salma rollte zum Tisch. »Im ersten Fall haben wir eine Schießerei mit darauffolgender Strangulation.« Sie griff zur nächsten Akte. »Beim Tod des kleinen Mahmud kam es zum bisher einzigen sexuellen Übergriff. An dem neunjährigen Yussuf konnte der Pathologe wegen des Zustands der Überreste seines Körpers nicht einmal die Todesursache feststellen. Ghazal, der Sohn von Frau Nuraddin, starb durch Strangulierung. Die Frakturen an seinem Körper wurden ihm post mortem zugefügt.«

Im Humboldthain, verborgen hinter Eibensträuchern,

war die fünfte Leiche gefunden worden. Auf einem verlassenen Gewerbehof an der Bornholmer Brücke hatte ein Obdachloser das sechste tote Kind entdeckt. Vergraben nahe der Osloer Straße war die siebte Leiche schon ziemlich verwest gewesen.

Salma setzte den Rollstuhl zurück. »Es bricht mir das Herz, das anzusehen, schon die Vorstellung bricht mir das Herz, trotzdem erkenne ich hier keine Verbindung.«

Velkan hatte bis jetzt nur zugehört, wie meistens, wenn seine Frau den Diskurs bestimmte. Es sollte nicht so aussehen, als ob das Ehepaar gemeinsam Partei ergriff. Jetzt ergriff Velkan Partei, gegen Salma.

»Das Vorgehen eines Serientäters ist manchmal unbeständig.«

Velkan hatte es ausgesprochen, das Wort, das bisher jeder vermied, die Polizei, das BKA und auch der Bürgermeister. *Serientäter*. Ein Serientäter in Berlin war ein Phantom, das keiner wollte, die Politik nicht, die Tourismusbranche nicht und die ermittelnde Behörde genauso wenig.

»Eine Mordserie ist nicht einmal ansatzweise festzustellen«, widersprach seine Gattin.

Velkan schlang den linken Arm um seinen Nacken, eine Haltung, in die er verfiel, wenn er in Bedrängnis geriet. »Mit den Augen eines weißen Deutschen betrachtet, sehen diese Kinder alle irgendwie ähnlich aus. Dunkelhäutig, schwarzhaarig, schlank und sportlich. Ihre Abstammung ist ohne Ausnahme muslimisch.«

Salma musterte ihn überrascht. »Du hast das Profil deines *Serienkillers* ja schon deutlich vor Augen: der widerliche Deutsche, der muslimische Kinder entführt und tötet.«

Velkan schlang auch den rechten Arm um seinen Nacken. »Das habe ich nicht gesagt.«

Salma rollte auf ihn zu. »Berlin ist voll von potenziellen Opfern, die in dein Schema passen. Die meisten der getöteten Kinder stammen aus einem sozial schwachen Umfeld. Bei der Aufklärung gibt es ein zusätzliches Problem: das historische Misstrauen der muslimischen Kommune gegenüber der Polizei. Diese Leute fühlen sich verfolgt, sie gehen mit ihren Anliegen nicht zu den Behörden. Sie fühlen sich in Deutschland als Menschen zweiter Klasse.«

»Was hat das mit der Verbindung zwischen den Morden zu tun?«

»Das offizielle Berlin will eine solche Verbindung nicht wahrhaben. Man ist bemüht, den Medienlärm leise zu halten, aus Angst, er könnte Investoren abschrecken und dem Ruf Berlins als Partystadt Europas schaden.«

»Der Lärm ist bereits da«, ging Alain dazwischen. »Er wird nicht aufhören, bis wir den Fall gelöst haben. So lange muss Berlin damit leben, nicht die Partymetropole Europas zu sein.«

Er zog den Aktenstapel heran.

»Ich habe meine Verlobungsparty verlassen, um an einen Ort zu fahren, an dem man die Leiche eines Zehnjährigen in einem schwarzen Müllsack deponiert hat. Wenn ich schon der Spoiler meiner eigenen Verlobung bin, will ich mir jetzt jeden einzelnen Fall noch mal vornehmen.«

»Ich hasse es, das zu sagen.« Salma griff nach den Akten, die Alain ihr zuwies. »Um Verbindungen zwischen den Taten zu finden, müssen wir möglicherweise auf weitere Leichen warten.«

Eine Stunde später, als draußen bereits die blaue Stunde anbrach, läutete Alains Telefon. Er nahm ab.

»Heute Nacht könnte ich Ihre Hilfe gebrauchen, Herr Liebermann.«

»Wer spricht da?«

»Beryll hier.«

»Herr Vizepräsident?«, fragte Alain verwundert. »Ich dachte, Sie sind auf meiner Party.«

»So wie Sie ruft auch mich die Pflicht«, erwiderte Beryll. »Es geht um einen Einsatz gegen Victor DeGroot.«

Victor DeGroot war ein international gesuchter Schwerverbrecher. Dutzende Morde, die Verletzung zahlloser Wirtschaftsgesetze, Korruption, Cyberkriminalität, Geldwäsche, Verrat von Staatsgeheimnissen gingen auf sein Konto.

Alain sah seine Mitstreiter an und schaltete auf Lautsprecher. »Meinen Sie DeGroot, den Schwarzmarkthändler?«

»Er ist in Berlin«, bestätigte Beryll. »Heute Nacht können wir ihn fassen.«

»Warum glauben Sie, dass wir Ihnen dabei helfen können, Herr Vizepräsident?«

»Lassen Sie den Präsidenten mal weg, Alain. Die Aktion ist extrem kurzfristig anberaumt worden. Ihr mobiles Einsatzkommando hat die richtigen Leute und das nötige Equipment. Ich fordere Ihr Team zur Unterstützung an.«

»Sollen wir zu Ihnen rüberkommen?«

»Besser, ich komme zu Ihnen, Alain.«

»Gut. Dann erwarten wir Sie also … ähm, Ewald.« Alain legte auf und sah in die Runde.

»Wirst du ihn ab jetzt wirklich *Ewald* nennen?«, erkundigte sich Velkan.

»Ich weiß, das ist hart.«

Salma rollte auf Alain zu. »Was soll deine Braut nur von dir denken, wenn du ihr schon in der Verlobungsnacht davonläufst?«

3

»Der Truck?«, fragte Alain.

»Bereit.«

Er hörte es klicken und einrasten.

»Dreizehn?«

»Bereit.«

»Vierzehn?«, fragte Alain.

»Ich war schon immer bereit«, sagte Vierzehn.

Alain saß in der *Schleuder*, dem Einsatzwagen mit den digitalen Extras. Zu seinem Bedauern musste er hier drinbleiben, während sich draußen das Entscheidende abspielte. Dreizehn und Vierzehn waren die besten Schützen. Fünfzehn rannte die hundert Meter in Weltrekordzeit, Sechzehn war »der Gripper«, er reichte zu, was die anderen brauchten. Alain, der Einsatzleiter, hatte den langweiligsten Job. Er leitete den Einsatz.

Zwölf bis Sechzehn näherten sich dem Gebäude von der Ostseite. Das Team vom Verfassungsschutz rückte aus Norden an.

Zwischen Rudow und Altglienicke verlief die Autobahn. Zu beiden Seiten lagen Industrieruinen. Wer auf diesem Gelände Waren verschob, konnte sich bei Gefahr rasch absetzen – über die A113 auf und davon.

»Wer gibt Deckung?«, fragte Alain.

»Vierzehn«, sagte Vierzehn.

»Fünfzehn, *move*«, sagte Alain.

Fünfzehn rannte los. Alain aktivierte die Waffensysteme. *Waffe eins aktiviert*, sagte die Computerstimme. *Waffe zwei aktiviert. Waffe drei aktiviert*, sagte das System.

»Haltet die Klappe«, knurrte Alain und schwenkte die MU-6 in die Positionen. »Systeme einsatzbereit«, informierte er das Team.

»Männer im dritten Stock«, kam es über Funk. »Ich zähle vier«, sagte Fünfzehn.

»Dreizehn, Beobachtungsposition«, gab Alain durch.

»Bereit.«

Alain fokussierte die Optik der MU-6. Die Kamera gab Umrisse eines Kopfes wieder. Das System glich die Umrisse mit den Daten ab. *DeGroot, Victor*, bestätigte das System.

»Der Gesuchte ist im vierten Stock«, sagte Alain.

»*Move*«, sagte Dreizehn.

»*Move*«, bestätigte Alain.

Warum sagten sie *Move?* Warum sagten sie nicht

Los, wie früher, oder *Zugriff*, wie noch früher? Manchmal wünschte sich Alain die gute alte Zeit von *Los* und *Zugriff* zurück. Er war erst vierzig, krittelte aber schon an den neuen Verhaltensregeln herum. Wie alt musste man sein, um *Move* cool zu finden? Die meisten aus seinem Team waren in ihren Zwanzigern.

»Move«, sagte Alain ins Mikrofon.

Fünfzehn erreichte das Ziel, Dreizehn und Vierzehn folgten. Sechzehn blieb draußen.

»Sie haben *Coms*«, sagte Fünfzehn und meinte, dass die Leute Headsets trugen.

»Wie viele?«, fragte Alain.

»Zwei im nordwestlichen Korridor.«

»Dreizehn, die gehören dir.«

»Bin in einer Minute da.«

»Ich hätte dich vor einer Minute dort gebraucht. Zwölf, du bist näher. Du übernimmst.« Alain schwenkte die MU-6.

»Die Ware ist im dritten«, sagte Vierzehn.

»Zwölf, bist du dran?«

»Bereit.«

»Die Treppe hoch, dann links. Zielperson am Ende der Halle.«

Alain hörte Schritte, Knarren, Klicken, Atmen.

»Sichtkontakt zu Zielperson«, sagte Zwölf. »Der Mann hat eine Geisel. Wiederhole: Geisel, weiblich, Asiatin, möglicherweise bewusstlos.«

»Erkennst du DeGroot?«

»Eindeutig.«

»Fünfzehn, du kümmerst dich um die Geisel«, sagte Alain in Abänderung des Planes.

»Bestätigt.«

»Einsatz in zehn«, sagte Alain. »Einsatz in zehn«, wiederholte er für das Team vom Verfassungsschutz.

»Bestätigt«, lautete deren Antwort.

»Auf mein Kommando.« Alain benützte die Formulierung ungern, aber sie war Standard. »Drei. Zwei. Eins.«

Er aktivierte alle drei MU-6 gleichzeitig. Das Gebäude wurde unter Beschuss genommen. Das Gebäude, nicht die Insassen. Zwölf bis Sechzehn sollten unbemerkt an DeGroot herankommen, solange dessen Leute den Beschuss abwehrten.

Alain fokussierte das Wärmebild. »Dreizehn, Fünfzehn – move.«

Eine Tür barst. Zwei Salven. Ein Schrei. Zwei weitere Salven.

»Habe die Geisel«, meldete Fünfzehn. »Keine Angst, wir bringen Sie hier raus«, hörte Alain ihn zur Geisel sagen.

»Und DeGroot?«, fragte eine neue Stimme. »Was ist mit DeGroot?«

»Beryll?«, fragte Alain.

»Vor Ort. Wo ist DeGroot? Wir brauchen DeGroot.«

»Ich evakuiere die Geisel«, sagte Fünfzehn.

»Scheiß auf die Geisel!«, rief Beryll. »DeGroot!«

»Ist nicht hier«, kam es von Dreizehn.

»Bestätige. Nicht hier«, sagte Vierzehn.

»Sechzehn, ist DeGroot unten rausgekommen?«, fragte Alain.

»Negativ«, antwortete Sechzehn.

»Das wird jetzt wehtun«, hörte Alain Fünfzehn sagen. »Das ist Adrenalin.« Alain hörte einen gequälten Atemzug. »Können Sie laufen?«

Schnelle Schritte. Neue Schüsse. Die Schüsse nahmen überhand.

»Wer schießt da?«, rief Alain.

»Auf mein Kommando!«, schrie jemand. Das war Beryll. Beryll rief: »Zugriff, Zugriff, Zugriff!«

Zugriff, die alte Schule, dachte Alain, und für einen Augenblick kam ihm der Gedanke, dass der ganze Einsatz eine Spur zu reibungslos abgelaufen war.

***

Alain stand vor Diana, im Flur ihrer Wohnung in Reinickendorf, dem friedlichsten Ort der Welt.

»Wie ist es gelaufen?«, fragte sie.

Alain hatte nie gern in Reinickendorf gelebt. Lea hatte gern hier gelebt. Auch Diana wohnte in Reinickendorf, sonderbarer Zufall, dass die beiden wichtigsten Menschen in seinem Leben sich in Reinickendorf niedergelassen hatten. Obwohl der entscheidende Grund, die Nähe zum Airport, für Diana weggefallen war, wollte sie nicht fortziehen. Tegel war ein besonderer Flughafen gewesen, wohingegen BER ein gesichtsloses Areal war, wo man Walking-Stöcke brauchte, um die Distanzen zu bewältigen. Der Flughafen *Otto Lilienthal* hatte seine Pforten geschlossen und würde sie nie wieder öffnen.

»Sag doch, wie ist es gelaufen?«, wiederholte Diana.

»Gelaufen?« Statt einer Antwort umarmte er sie. Eine Weile standen sie einfach da.

»Habt ihr ihn?«

»Wen?«

»Ewald hat mir gesagt, heute Nacht sollte ein Drahtzieher gefasst werden.«

Alain knöpfte sein Hemd auf. »So etwas bespricht Beryll mit dir? Diese Dinge erfährt manchmal nicht mal der Minister.«

Diana folgte ihm ins Bad. »Nachdem mich mein Verlobter auf der Verlobungsfeier sitzen gelassen hat, wollte mir Ewald wenigstens eine plausible Erklärung geben, weshalb auch er überstürzt aufbrechen muss.«

»Der Breitarsch will sich nur vor dir wichtigmachen.«

»Sag nicht Breitarsch zu ihm.« Sie sah ihm beim Zähneputzen zu.

»Der Typ zieht dich im Geiste jedes Mal aus, wenn er dich ansieht.«

Diana küsste ihn auf den Zahnpastamund. »Und du? Ziehst du mich auch aus?«

»Aber nicht im Geiste.« Es wurde ein Zahnpastakuss. Mit geschlossenen Augen hielt Alain inne.

Diana trat zurück. »Es ist nicht gut gelaufen, oder?«

»Vierzehn wurde verletzt.«

»Das tut mir leid.«

Er spülte den Mund aus. »Mir tut es leid, dass ich heute abgehauen bin. Dass ich dir den Abend verpfuscht habe.« Sie gingen ins Schlafzimmer. »Ist deine Familie gut nach Hause gekommen?«

»Papa und ich haben uns versöhnt. Ich wollte nicht, dass er meine Verlobung in schlechter Erinnerung behält.« Sie zog den Morgenmantel aus. »Niemand wartet in Wuppertal auf ihn. Ich habe ihn ins Hotel gebracht. Beim Abschied sagte er: Es kommt nichts mehr, nur noch der Tod.«

»Nur der Tod.« Alain küsste sie. Sie legten sich hin. Alain streichelte, umarmte, streichelte sie.

»Ich muss …« Diana war über ihm.

»Hm?«

»Ich muss in fünfundvierzig Minuten wieder aufstehen.«

»Was?« Er kam so heftig hoch, dass ihre Köpfe zusammenstießen.

»Hast du mal auf die Uhr geschaut?« Sie rieb sich die Stirn.

»Viertel vor drei. Na und?«

»Mein Flug nach Brüssel geht um sechs. Ich brauche siebzig Minuten zum BER, also muss ich um halb vier aufstehen.«

»Aber dann … aber dann …« Er ließ die Arme zur Seite sinken. »Dann lasse ich dich jetzt schlafen.«

Sie küsste seine Nasenspitze. »Du hast mich falsch verstanden.«

»Wie?«

»Ich wollte dir nur verständlich machen, dass das eher ein Quickie wird.«

»Da habe ich dich wirklich total falsch verstanden.«

4

»Bedauerlicherweise ist DeGroot geflohen«, sagte Alains Vorgesetzter, der Direktor. »Aber was ist mit den Männern, die Sie festgenommen haben?«

Die Kameras im Konferenzraum waren auf Alain gerichtet. »DeGroot operiert auf Basis einer zellulären Struktur«, antwortete er. »Außer ihm weiß jeder nur einen Teil des Ganzen. Diese Männer sind Laufburschen, mehr nicht.«

»Ziehen Sie selbst diese Schlussfolgerung, oder waren das die Kollegen vom Verfassungsschutz?«, fragte der Direktor.

»Ich habe diesen Schluss gezogen«, ging Ewald Beryll

recht unhöflich dazwischen. Als Vizepräsident des Verfassungsschutzes stand er hierarchisch über dem Direktor, der nur ein Abteilungsleiter war, doch da Alain die operative Leitung gehabt hatte, unterstand dem Direktor die Nachbesprechung.

»Nummer vierzehn wurde bei dem Feuergefecht verwundet«, fuhr Alain fort. »Seine Rettung erschien uns vorrangig.«

»Sehr bedauerlich.« Der Direktor nickte. »Was ist mit der Geisel?«

»Wir konnten sie noch nicht befragen. Sie steht unter Drogen. Laut dem Arzt eine Überdosis.«

»Wer ist diese Frau?«

»Wir arbeiten daran.«

Unbeherrscht stieß Beryll seinen Stuhl zurück und sprang auf. »Die eigentliche Frage lautet doch: Was ist mit DeGroot? Dieser Mann hat die Gaszentrifugen-Technologie an China verkauft. Die Gaszentrifugen-Technologie, ein deutsches Produkt, in den Händen der Chinesen! Und es besteht der Verdacht, dass DeGroot das Patent ein weiteres Mal verkaufen könnte. Die Technologie lässt sich leicht in ein waffenfähiges Produkt verwandeln.« Beryll stützte beide Fäuste auf die Tischplatte. »Die Ergreifung DeGroots ist also nicht nur für Deutschland von Bedeutung, er ist ein internationaler Zulieferer. Bisher war der Mann unsichtbar, wir konnten ihn nicht aufspüren. Es muss einen Grund geben, weshalb er plötzlich in Berlin auftaucht. Seit ich beim Verfassungsschutz bin, versuche ich schon, DeGroot zu fassen. Und was habe ich bisher erreicht?«

»Es ist nicht erwiesen, dass DeGroot …«, wollte sich der Direktor einschalten.

»Unterbrechen Sie mich nicht, wenn ich eine rhetorische Frage stelle«, fuhr Beryll ihn an. »Unsere Operation hätte ein entscheidender Schlag gegen den internationalen Schwarzhandel sein können. Dass DeGroot in dem Durcheinander entwischen konnte, ist bedauerlich, stellt für mich aber nicht das Ende der Jagd dar. Im Gegenteil.« Weit vorgebeugt, blickte Beryll in die Runde.

Wieso konnte der Typ nicht gerade stehen, fragte sich Alain. Weil ihn sein enormer Hintern sonst nach hinten gezogen hätte. Indem Alain die Hand sorgenvoll vor sein Gesicht legte, verbarg er sein Lächeln.

Nach der ermüdenden Besprechung wollte Alain nicht gleich ins Büro zurück. Sein Geist war überreizt, sein Körper unterfordert. Ein Glück, dass der Staatsschutz nur einen Steinwurf von Berlins größtem unbebauten Areal entfernt residierte, dem Tempelhofer Feld. Der alte Nazi-Flughafen, später Landebahn der Rosinenbomber, hatte bis heute keine neue Funktion.

Friedlich joggten Alain und Nummer drei nebeneinander her.

»Manche der getöteten Kinder haben kleine Jobs erledigt«, sagte Nummer drei im Rhythmus seines Atems. »Sie machten Besorgungen oder haben irgendwelchen Firlefanz zum Verkauf angeboten. Wir haben mittlerweile eine nahtlose Vorstellung davon, wo sich die Jungs aufgehalten haben, wenn sie nicht zu Hause waren. In S-Bahn-Stationen, auf Parkplätzen, in Parks, auch in Spielhallen.«

»In Spielhallen darfst du erst mit achtzehn rein.« Alain machte jedes Mal drei Schritte, wenn Drei nur zwei brauchte.

»Ich meine diese Spieltempel in den Arkaden, wohin Eltern ihre Kids abschieben, wenn sie ungestört einkaufen wollen.«

»Ich dachte, muslimische Kinder werden von ihrer Familie besonders behütet.«

»Das gilt für die Mädchen. Aber sobald ein Junge kein Kleinkind mehr ist, wird er als junger Mann angesehen. Es macht den Vater stolz, wenn sein Sohn ihn begleitet. Ein Sohn ist etwas, das ein Muslim mit der Welt teilen möchte. Irgendwann will der Sohn aber lieber mit Gleichaltrigen zusammen sein. So kommen die Kinder auf die Straße.«

Die Sonne brannte, die Luft fühlte sich heiß in den Lungen an. Unsinnig, in der Mittagshitze zu joggen, zugleich war es aber auch herrlich ermüdend, schweißtreibend, erholsam.

»Der Sohn von Frau Nuraddin war geschäftstüchtig«, fuhr Nummer drei fort. »Er hat auf Parkplätzen Lufterfrischer verkauft. Diese scheußlichen Dinger fürs Auto.«

Alain schwieg über eine Strecke von hundert Metern. »Nicht jeder Junge hat etwas zu verkaufen. Vielleicht versuchen manche, etwas anderes an den Mann zu bringen.«

»Drogen?«, fragte Drei.

»Bei Zehnjährigen unwahrscheinlich. Manche verhökern Diebesgut. Und andere …« Hart klatschten ihre Schritte auf dem Beton. »Steht in den Akten irgendetwas darüber, ob sich manche der Jungs selbst verkauft haben?«

Drei fiel ein Stück zurück. »Sie sind erst neun oder zehn.«

»Der Älteste war dreizehn.«

»Unter den acht Opfern hat es nur einen einzigen sexuellen Missbrauch gegeben.«

Alain ließ Drei herankommen. »Wenn ein Junge auf diese Weise Geld verdient, erzählt er es nicht zu Hause. Aber vielleicht erzählt er es einem Freund.«

»Du denkst an Kinderprostitution?«

»Es gibt sie, in Berlin wie in jeder Großstadt. Bis jetzt wurden nur die Familien der Opfer befragt. Wir sollten mit Kindern aus der Umgebung sprechen. Vielleicht wissen sie etwas. Und wir müssen die sexuellen Straftäter überprüfen. Ich fordere die Daten aktenkundiger Pädophiler an.« Gemeinsam rannten sie in die Kurve.

***

»Ich habe einen Vorschlag gemacht, den ich hasse.«

»Welchen Vorschlag?«, fragte Diana.

»Hast du ein bisschen Zeit?«

»Natürlich.«

»Du klingst aber irgendwie, als ob du noch einen Termin hättest.«

»Um halb elf?«

»Hast du noch einen Termin?«

»Meine Füße bringen mich um. Ich bin in dem verdammten EU-Gebäude mindestens zehn Kilometer gelaufen, auf hohen Absätzen.«

»Das war keine klare Antwort.«

»Also schön. Ich habe noch einen Termin.«

»Mit wem?«

»Giselher.«

Er verschluckte sich an dem Bier, das er aus der Flasche trank. »Kein Mensch heißt heutzutage Giselher.«

»Ein adeliger Luxemburger EU-Abgeordneter kann Giselher heißen.«

»Wieso triffst du einen adeligen Luxemburger EU-Abgeordneten um halb elf? Muss ich mir Sorgen machen?«

»Wir haben uns erst vorgestern verlobt«, knurrte Diana.

»Bei einer begehrenswerten Frau, die die halbe Woche in Brüssel verbringt und hohe Absätze trägt, will das nichts heißen.«

»Du bist süß. Und ein Idiot. Wie lautet dieser Vorschlag, den du gemacht hast, obwohl du ihn hasst?«

Alain hatte eine Decke auf die Couch gelegt, um sie nicht vollzuschwitzen. Regen war angesagt gewesen, aber der Regen blieb aus.

»Ich lasse untersuchen, ob bei den Mordfällen Kinderprostitution im Spiel ist. Dabei finde ich es schrecklich, mich mit dieser Scheußlichkeit zu beschäftigen, schrecklich, Männern in die Augen zu sehen, die verurteilt wurden, weil sie sich an Kindern vergangen haben. Ich will Zwölfjährige nicht fragen, ob ihre Kumpels sich in Toiletten oder auf Hinterhöfen für Geld missbrauchen lassen.«

»O weh, du Armer, ich verstehe«, sagte Diana liebevoll. »Führt die Spur tatsächlich in diese Richtung?«

»Es gibt keine Spur!« Er fuhr vom weißen Sofa hoch, die verschwitzte Decke blieb an seinem Rücken kleben. »Noch nie habe ich so absolut keine Spur gehabt wie bei diesem Fall.«

Alain lief zur offenen Balkontür. Auch draußen keine Abkühlung. Halb elf und immer noch brütend heiß.

»Die Mütter der Opfer haben mir eine Mappe gegeben. Immer wieder sehe ich mir diese Seiten an, weil ich hoffe, dass darin ein Hinweis verborgen ist, den sämtliche Ermittlungsbehörden übersehen haben. Ich habe die Öffentlichkeit eingeschaltet, auf der Suche nach weiteren Augenzeugen. Wenn die Sache tatsächlich in diese Richtung läuft, könnte der Täter, sofern es ein einziger Täter ist, erst nach und nach auf den Geschmack gekommen sein. Vielleicht wollte der erste Junge ihn erpressen und wurde deshalb umgebracht. Die Taten lassen allerdings nicht darauf schließen, dass der Mörder in Panik tötet. Seine Morde haben etwas Langsames, Genussvolles.«

Alain hörte ein Geräusch, das er nicht gleich zuordnen konnte. »Bist du auf dem Klo?«

»Tut mir leid. Ich will nicht zu spät kommen.«

»Du pinkelst, während ich dir von meinem Fall erzähle?«

»Ich habe dir zugehört. Wenn die Ermittlungen wirklich in diese Richtung führen, bist du nicht zu beneiden.«

»Musst du schon los? Ich hätte gern noch ein bisschen mit dir geplaudert.«

»Ja, ich … Ich sollte allmählich wirklich.«

»Na schön«, seufzte Alain. »Grüß Giselher von mir.«

Eilige Schritte, Schlüsselklirren. »Mach ich.«

»Warum triffst du ihn um diese nachtschlafende Zeit?«

»Er ist unglücklich. Seine Frau betrügt ihn.«

»Der Luxemburger hat mein Mitgefühl. Gute Nacht.«

Gab es etwas Traurigeres, als mutterseelenallein, das Handy in der Hand, zurückgelassen zu werden, während die Frau an deiner Seite sich eilig aufmachte, um einen anderen Mann zu treffen? In diesem Moment gab es für Alain nichts Traurigeres.

5

In der Justizvollzugsanstalt Moabit wurden männliche Erwachsene ab dem einundzwanzigsten Lebensjahr untergebracht. Neben Untersuchungs- und Auslieferungshäftlingen gab es Gefangene, die aus besonderen Sicherheitsgründen hier einsaßen.

»Keine böse Absicht«, beschwichtigte die Justizvollzugshauptsekretärin, nachdem sie Alain und Salma eine halbe Stunde hatte warten lassen. »Wir sind hier chronisch unterbesetzt.« Sie brachte die Besucher vom Staatsschutz durch die erste und zweite Schleuse. »Wir wären nicht derart chronisch unterbesetzt, wenn der Zoll unsere Gefängnisbediensteten nicht offensiv abwerben würde.«

»Was ist beim Zoll denn besser als bei euch?« Alain schob Salmas Rollstuhl.

»Dort kannst du Beamter werden. Bei uns nicht.«

Sie hielten vor dem grau gestrichenen, hoffnungslosen Gitter. Alain unterschrieb für beide. Das Gitter glitt zur Seite. Die Justizvollzugshauptsekretärin übergab sie an einen Aufseher mit zwei Streifen auf den Achselklappen. Im nächsten Raum hielten sich mehrere Häftlinge auf, standen herum, rauchten und glotzten das Gespann mit dem Rollstuhl an.

»Leck mich am Arsch!«, hörte Alain aus der Ecke.

»Gemütliche Umgebung«, raunte Salma.

»Vergiss nicht, wir sind im Promi-Knast von Berlin. Honecker saß hier ein, Mielke und sogar Andreas Baader.«

Hinter dem nächsten Gitter wurde es ruhiger und einsamer. »Bring den Scheiß hier rüber!«, hörte Alain.

»Schlampe!«, lautete die Antwort.

Dann war plötzlich niemand mehr da. Ein leeres Zimmer mit zwei Tischen und sechs Stühlen. Ein vergittertes Innenfenster, hinter dem ein Uniformierter den Raum überblickte. Sie warteten weitere zehn Minuten, bis ein Aufseher einen Mann an die Gittertür brachte, der seinen Körper auch in der Haft in Schuss hielt. Er hatte flinke, neugierige Augen, schütteres, verwildertes Haar und Armmuskeln im Umfang von Alains Oberschenkel.

»Ich hätte besser Nummer drei mitgenommen«, sagte Alain. »Mit ihm wären unsere Überlebenschancen größer.«

»Wer ist Nummer drei?«, fragte der Häftling aus mindestens zehn Metern Distanz.

»Sie können das hören?«

Der Gefangene zeigte auf das Gerät hinter seinem Ohr. »Die Dinger sind unglaublich leistungsstark.«

Beinahe ehrfürchtig trat der Aufseher zurück, bevor er Rudolf Hoppe in den Besucherraum ließ.

Alain zeigte auf dessen Handschellen. »Können wir die abnehmen?«

»Sie sind der Staatsschutz.« Achselzuckend befreite der Aufseher Hoppe von den Fesseln.

»Danke, Helmut«, sagte Hoppe. Nachdem sich die Tür geschlossen hatte, trat er ungezwungen auf die Polizisten zu.

»Liebermann, richtig?« Er streckte Alain die Hand entgegen.

»Guten Tag, Herr Hoppe.«

»Rudi, wenn's recht ist.« Bevor Alain die Hand ergreifen konnte, zog Hoppe sie wieder zurück. »Wo bleiben meine Manieren?« Er schwenkte die Rechte zu Salma. »Ich bin Rudi.«

»Salma.« Sie schüttelte die Pranke.

»Salma, das ist kein türkischer Name. Libanesin?«

»Palästinenserin.«

»Sie sehen müde aus.«

»Ich komme gerade von einer Behandlung«, erwiderte sie offen.

»Das Herz?«

»Die Niere.«

»Das tut mir leid. Warum setzen wir uns nicht?« Er selbst wählte Tisch und Stuhl, Alain setzte sich ihm gegenüber.

»Wie kann ich helfen?«, fragte Hoppe, als seien sie hier, um ein kleines Hautproblem zu besprechen.

»Ich bin Leiter einer Sonderabteilung des Staatsschutzes und ermittle im Fall der entführten und ermordeten Kinder. Wir hatten die Idee …«

»Ich sitze seit drei Jahren hier ein«, ging Hoppe dazwischen. »Ich kann es also nicht gewesen sein, oder was meinen Sie, Salma?«

»Anzunehmen.«

»Früher wollte ich Polizist werden. Mein Vater hat versucht, mein psychiatrisches Gutachten unter den Tisch fallen zu lassen. Aber an meinen Papieren waren die gar nicht interessiert. Ich war ihnen scheinbar zu intelligent.«

»Ich habe noch nie gehört, dass jemand abgewiesen wird, weil er zu intelligent ist«, sagte Alain.

»Glauben Sie, die haben mich angelogen, Salma?«

Alain verstummte. Wenn es hier eine vielversprechende Chemie gab, dann die zwischen Hoppe und Salma.

»Sie hatten also eine Idee?«, ermunterte der siebenfache Mörder die Analystin.

Salma kam mit dem Rollstuhl an den Tisch. »Wir hoffen, dass Ihre Expertise nützlich für uns sein kann. Wir glauben, dass wir aus Ihren … Erfahrungen lernen können, Herr Hoppe.«

»Rudi. Warum sind Sie so verkrampft, Salma?« Ein Blick zu Alain. »Ist sie immer so verkrampft?«

»Das Thema, um das es geht, ist nicht besonders tauglich für Small Talk.«

»Wahrscheinlich bekomme ich deshalb so selten Besuch. Das Thema ist ein richtiger Konversationskiller.« Ein kleines, böses Lächeln huschte über Hoppes Züge. Seine Zähne waren makellos.

»Sprechen Sie selbst denn gern darüber?«

»Menschen wie ich, die die Jagd zu ihrer Berufung gemacht haben, sprechen liebend gern davon, was für ein Gefühl das ist.«

»Die *Jagd?*«, wiederholte Salma.

»Menschen abschlachten ist harte Arbeit.« Sein Blick glitt über den Rollstuhl. »Physisch, aber auch psychisch. Man will Dampf ablassen, andererseits benötigt man dafür die Präzision eines Chirurgen. Warum sehen Sie mich so an, Salma?«

»Weil Sie auf mich den Eindruck eines normalen Mannes machen. Es ist schwierig, Sie mit dem in Einklang zu bringen, weshalb Sie hier sind.«

»Ich stamme aus Oldenburg, wie Sie vielleicht wissen. Ich hatte eine Katze, war gut in der Schule. Ich war ein wohlerzogener junger Mann. Gleichzeitig habe ich ein erstaunliches Parallelleben geführt. Ein Leben voll Gewalt, Chaos, Furcht und natürlich Tod.«

»Aus diesem Grund sind wir hier«, übernahm Alain. »Da draußen ist jemand, der vielleicht auch ein *Parallelleben* führt. Der ähnliche Gefühle, eine ähnliche Motivation hat wie Sie.«

Hoppe ließ sich gegen die Lehne sinken. »Mein Stil war unverwechselbar. Ich habe ein *Œuvre* geschaffen. Aber es gibt natürlich auch andere, die so sind wie ich.«

»Sie meinen Menschen, die in gewissen zeitlichen Abständen töten müssen?«

»Ein bisschen komplizierter ist es schon, Herr Liebermann. Solche Menschen sind schwer aufzuspüren.«

»Wie kommen Sie zu diesem Schluss?«

»Ich kriege Post. Von Leuten mit ähnlichen Neigungen. Liebevoll abgefasste Briefe, die stammen nicht von

Dummköpfen. Wenn so jemand nicht gefasst werden will, haben Sie nicht die geringste Chance. Natürlich bin ich keine Autorität.« Hoppe hob bescheiden die Hände. »Ich bin nur ein außergewöhnlich versierter Mörder, der seiner Strafverfolgung jahrelang entgehen konnte. Ich habe mich selbst gestellt, wie Sie wissen, aus Ermüdung, weil mich auch nach Jahren keiner gefasst hat.« Er seufzte. »Sie sind an meiner Expertise interessiert? Was genau wollen Sie wissen?«

»Wie haben Sie Ihre Opfer ausgewählt?«

»Die Auswahl ist das Einfachste.«

»Ach ja?«

»Die Schulen, Herr Liebermann. Die Berliner Grundschulen sind ein riesiger Süßwarenladen. So viele Lutschbonbons. Man weiß gar nicht, wo man beginnen soll.«

»Ihr Vater war Lehrer. Haben Sie sich auch in seinem *Süßwarenladen* bedient.«

»Er war ein wunderbarer Lehrer. Er hat sich für seine Schüler aufgeopfert. Es ist ein verdammter Sisyphos-Job, diesen undankbaren Niggern Rechnen und Schreiben beizubringen. Mein Vater tat mir unendlich leid. Jeden Tag ist er in seine Schule geradelt, in Cordhosen, mit seinem verschwitzten karierten Hemd und der Krankenkassenbrille. Seine Bezahlung war erbärmlich, und die Nigger haben ihm auf der Nase herumgetanzt. Keines dieser Kinder hat kapiert, welche Opfer mein Vater für sie gebracht hat. Im Morgengrauen ist er aufgestanden, um den Unterricht vorzubereiten. Bis tief in die Nacht hinein hat er ihre hingeschluderten Tests korrigiert. Diesen Kindern war das völlig egal.«

»War das der Grund, weshalb Sie Kinder aus seiner

Schule missbraucht und getötet haben? Als Rache für Ihren Vater?«

»Die Nigger waren mir von Anfang an unsympathisch. In diesem Punkt brauchte ich keine Motivation.«

»Sie sprechen von *Niggern*. Auf Berlins Schulen gibt es nicht besonders viele ...«

»Nigger, Kanaken, Turbanträger, wo ist der Unterschied? Ich bin kein Rassist, Herr Liebermann, ich kann nur Dummheit und Undankbarkeit nicht ertragen. Mein Vater war gegen diese Brut hilflos. Er war hilflos gegen Kinder.«

Hoppe sah die Besucher nicht mehr an, er starrte auf einen Punkt dahinter. »Kinder sind schwächer als Erwachsene. Aber sie lernen rasch, Erwachsene zu durchschauen, und entwickeln Strategien. Sie benutzen ihre Instinkte, ihren Verstand und das Fehlen von moralischen Grundsätzen. Sie bedienen sich ihrer jungen, glatten Körper, um zu kriegen, was sie wollen. Kinder wissen genau, wie man jemanden demütigen kann.«

»Fühlte sich Ihr Vater von seinen Schülern gedemütigt?«

»Mein Vater war ein verdammter Narr. Er hat immer an das Gute im Menschen geglaubt, sogar bei diesen durchtriebenen Bestien, die sein Leben in eine einzige Erniedrigung verwandelt haben.«

»Wenn Ihr Vater so ein guter Mensch war, warum haben Sie auch ihn umgebracht?«

»Es gefiel ihm nicht, was ich mit den Kindern gemacht habe.«

»Sie haben es ihm verraten?«, stieß Salma hervor.

Ein nüchterner Blick Hoppes. »Sie haben meine Akte nicht genau studiert, Salma.«

»Ihr Vater hat das *Œuvre*, das Sie mithilfe seiner Schüler geschaffen haben, also nicht zu schätzen gewusst. Musste er deshalb sterben?«

»Ich gebe zu, ich war über seine Reaktion enttäuscht.«

»Hätte Ihr Vater Sie angezeigt?«

»Vermutlich.«

»Der Mord an ihm muss Ihnen sehr schwergefallen sein.«

»Der Mord selbst nicht. Das Zerteilen seines Körpers war anstrengend. Mein Vater war ziemlich kräftig gebaut. Eine verfluchte Plackerei ist das gewesen.«

»Sie haben seine sterblichen Überreste auf mehreren Schulhöfen Berlins vergraben.«

»Als Mahnung«, antwortete Hoppe nicht ohne Stolz. »Als Manifest für meinen Vater.«

»Nach seinem Tod haben Sie immer noch weitergemacht, Rudi. Warum?«

Hoppe legte seine Fingerspitzen aufeinander. »Zwei Gründe, Herr Liebermann. Macht über diese Kreaturen zu besitzen ist ein Gefühl von großer Reinheit. Und es gibt so viele von ihnen. Egal, wie oft ich mir eine von ihnen geholt habe, es wuchsen immer neue nach. Ich brauchte mich nur zu bedienen.«

6

Salma trug die Brille seit ein paar Monaten. Ihre mehr und mehr versagende Niere zeitigte Nebeneffekte. Einer davon war das Schwinden ihrer Sehkraft.

Salma saß vor dem Transkript der Befragung. »Rudolf Hoppe hat eine Schar von Verehrern. Da er über keinen Zugang zu Computern verfügt, schreiben sie ihm Briefe. Hoppe war bereit, uns einige vorzulesen.«

Das MES war vollzählig, mit Ausnahme von Nummer vierzehn. Alain hatte alle Frauen und Männer des Mobilen Einsatzkommandos Staatsschutz zu dem Meeting bestellt. Er gab Salma ein Zeichen, die Aufnahme abzuspielen.

Fünfundzwanzig Staatsschützer hörten, wie der siebenfache Mörder emotionslos aus den Fantasien seiner Bewunderer vorlas. Das meiste waren durchgeknallte Elaborate, doch einer der Briefe sprach vom *Rattenfänger vom Wedding*.

Salma schaltete ab. »Wenn man dem Brief von Hoppes Fan glauben darf, gibt es jemand Neuen im Wedding, eine Person, die bisher nicht in Erscheinung getreten ist. Das Erstaunliche an diesem *Rattenfänger* ist, dass er selbst noch sehr jung zu sein scheint, ein halbes Kind oder von kindhaftem Aussehen. Sollte das stimmen, haben wir vielleicht eine Erklärung dafür, wieso bisher niemand den Moment des Verschwindens der Kinder beobachtet hat.«

Alain untermauerte Salmas These. »Wir gehen davon aus, dass ein erwachsener Weißer, der kräftig genug wäre, ein Kind zu entführen, im Wedding unmöglich sein Unwesen treiben könnte. So jemand würde auffallen. Darum nehmen wir an, dass ein Lockvogel umgeht, der selbst nicht der Mörder ist. Warum er es tut, wissen wir nicht, vielleicht Drogen, vielleicht wird er dazu gezwungen. Wenn der Entführer also kein Gewalttäter, sondern jemand ist, der sich von den Opfern kaum unterscheidet, hätten wir einen plausiblen Grund, wieso bisher keinem etwas aufgefallen ist.« Alain blickte in die Runde. »Das ist unsere einzige Spur. Nein, keine Spur, es ist eine verzweifelte Hoffnung. Ich setze das gesamte Team darauf an. Alles andere ist zweitrangig. Wir müssen den *Rattenfänger vom Wedding* finden.«

***

Jakov Liebermann, der Juwelier, hatte drei Kinder. Rebekka Liebermann, die Psychotherapeutin, nur eines. Die Frau von Ricky, dem Comiczeichner, war im sechsten Monat schwanger. Anna, die Schauspielerin, ging auf die vierzig zu und erklärte bei jeder Gelegenheit, dass sie es nicht bereue, keine Kinder zu haben. Die Kreuzfahrtmanagerin kümmerte sich um ihren Sohn im Rollstuhl, die Altenpflegerin ließ ihren Blagen freien Lauf. In Großmutter Helenes Wohnung standen ihnen zweihundertfünfzig Quadratmeter, drei Salons, zwei Bäder, vier Schlafzimmer zur Verfügung, allerdings nur eine Toilette. Der Versicherungsvertreter saß mit den Erwachsenen bei Tisch, warf aber hin und wieder einen Blick auf seine beiden Töchter. Sein drittes Kind war vor Jahren an plötzlichem Kindstod gestorben.

Liebermanns, wohin man sah, alte, junge, große, kleine Liebermanns. Die Sippe hatte *Genesis 1,28* wörtlich genommen: *Seid fruchtbar, mehret euch und bevölkert die Erde*. Über den zweiten Teil von Gottes Gesetz – *Unterwerft euch die Erde, herrscht über die Fische des Meeres, die Vögel des Himmels und über alle Tiere, die sich auf dem Land regen* – geriet Rachel, die Umweltaktivistin, mit Chaijm, dem Rabbiner, immer wieder in Streit.

Es war Freitag. Freitagnachmittag hielt Helene wöchentlich ihren Jour fixe ab. Eine Einladung gab es nicht, es kam, wer Zeit hatte und sich durch den Wochenendverkehr zum Ku'damm durchkämpfte. Aber heute gab es keinen gewöhnlichen Jour fixe, heute war Kindergeburtstag. Moischele Liebermann, der zwanzigste Urenkel der Matriarchin, wurde drei Jahre alt. Alain hatte nichts davon gewusst, sonst wäre er wahrscheinlich nicht gekommen. Die Eltern, Sara und Urs, und die Großeltern, Elias und Nicole, lieferten dem Dreikäsehoch alles, was einem Dreijährigen an Pomp und Firlefanz zuzumuten war. Ballons, so weit das Auge reichte, Glitzergirlanden über Moischeles Hochstuhl, ein Clown amüsierte die kleinen Gäste, Süßigkeiten machten sie glücklich, müde und dick.

Moischeles Hochstuhl war etwas Besonderes. Die Liebermanns nannten ihn *das Geschenk von Goebbels*. Das mit Schnitzereien verzierte Möbel stammte aus dem Jahr von Hitlers Machtergreifung. Es hatte den kleinen Popos vieler Nazi-Kinder Platz geboten. Als es offiziell keine Nazikinder mehr gab, hatte Helene diesen Stuhl auf dem Speicher gefunden und sauber geschrubbt. Seitdem waren zahllose jüdische Popos darauf gesessen.

Alain beobachtete die zahllosen kleinen Menschen, die alle mit ihm verwandt waren. Er sah, wie ihnen das Nächste stets das Wichtigste war, wie sehr sie im Augenblick lebten, in der Sekunde agierten, sodass man neidisch werden konnte. Etwa die Hälfte war im Kleinkindalter. Die Älteren begannen bei der achtjährigen Mira und endeten beim gelangweilten, pubertierenden Thomas, der überall lieber gewesen wäre als auf diesem Babyfest. Jüdische Kinder waren höfliche Kinder, selbst der halbstarke Thomas saß gesittet am Tisch, die Kippa auf dem Kopf, und versuchte, die Zeit mit Futtern herumzukriegen.

Kinder, dachte Alain, die Welt der Kinder, Reich der Kinder, Gotteskinder.

»Was ist, Vegele, was ist mit dir?« Man hatte Helenes Thron an die Tafel geschoben. So klein die alte Frau war, saß sie auf diese Weise doch höher als alle anderen.

»Was soll sein, Oma?«

»Still bist du, nachdenklich bist du, Vegele.«

Alain hatte den Ehrenplatz neben ihr. Man durfte sicher sein, dass sich Frank, der Zahnarzt, und Rebekka darüber ärgerten. Alain hatte keine Kinder vorzuweisen, weshalb bekam er an einem Kindergeburtstag also das Privileg, neben der Matriarchin zu sitzen?

»Ich bin nachdenklich, da hast du recht«, gab er zurück.

Sie wartete einen Moment, bevor sie weitersprach. »Willst du deiner Bubbe nicht sagen, warum du an einem Tag, an dem alles schreit und johlt und rumtobt, so still bist?«

»Ich habe einen Fall, Oma, einen Fall, der so schrecklich ist, dass ich darüber nicht sprechen möchte.«

Sie nahm ein Stück Erdbeerkuchen mit rosafarbenem Gelee auf die Gabel. »Ich habe darüber gelesen, Vegele. Es steht ja überall.« Sie führte die Gabel zum Mund. »Alles Böse kann man tun auf Erden, denn das Böse ist wie alles andere auf der Welt. Aber die Kinder muss man achten, die Kinder muss man heiligen. Wer Kindern etwas tut, ist ein Ungeheuer.«

Ihm war zumute, als ob er gleich in ihre Arme sinken wollte. Stattdessen trank Alain seinen Sanddorn-Hibiskus-Tee und starrte vor sich hin. »Ich habe heute mit so einem Ungeheuer gesprochen, Oma«, sprach er stockend weiter. »Ich habe ihm gegenübergesessen. Dieser Mann, dieser Mörder hat ein gutes Leben. Er kriegt dreimal täglich Warmes serviert, seine Zelle ist geheizt, er hat Auslauf im Hof, darf sogar in der Wäscherei arbeiten. Er hat einen Antrag auf einen Computer gestellt, weil er seine Memoiren schreiben will. Der Mörder von sechs Kindern, der Mörder des eigenen Vaters möchte seine Memoiren veröffentlichen. Und weißt du, was er auf meine Frage geantwortet hat?«

Helene aß Erdbeerkuchen. Durch die Prismenbrille sah sie ihn an.

»Ich hatte ihn gefragt: Wenn er selbst denjenigen bestrafen müsste, der seine Taten begangen hat, welche Strafe das sein würde.«

»Was hat er gesagt?«

»Ein grausamer Tod.«

»Ja, das ist angemessen«, antwortete Helene nach einer Weile. Die einbügelige Brille rutschte ihr von der Nase. Mit ruhiger Bewegung schob sie sie wieder hoch.

»Soll ich dir nicht endlich die Brille reparieren lassen, Oma?«

»Und wo schau ich so lange durch, während die Brille beim Optiker ist?« Sie streichelte seine Hand. »Danke, Vegele, ich hab mich schon daran gewöhnt.«

Als der Sanddorn-Hibiskus-Tee ausgetrunken war, küsste Alain sie auf beide Wangen und stand auf. Frank, der Zahnarzt, rückte sofort auf den Ehrenplatz nach.

Alain gratulierte dem kleinen Moischele, dessen Gesicht unter einer Mischung aus Schokolade und Eischaum-Creme zu verschwinden drohte. Als Alain beim Rausgehen versehentlich einen Ballon zertrat, knallte es. Alle sahen ihn an.

7

»Es ist kompliziert.« Trotz der Sommerhitze trug Ewald Beryll einen Dreiteiler aus heller Baumwolle. Wie eine Figur aus *Tod in Venedig* sah er aus. Jede weitere Assoziation zu *Tod in Venedig* wurde durch das räumliche Ambiente zunichtegemacht.

Alain fragte sich, weshalb Beryll ihr Gespräch ausgerechnet auf den Korridoren des ehemaligen Kasernengeländes Treptower Park führen wollte, wo der Verfassungsschutz einen seiner Stützpunkte hatte. Tausende Quadratmeter, endlose Flure.

»Was ich vorhabe, wäre ein aggressiver Akt, der sich gegen die Regierung einer befreundeten Nation richtet, mit der Deutschland nicht immer befreundet war«, erklärte Beryll.

»Es ist schlicht und einfach undurchführbar«, bestätigte Alain.

»Undurchführbar würde ich nicht sagen. Aber ich gebe zu, die Zeiten haben sich geändert.« Mit dem Taschentuch wischte sich Beryll über die Stirn. »Heute sitzen vorwiegend Friedensapostel im Bundessicherheitsrat.«

Alain hielt mit dem Vizepräsidenten Schritt. »Wieso sind Sie überhaupt sicher, dass die Information der asiatischen Geisel stimmt?«

»Sie war die Übersetzerin von DeGroot.«

»Warum sollte DeGroot seine eigene Dolmetscherin als Geisel nehmen?«

»Sie sagt aus, dass er sie beschuldigt habe, seine Geschäftsgeheimnisse anderweitig *übersetzt* zu haben.«

Wenn man so wenig Witz besaß wie Beryll, sollte man keinen Wortwitz machen, dachte Alain. »Sie meinen, sie hat DeGroot verraten?«

»Die Asiatin behauptet natürlich das Gegenteil. Aber DeGroot ist jemand, der ...« Ein bedeutungsvoller Blick.

»Der Leute foltert, um sicherzugehen«, vervollständigte Alain. »Sie hat also Grund, auf ihren Boss sauer zu sein.«

»So ist es.«

Sie nahmen eine Kurve, Beryll hatte die Innenbahn.

»Und wenn das auch zum Spiel DeGroots gehört?«, fragte Alain.

»DeGroot konnte nicht wissen, dass wir die Geisel befreien werden.«

»Wirklich nicht?« Alain lief schneller. »Wir sind dort

einfach reingestürmt. DeGroots Leute haben es uns nicht besonders schwer gemacht, und die Geisel saß praktisch auf dem Präsentierteller. Trotzdem konnte DeGroot entkommen. Wie hat er das gemacht? Hat er sich an eine Drohne gehängt und ist davongeflogen? Wie ist der Mann rausgekommen?«

»Wir analysieren das noch.«

Alain blieb stehen. Das Rumgerenne nervte ihn. »Und als Nächstes plaudert die von uns gerettete Geisel aus, dass DeGroot sich nach Israel absetzen würde. Hört sich das für Sie realistisch an?«

»Wir haben die Frau tagelang verhört, bevor sie es uns sagte.«

Alain schüttelte den Kopf. »Jeder, der im Dienst eines Mannes wie DeGroot steht, würde schweigen, weil er weiß, dass die deutschen Behörden ihn *nicht* foltern werden. DeGroot aber beschert Verrätern einen grausamen Tod.«

Einen grausamen Tod? Weshalb wurde Alain melodramatisch? Der Satz widersprach den nüchternen, eierschalenfarbenen Wänden des Bundesamtes für Verfassungsschutz. *Ein grausamer Tod* – Rudolf Hoppe hatte diesen Ausdruck verwendet, und um dessen Hinweis musste Alain sich kümmern, um nichts anderes. Aus Gefälligkeit hatte er Beryll aufgesucht, sich aus Gefälligkeit dessen Vorschlag angehört. Aus Gefälligkeit rannte er mit dem Vizepräsidenten gerade durch gesichtslose Korridore.

Alain kürzte die Prozedur ab. »Es tut mir leid, Ewald, aber es geht nicht. Selbst wenn diese Geisel nicht DeGroots Spitzel ist, die Sie auf eine falsche Fährte locken will, kann ich nicht noch einmal für Sie arbeiten.«

»Haben Sie Bedenken wegen Ihres Direktors? Das kläre ich.«

»Der Direktor ist meine geringste Sorge.«

»Was dann?«

»Israel. Israel ist einfach zu heiß. Weshalb sollte sich DeGroot ausgerechnet nach Israel absetzen? Etwas Dümmeres kann er gar nicht machen.«

»Wäre das wirklich so dumm? Es gibt kaum ein Land, in das man so schwer reinkommt wie in den aggressiven Mittelmeerstaat. Kaum ein Land, das so hermetisch abgeriegelt ist.«

»Warum sollten die Israelis einem international gesuchten Verbrecher Schutz gewähren?«

»Denken Sie mal nach, Alain.« Beryll nahm den Gang wieder auf.

»Der Mossad?«

Der Vizepräsident nickte. »Wir wissen, dass die Jungs vom Mossad in der Wahl ihrer Zulieferer nicht zimperlich sind.«

»DeGroot soll also für den israelischen Geheimdienst arbeiten?«

»Was der israelische Geheimdienst natürlich nie zugeben würde. DeGroots Spezialität ist es, *alles* liefern zu können. Die Israelis bedienen sich längst nicht mehr nur im Waffenarsenal der Amerikaner, sie shoppen auch bei den Russen und den Chinesen. DeGroot ist für sie so etwas wie der *Amazon*-Lieferant für verbotene Güter.«

»Sie haben Ihre eigenen Leute, Ewald. Ich kann nicht.«

»Sie wollen nicht«, bohrte Beryll nach.

»Natürlich will ich nicht. Ich kann den Fall der getöteten Kinder nicht einfach auf Eis legen.«

»Sie brauchen gar nichts auf Eis zu legen«, insistierte Beryll. »Wir gehen rein, schnappen DeGroot, wir gehen wieder raus.«

Das ist Schwarzenegger-Gelaber, dachte Alain. Man geht nicht rein und raus, so funktioniert es nicht. Die anderen sind keine Idioten. So etwas plant man monatelang.

»Es dauert nicht länger als einen Tag«, ließ Beryll nicht locker. »Das MES ist die richtige Truppe, um so etwas durchzuziehen. Für solche Einsätze wurde das MES geschaffen.«

»Falsch.« Alain blieb endgültig stehen. »Das MES operiert im Rahmen politischer Kriminalität im Inland. Laut Paragraf achtzig, achtzig A und einundachtzig bis dreiundachtzig A StGB sind wir zuständig für Friedensverrat, Hochverrat, Terrorismus und Extremismus innerhalb der Bundesrepublik Deutschland.«

»Weshalb schleudern Sie mir das Strafgesetzbuch an den Kopf?«, erwiderte Beryll irritiert.

»Weil ich kapiere, was Sie mit Ihrem Spaziergang durch die Flure des BfV bezwecken, Ewald. Sie schlagen dem MES eine Operation vor, die Sie innerhalb Ihres Büros nicht durchsetzen könnten. Einen Einsatz, der nicht mehr *am Rande des Gesetzes* ist, sondern weit außerhalb. Das MES darf im Ausland nicht operieren, das wussten Sie vorher. Sie kannten meine Antwort eigentlich schon, bevor wir losgelaufen sind.«

8

Der Einsatz selbst war nicht das Schlimmste. Der Einsatz sorgte für Abwechslung. Aber die meiste Zeit rumsitzen zu müssen, tagelang, leider auch nächtelang, das stellte die wahre Herausforderung dar. Fünfundzwanzig bestens ausgebildete, hoch motivierte, durchtrainierte Beamte des Staatsschutzes saßen entweder in dunklen Vans oder standen unauffällig an Straßenecken und rauchten, obwohl die meisten Nichtraucher waren.

Die hellhäutigen, straßenköterblonden, deutschen MES-Männer und -Frauen verschanzten sich in den Vans, steuerten die Kommunikation und übernahmen die Nachtschichten. Die anderen waren entweder selbst

Muslime, so wie Salma und drei weitere, oder sie fielen durch ihre italienische, bosnische, mazedonische Abstammung im Wedding nicht auf. Sie trugen dunkle Bärte, Kopftücher, sprachen Türkisch und Arabisch. Sie warteten auf den *Rattenfänger vom Wedding*, jemanden, der Kinder anlockte und selbst kindhafte Züge trug. Sie hielten sich rund um das Gesundbrunnen-Center auf, obwohl die Gegend am Humboldthain verwaltungstechnisch schon zu Berlin-Mitte gehörte. Hier kreuzten die S-Bahn-Linien. Es gab dunkle Bahnsteige und Unterführungen, das Einkaufscenter lockte schlaraffenlandartig. Hierher kamen die Familien und die Kleinhändler mit ihrem Tinnef, die Bettler, die Jugendlichen. Hier wurde nachts ein bisschen gekämpft, man musste Dampf ablassen. Die Jungs im Alter von zehn bis zwanzig schrien sich an – *Ich werde deine Mutter ficken, ich schneide dir die Eier ab und gebe sie deiner Freundin zu fressen*. Solche Drohungen wurden selten in die Tat umgesetzt. Doch es kam vor, dass ein muskelbepackter Junge sich das T-Shirt vom Leib riss, den Gürtel aus der Hose zog und zur Waffe umfunktionierte. Sein Gegenüber, sehnig, wütend, zog ebenfalls das T-Shirt aus und griff ebenfalls zum Gürtel. Sie droschen aufeinander ein, verletzten sich gegenseitig leicht und wurden von den Vernünftigen der Gang schließlich zurückgepfiffen. Häufig war der einzige Effekt der Gürtelkämpfe, dass den Kontrahenten die Hose rutschte. Irgendwann drehte der Aggressor ab, rannte im nächsten Moment aber wieder zurück, provozierte den anderen erneut, und der Hahnenkampf ging weiter. Das waren die Highlights einer Nacht im Wedding. Normalerweise lümmelten die Jungen und die Alten an Straßenrändern und im Park und starrten auf ihre Smartphones. Mädchen waren auch darunter, ausschließlich deutsche Mädchen. Ihre muslimischen Schwestern hätten die Jungs keinesfalls auf die Straße mitgenommen.

Die Tage und Nächte des MES waren gekennzeichnet durch ungesundes Essen, zerknüllte Burger-Verpackungen, literweise Kaffee, Sodbrennen, mangelnde Verdauung und enttäuschende Einsatzberichte. Sisyphos war der Schutzpatron dieser Arbeit. Mit nur fünfundzwanzig Leuten konnte man keinen ganzen Stadtteil überwachen. Diejenigen, die Arabisch sprachen, führten harmlose Gespräche und hörten sich um, immer darauf bedacht, nicht aufzufallen. Denn sollte der *Rattenfänger* gewarnt werden, war es vorbei. Wenn es den *Rattenfänger* überhaupt gab.

Immer wieder musste Alain gegen seine eigenen Befürchtungen ankämpfen, dass sich der Serientäter Rudolf Hoppe nur wichtigmachen wollte. Er prahlte mit Fans, die ihm Briefe schrieben. In Wirklichkeit war der *Rattenfänger* vielleicht die Fantasie eines kranken Mannes, der sich angesichts spielender oder badender Jungs heimlich einen runterholte oder maximal Kindern in sicherer Entfernung hinterherschlich. Wann würde Alain zugeben müssen, dass der Strohhalm, an den er sich klammerte, keine Spur war, auf der man Ermittlungen aufbauen konnte?

Sonst, wenn ein Fall zu komplex wurde und sich der Lösung entzog, wandte Alain seine *Methode* an, um Wichtiges von Unwichtigem zu unterscheiden. Er betrat eine *innere Kathedrale*, kein jüdisches, ein katholisches Gotteshaus, mit prachtvoll gestalteten Altären und Heiligenbildern, mit dem Kreuzesweg, der Dreifaltigkeit und der Mutter Gottes. Suchend strich er durch seine Kirche, so lange, bis er den Hauptaltar entdeckte, jenen Ort, der sich von den anderen unterschied. Ab diesem Zeitpunkt eliminierte Alain die Ornamente und Arabesken, verbannte die biblischen Nebendarsteller und fand den Tabernakel, der die Hostie enthielt, die Lösung.

Doch das Hilfsmittel, die eigenen Gedanken zu sortieren, war bei den Kindermorden unmöglich. Hier gab es keine Nebendarsteller, es existierten überhaupt keine Darsteller, nur Opfer. Kein einziger Verdächtiger zeigte sich bis jetzt, Alains Kirche war erfüllt von toten Kindern.

Eine Woche verging, sieben schweißtreibende Tage. Einer der Vans musste ausgemustert werden, weil die Klimaanlage streikte. Bei annähernd vierzig Grad Außentemperatur war es unmöglich, über Stunden in einem unklimatisierten Fahrzeug zu sitzen.

Am achten Tag fanden sie ihn. Alain und das gesamte Team mussten zugeben, dass es reines Glück war. Plötzlich verstanden sie, weshalb der *Rattenfänger* unsichtbar hatte bleiben können. Er sah nicht wie ein lockender Paradiesvogel aus, kein Gaukler, der Kinder mit Schellengeläut in seine Fänge lockte, er war ein behinderter Junge, dreizehn, vielleicht vierzehn Jahre alt. Gott im Himmel, wer besaß die Perfidie, einen Menschen mit Handicap auf Menschenjagd zu schicken?

Nummer achtzehn, der sympathische Manfred, machte den Punkt. Er fand den Jungen auf einem Gewerbehof, wo man vorwiegend Arabisch sprach. Dicht an dicht drängten sich dort kleine Autowerkstätten. Die Mechaniker trugen keine Handschuhe bei der Arbeit, sie berührten das Lenkrad und die Armatur mit öligen Fingern. Sie breiteten auch keine Plastiküberzüge auf die Sitze, bevor sie einstiegen. Es gab einen Imbiss, einige Büros, in denen bei offenen Fenstern laut verhandelt wurde. Manfred sprach fließend Arabisch, er hatte festes schwarzes Haar, auf der rechten Seite war es rasiert. Manfred sah cool aus. Er fiel auf dem Gewerbehof nicht auf.

Am achten Tag schleppte sich ein Junge auf den Hof, den sie Saeed nannten. An der Imbissbude bestellte er etwas zu trinken. Sein linkes Bein war nicht in Ordnung, so, als ob er irgendwann einen schweren Unfall gehabt hätte. Er selbst schien daran gewöhnt zu sein. Saeed sah außerdem schlecht. Ein Auge war hellgrau verschleiert, das andere schielte. Er tappte mühevoll vorwärts und zog das Bein nach. Wäre seine Erscheinung nicht so traurig gewesen, man hätte ihn für einen Performancekünstler halten können.

Manfred, der seinen alten Alfa Romeo auf dem Gewerbehof reparieren ließ, wurde auf Saeed aufmerksam, als er bemerkte, dass sich der Junge nicht mit Erwachsenen unterhielt, sondern mit Gleichaltrigen, von denen sich hier einige herumtrieben. Während Manfred auf sein Auto wartete, beobachtete er Saeed längere Zeit.

Tags darauf manipulierte er seinen Stoßdämpfer und brachte den Alfa unter lautem Schimpfen noch einmal in die Werkstatt. Der Inhaber entschuldigte sich, er habe den Fehler übersehen, und machte sich an die Arbeit. Wenig später kam der behinderte Junge wieder auf den Hof. Heute hatte Manfred Nummer zwanzig mitgebracht, die Kollegin aus Mazedonien. Zusammen nahmen sie Saeed ins Visier. Er unterhielt sich mit einem hübschen gleichaltrigen Burschen. Mehrmals legte Saeed den Arm um dessen Schulter. Er lud ihn zum Imbiss ein. Sie verließen den Hof zusammen. Achtzehn, Zwanzig und die

Beamten Sieben bis Neun folgten ihnen durch das Viertel. Obwohl sie sich abwechselten, gelang es Saeed, ihnen zu entkommen. Auch von dem anderen Jungen fehlte jede Spur.

Salma und Alain diskutierten, ob die Polizei den Gewerbehof abriegeln und die Identität des verschwundenen Jungen feststellen sollte. Doch Alain beschloss, noch einen Tag zu warten, bevor sie ihre Tarnung aufgaben.

Wenige Stunden später entdeckte Nummer siebzehn den hinkenden Saeed mithilfe einer Überwachungskamera in der U-Bahn-Station Pankstraße, nur einen Steinwurf vom Gewerbehof entfernt. Alain gab den Befehl: Saeed wurde festgenommen. Sie brachten ihn auf den Tempelhofer Damm, setzten ihn in einen sterilen Raum und ließen ihn drei Stunden warten. Er bekam Wasser. Sie ließen ihn noch eine Stunde warten. Er zeigte keine Anzeichen von Nervosität oder Angst.

Die Kameras liefen. Alain schob Salma im Rollstuhl in den Verhörraum.

»Saeed Bousaid«, sagte Salma. »لوغشم ىتف تنا«

»Was meinen Sie damit, ich sei ein *viel beschäftigter Junge?*«, erwiderte Saeed in fließendem Deutsch.

»Du bist oft allein auf den Straßen unterwegs«, antwortete Salma.

Mit dem verschleierten Auge schien er sie anzusehen. »Natürlich bin ich allein unterwegs.«

»Wo ist deine Familie?«

»Im Libanon.«

»Ich meine, deine Berliner Familie.«

»Mein Vater und meine Mutter sind tot.«

»Ich würde gerne mit dir über deine Familie sprechen«, sagte Alain.

Saeed legte die Hände auf den Tisch. Er trug mehrere Ringe. »Ich bin nicht daran interessiert, über meine Familie zu sprechen.«

Eine sonderbar geschliffene Antwort – *nicht daran interessiert,* dachte Alain. Die meisten, die in diesem Zimmer saßen, schwiegen oder sagten Sätze, wie: *Was willst du von mir, Mann? Ich kann dir nichts sagen, Mann.*

»Bist du nicht neugierig, weshalb wir dich hergebracht haben, Saeed?«

Er hob den Kopf. Das schielende Auge hatte etwas Eindringliches. »Ich habe nichts getan. Sie werden mich bald gehen lassen müssen.«

»Was ist mit deinem Bein passiert?«

»Ein Laster ist darübergerollt.«

»Wieso hat der Laster nicht rechtzeitig gehalten?«

»Da war eine Öllache. Ich bin ausgerutscht und gestürzt. Der Fahrer sah es kommen und bremste. Aber der Wagen rutschte langsam weiter, auf mein Bein zu. Der Reifen ist auf meinem Bein zum Stehen gekommen.«

Was war das für ein Junge, der so präzise formulierte? Da er nicht zur Schule ging, wer hatte ihm beigebracht, so zu sprechen? Wer hatte ihm Bücher gegeben, die ihm solche Formulierungen erschlossen? Ein behinderter Junge, dessen Geist ungewöhnlich geschärft war und der vor der Behörde keine Angst hatte.

»Wieso wurde dein Bein nicht besser behandelt?«

»Es ist ein Wunder, dass es dranbleiben konnte«, antwortete Saeed. »Der Arzt wollte es amputieren.«

»In welchem Krankenhaus?«

»Im jüdischen Krankenhaus.«

Das jüdische Krankenhaus Berlins stand in einem weitgehend muslimischen Viertel. Die Juden waren zuerst dort gewesen, die Muslime hatten sich später angesiedelt.

»Gehst du zur Schule, Saeed?«

»Nein.«

»Weshalb nicht?«

»Ich gehe nicht zur Schule, das ist alles.«

»Du arbeitest?«

»Nein. Ich arbeite nicht.«

»Wovon lebst du? Wo wohnst du?«

Mit einem Mal verließ Saeed seine entwaffnende Ruhe. »Haben Sie nur Fragen, die dümmer sind als Scheiße?«

Alain hatte seinen Trotz geweckt, der Junge schlüpfte aus dem schützenden Kokon.

»Wo ist der andere Junge?«, fragte Salma. »Der, mit dem du auf dem Gewerbehof warst.«

»Keine Ahnung, von wem Sie sprechen.«

»Ihr habt zusammen etwas getrunken, danach habt ihr den Hof verlassen.«

»Ich weiß nichts von einem Jungen.«

Alain legte ein Überwachungsfoto auf den Tisch. Es zeigte Saeed mit dem hübschen dunkelhäutigen Burschen.

»Ach, der. Keine Ahnung. Wir haben uns gleich danach getrennt.«

»Was wolltest du von ihm?«

»Nichts.«

»Ihr habt eine Stunde miteinander geredet.«

»Wenn Sie das sagen.«

»Wo hast du den Jungen hingebracht?«

»Nirgends.«

»Wo übernachtest du? Du bist nirgends gemeldet.«

»Meine Aufenthaltsgenehmigung ist okay.«

»Das habe ich nicht gefragt. Ich will wissen, wo du wohnst.«

»Mal hier, mal da.«

»Du gehst keinem Beruf nach, verdienst kein Geld. Wer kommt für dich auf, Saeed?« Alain zeigte auf die Hand des Jungen. »Diese Ringe sind kein billiger Tinnef. Das ist Silber. Bist du homosexuell, Saeed?«

Der Junge sprang auf, so rasch sein Bein es erlaubte. »Ich bin keine Schwuchtel. Ich bin keine Schwuchtel!«

»Bitte beruhige dich.«

»Ich bin kein Kinderficker!« Seine Stimme überschlug sich.

»Wie kommen Sie auf Kinderficker?«

Saeed schwankte und hielt sich an der Stuhllehne fest.

»Ich habe dich gefragt, ob du homosexuell bist, und du antwortest, dass du kein Kinderficker bist. Das eine hat mit dem anderen nichts zu tun.«

»Ich weiß, was Sie gerade tun«, gab Saeed aggressiv zurück. »Sie ziehen die *Böser Bulle – behinderter Bulle – Nummer durch*.« Er zeigte auf Salma im Rollstuhl.

»Wie kommst du darauf, dass Frau Defraui ein behinderter Bulle ist?«, entgegnete Alain ruhig.

»Ist doch klar, weil sie ...« Er verstummte.

»Wie kommst du auf den Ausdruck *Kinderficker?* Kennst du so jemanden? Kennst du einen Mann, der sich an Kindern vergeht?«

»Was für ein Mann?« Der Junge zitterte.

»Setz dich, bitte.«

»Ich stehe lieber.«

»Setz dich hin!«

Saeed ließ sich auf den Stuhl fallen.

»Ein Kinderficker ist ein erwachsener Mensch, der sexuelle Befriedigung darin findet, sich an Minderjährigen zu vergehen. Du bist selbst minderjährig, Saeed. Möglicherweise kennst du deine sexuelle Veranlagung noch gar nicht. Trotzdem fühlst du dich beleidigt, wenn ich mich danach erkundige. Du behauptest, keine *Schwuchtel* zu sein, kein *Kinderficker*. Offenbar bist du mit Menschen in Berührung gekommen, auf die das zutrifft. Du hast Situationen erlebt, die deine Aversion gegen solche Menschen geweckt haben. Gibt es so einen Menschen, Saeed? Verabscheust du ihn oder die Dinge, die er tut? Kennst du jemanden, der gerne Kinder fickt? Wen kennst du? Wer ist es, Saeed? Wer, Saeed?«

9

Verdammte, beschissene Baustelle! Nördlich von Berlin bestand die Autobahn nur noch aus Baustellen. Die Baustellen waren Alains Feinde, er verachtete und missachtete sie. Er war ein Mann auf einem Motorrad, einer *Shadow Black Spirit*, die Respekt verlangte. Der Lieblingszustand einer *Black Spirit* war die Fahrt bei einhundertzwanzig Stundenkilometern. Bei diesem Tempo verbrannte sie am schadstoffärmsten. Der Motor drehte sich am geschmeidigsten. Alain gönnte seiner *Black Spirit* diese Freude. Rechts und links der Fahrbahn hielten Gebotsschilder sechzig Stundenkilometer für angemessen. Die Schilder sausten mit hundertzwanzig Sachen an

Alain vorbei. Er überholte links, wo es möglich war, und rechts, wo es nötig schien.

Seit Monaten, ach was, seit Jahren blockierten irgendwelche unverständlichen Verkehrsführungen die Ausfahrt Berlin Nord. Davor war die Straße doch auch in Ordnung gewesen, und auf einmal sollte sie es nicht mehr sein? Wer bestimmte das? Wer saß in einem schlecht belüfteten Büro und fasste den heimtückischen Beschluss, die A 114 sei kaputt und müsse repariert werden? Seit Alain hier lebte, und das war seit seiner Geburt, sahen Berlins Autobahnen wie Flickenteppiche aus. Jahrzehntelang hatte das keinen gestört. Weshalb musste die A 114 plötzlich besser werden als alle anderen Straßen? Der Verkehr, der doch eigentlich fließen sollte, wurde mal nach links über den Mittelstreifen verschoben, dann wieder nach rechts, bis sich der fließende Verkehr in einen nicht enden wollenden Stau verwandelte. Es staute sich von Pankow bis zum Autobahnkreuz A 10 und von dort weiter bis zur Ausfahrt Oberkrämer. Manchmal reichte der Stau auf der A 24 halbwegs bis Hamburg.

Mir scheißegal, dachte Alain, sollen sie mich blitzen. Sollen sie versuchen, einem Hauptwachtmeister den Führerschein wegzunehmen.

Er brauste an den vorbildlichen Hondas und den ängstlichen Skodas vorbei, an zermürbten SUV-Fahrern, die den Tag verfluchten, an dem sie sich die teure Karre zugelegt hatten, die sie in Berlin nirgends ausfahren konnten. Alain dagegen war ein freier Mann, und als freier Mensch fuhr er in den Wald. Kein Wald war von Pankow so schnell zu erreichen wie der Wald rund um den Gorinsee.

Er verließ die Autobahn an der Ausfahrt Schönerlinde

und durchquerte das Reihendorf mit vorbildlichen fünfzig Kilometern pro Stunde. Hier begann die Beschilderung nach Wandlitz. Bevor Alain sich dem Luxusdorf der ehemaligen Bonzen näherte, wo von Honecker bis Mielke alle ihre Datschen gehabt hatten, bog er nach rechts und schwenkte in den Wald ein. Er stellte die *Black Spirit* ab, verstaute Helm und Jacke und betrat den Weg, den er seit Ewigkeiten kannte. Alain lief entlang einer Route, die er niemals änderte oder erweiterte oder infrage stellte. Schnurgerade zogen sich die Forstwege durch den Brandenburger Wald, weil man nur auf geraden Wegen lange Baumstämme befördern konnte. Hier wuchsen Kiefern, keine Tannen, keine Lärchen, und Laubbäume erst recht nicht. Alain lief einen Kilometer mit der Sonne vor seiner linken Schulter, wandte sich neunzig Grad nach rechts, nun stand die Sonne hinter seiner linken Schulter. Fünf Kilometer führte der Weg immer geradeaus weiter, dann teilte er sich. Alain nahm die rechte Abzweigung, er hatte immer die rechte Abzweigung genommen. Der Wald wurde lieblicher, ein paar Birken trotzten der Übermacht der Kiefern. Einen Kilometer weiter stand Alains Bank. Es war die einzige Bank im gesamten Wald. Dieser Punkt stellte jedes Mal den Höhepunkt seiner Wanderung dar. Er setzte sich, aß einen Apfel und dachte nach. Er schaute in die Kronen der Kiefern. Häufig wölbte sich über dem dunklen Grün der makellose Himmel, dann war er glücklich, allein und glücklich. Nur der Wald schenkte ihm dieses Glück.

Nach einem Tag wie diesem musste Alain in den Wald flüchten, hier sitzen und hinaufschauen. Er atmete, er schaute, er biss in den Apfel.

Sie hatten Saeed laufen lassen müssen. Sie konnten

ihm nichts nachweisen. Nummer sieben, acht und neun observierten ihn bis Mitternacht, danach übernahm Manfred mit den Nummern darüber. Bestimmt wusste Saeed, dass er unter Beobachtung stand. Wie reagierte er? Wie reagierte sein Auftraggeber, der, für den Saeed arbeitete? Wenn ein Junge, den das Leben derart gezeichnet hatte, beim Thema Homosexualität so stark reagierte, steckte etwas dahinter. Ein Erwachsener steckte dahinter. *In der Pubertät gleicht das Leben einer Baustelle*, hieß es. In diesem Alter wussten viele nicht, wohin mit ihren Gefühlen. Kein Kind mehr zu sein, aber auch noch kein Erwachsener, die Unsicherheit als tägliche Realität. Wie leicht war es für einen skrupellosen Menschen, Nutzen daraus zu ziehen? Vielleicht scheute sich Saeed heute noch, zu seinem Mentor zu gehen, doch irgendwann würde er das tun. Währenddessen lief im Wedding die Fahndung nach dem Jungen, der mit Saeed auf dem Gewerbehof gewesen war. Der Besitzer der Imbissbude hatte ihn vorher schon ein paarmal gesehen, kannte aber seinen Namen nicht.

Alains Kopf sank nach hinten. Über ihm strebten die Baumkronen im Kreis aufeinander zu, stießen aber nicht zusammen, sie ließen ein Stück Himmel für ihn frei.

Mit Helene nach Italien fahren – wunderbar! Seit Langem liebäugelten sie mit der Reise, diesen Herbst sollte es endlich Wirklichkeit werden. Im Sommer wäre Italien für die Sechsundneunzigjährige undenkbar, im Sommer wurde man ja schon in Berlin verrückt. Den ganzen Sommer über blieb Helene in ihrer Wohnung. Die Bäume vor ihren Fenstern milderten die Hitze ein wenig, aber irgendwann drang sie doch durch die dicken Mauern. Dann stand die Hitze in den Zimmern.

Jahr für Jahr hatte Alain Helene leiden sehen, bis er ihr eine Klimaanlage in das Zimmer mit dem Makartsessel einbaute. Das gefiel ihr, das genoss sie. Dort saß sie in ihrem Sommerkleidchen. Keine zehn Pferde hätten sie von da weggeholt. Natürlich waren sie sich einig, dass die Klimaanlage eine Umweltsünde darstellte. Seitdem spendete Helene an Greenpeace.

Italien! Vielleicht, nein, wahrscheinlich würde es Helenes letztes Mal sein. Ein hübsches Ferienhaus, ein weiter Blick, Pinien und Zypressen, das würde ihr gefallen.

Alain aß den ganzen Apfel, den Stiel ließ er zu Boden fallen. Das hatte gutgetan. Er war mit sich im Reinen.

***

»Thank you, baby.« Die Weißrussin tat mit dem Dildo, was der anonyme Zuseher ihr vorschlug. Der anonyme Zuseher bediente die *Taschengeld*-Taste, worauf die Weißrussin mehrmals »Thank you, baby« sagte und das Spiel fortsetzte. Die Kabine war zweckmäßig ausgestattet, eine Liege, eine Tastatur, Mikrofon, Kamera und Sex-Toys. In der Kabine daneben erfüllte ein junges indonesisches Paar die Stellungswünsche eines anonymen Geldgebers. Die Indonesierin kaute auf dem Penis ihres Partners herum, sie sprachen in ihrer Muttersprache. Als kein Taschengeld mehr kam, brachen sie den Verkehr ab. In der Kabine daneben – in der Kabine daneben –, in der Kabine daneben …

Das Erotik-Studio in der Wollankstraße war eine altmodische Einrichtung. Heutzutage mussten sich Sex-Worker an keinem besonderen Ort mehr einfinden, um zu arbeiten. Man machte das von zu Hause aus, ein Smartphone reichte als Equipment. Das Erotik-Studio erzielte trotzdem Umsatz, weil Berlin groß war und es genügend junge Leute gab, die sich stundenweise etwas dazuverdienen wollten. Die Kunden dagegen waren über die ganze Welt verteilt.

Das Studio logierte an einer ungewöhnlichen Adresse, dem ehemaligen Friedhofswärterhaus am Rande des St.-Elisabeth-Kirchhofs. Frau Edith Horsch hatte das Klinkerhaus von der protestantischen Kirchengemeinde auf dem Wege des Erbpachtrechts auf neunundneunzig Jahre erworben. Jeder Versuch der Kirche, Frau Horsch und ihr Studio aus dem Haus zu vertreiben, war bisher vereitelt worden.

»Wir sind kein Puff«, sagte Edith Horsch, eine geschäftstüchtige Blondine. »Wir operieren als Online-Dienst. Meine MitarbeiterInnen sind freiwillig hier und arbeiten auf Stundenbasis. Sie sind alle angemeldet. Diejenigen, die als Paar arbeiten, müssen jede Woche ein Zertifikat vom Gesundheitsamt mitbringen. Bei mir geht es hygienisch, geordnet und freundlich zu.«

Alains Blick wanderte über die Kabinen. Da und dort grinste eine nackte Frau in die Kamera, während sie sexuell stimulierende Handlungen vorführte. Man hörte einen Klingelton, wenn neues Trinkgeld hereinkam.

»Wie viele Kabinen betreiben Sie?«

»Sechsunddreißig«, antwortete Edith Horsch.

»Sechsund…« Alain war verblüfft.

»Sechsunddreißig ist meine Glückszahl.« Sie wies zur nächsten Tür. »Im ersten Stock gibt es weitere Räume.«

»Und überall wird das Gleiche gemacht?«

Sie schenkte ihm ein erfrischendes Lächeln. »Sehr

viel Neues ist in den letzten Jahrtausenden nicht hinzugekommen, Herr Liebermann.«

»Wie viele Server benutzen Sie?«, fragte Velkan, Alains sichtlich irritierter Begleiter.

»Für technische Fragen habe ich einen Mann, der einmal die Woche kommt.« Frau Horsch schüttelte die Dauerwelle. »Herr Liebermann, ich habe Ihnen, ohne zu zögern, mein Institut und seine Dienstleistungen gezeigt. Jetzt verraten Sie mir bitte, was mir die Ehre Ihres Besuchs verschafft.«

Sie sprudelte das in flottem Berlinerisch heraus, doch Alain entging die Sorge in ihrer Stimme nicht. Frau Horsch hatte nicht gern die Polizei im Haus.

»Kennen Sie Saeed Bousaid?«

»Wer soll das sein?«

»Ein Junge, er stammt aus dem Libanon.«

»Habe ich noch nie gehört den Namen.« Über eine Zwischentreppe führte Frau Horsch die beiden in ihr Büro. Das Arbeitszimmer eines Steuerberaters hätte nicht nüchterner sein können.

»Saeed Bousaid wurde vor einer Stunde gesehen, als er Ihr Haus betrat.«

»Dieses Haus?« Sie stemmte die Fäuste auf den Schreibtisch. »Hier gibt es keinen Saeed.«

»Er ist durch den Hintereingang hereingekommen.«

»Also vom Friedhof?«

»Vom Friedhof. Dieser Junge ist ziemlich auffällig. Er hat eine Behinderung am Bein, und sein Sehvermögen ist eingeschränkt.«

»Ach, Sie meinen Sissi!« Frau Horsch lachte.

»Sissi?«

»Manche meiner Mädchen sprechen kein Deutsch.

Man hört hier Türkisch, Arabisch, ich habe auch ein paar Asiatinnen. Jedenfalls war da eines Tages dieser Junge. Er hat auf dem Friedhof geschlafen und stolperte frühmorgens zerstrubbelt an unserem Haus vorbei. Die asiatischen Mädchen saßen auf der Terrasse und haben geraucht.«

»Arbeiten die Frauen schon so früh?«, fragte Velkan.

»Früh, spät, wer kann das sagen? Meine Kunden stammen aus sämtlichen Zeitzonen der Erde. Für manche ist es spät, für andere früh. Die Mädchen haben den Jungen angesprochen. Er ist zu ihnen auf die Terrasse gehinkt.« Sie zeigte aus dem Fenster. »Wie Sie sehen, grenzt der Kirchhof direkt an mein Grundstück. Er hat die Mädchen gefragt, wie sie heißen, sie haben es ihm gesagt, und er versuchte, ihre thailändischen Namen auszusprechen. Alle lachten und fragten, wie er heißt, und er sagte seinen Namen, aber sie kriegten das nicht hin. Eine von ihnen sagte *Sissi*, und er darauf: *Ich heiße nicht Sissi*. Sie verstanden ihn nicht und lachten sich halb tot und wiederholten immer wieder: *Sissi, Sissi*. Bei dem Namen ist es geblieben.«

»Sie kennen Saeed Bousaid also«, resümierte Alain.

»Wenn das der Gleiche ist, kenne ich ihn. Er ist oft hier. Der arme Kerl, den will ja keiner. Er hat keine Familie. Er hilft mir ein bisschen.«

»Er hilft hier im Betrieb? Hier kann man doch nichts weiter tun als …«

»Haben Sie eine Ahnung, Herr Liebermann. Sechsunddreißig Kabinen, das gibt eine ziemliche Sauerei.«

»Sauerei?«, fragte Velkan begriffsstutzig.

»Hier wird mit Körpersäften gearbeitet, verstehen Sie? Und das nächste Mädchen will natürlich nicht im Saft ihrer Vorgängerin arbeiten. Also muss bei jedem Schichtwechsel sauber gemacht werden.«

»Und das macht Saeed?«

»Wenn er da ist. Manchmal putzt auch Mareen, eines der Mädchen. Ihr Freund ist ein Arschloch. Sie fühlt sich bei uns zu Hause. Sie bedient die Kunden, und wenn sie fertig ist, putzt sie Kabinen.« Plötzlich machte Frau Horsch ein bedenkliches Gesicht. »Angemeldet habe ich Saeed allerdings nicht, das sage ich Ihnen gleich. Er macht ja nur Gelegenheitsjobs. Er kommt und geht, wie es ihm passt. Ich hoffe, Sie werden mir deshalb nicht ...«

Alain winkte ab. »Die Arbeitspapiere von Saeed interessieren uns nicht. Kommt es vor, dass er manchmal Jungs mitbringt?«

»Was für Jungs?«

»Jungen in seinem Alter.«

»Sekunde mal, Herr Liebermann. Was Sie da andeuten: Solche Sachen machen wir nicht.«

»Was für Sachen, Frau Horsch?«

»Na, mit Kindern. Nicht bei Mama Horsch. Wir beschäftigen uns ausschließlich mit dem guten alten Ficken. Hier wird gefickt und Muschi gezeigt, Herr Liebermann. Sonst nichts.«

Alain bemerkte, dass Velkan heimlich nach den Monitoren schielte, die die Mädchen bei der Arbeit zeigten. »Es ist noch nie vorgekommen, dass Saeed einen *Freund* mitgebracht hat?«

»Das Haus platzt bei den vielen Mädchen schon aus den Nähten«, widersprach sie vehement. »Da kann ich nicht auch noch Jungs brauchen.«

»Wer hat hier am häufigsten mit Saeed zu tun?«

»Mareen. Die beiden verstehen sich gut. Sitzen oft draußen und plaudern.«

»Ist sie gerade im Haus?«

»Sie arbeitet.«

»Können wir uns mit ihr unterhalten, wenn sie fertig ist?«

»Natürlich können Sie das.« Frau Horsch nickte problematisch. »Aber Sie sollten mit ihr lieber einen Spaziergang machen. Ich möchte nämlich nicht, dass meine Mädchen sehen …«

»… wie zwei Bullen Mareen verhören?«

»Sie sind aber schnell von Kapee«, meinte Frau Horsch lachend. »Wissen Sie, mein Geschäft ist grundsolide. Es befriedigt schließlich ein Grundbedürfnis des Menschen. Trotzdem feinden mich hier einige an. Nennen mich *Puffmutter* und so. Ich möchte den Leuten keinen Grund geben … Sie verstehen schon.«

»Wir freuen uns auf den Bummel mit Mareen.«

10

Alain fühlte sich auf Friedhöfen wohl. Gerne schlenderte er zwischen den Reihen, las die Namen, die Inschriften und Jahreszahlen. Eine ganze Stadt lag zu seinen Füßen, Jahrhundert auf Jahrhundert waren an diesen Gräbern vorübergezogen. Wohlstand und Krieg, Ehre, Ruhm, Elend, Hunger, alles hatte es währenddessen über der Erde gegeben, doch die unterirdische Stadt der Toten nahm davon keine Notiz.

Der Platz, wo der Junge gefunden wurde, lag zurückversetzt hinter einer Eibenlaube. Es war der älteste Teil des St.-Elisabeth-Kirchhofs. Hier standen Grabsteine aus dem 18. und 19. Jahrhundert, wohlhabende Kaufmannsgeschlechter hatten sich hier Gedenkstätten errichtet. *Dem vielverehrten Handwerksmeister Otto von Tombé* stand in Marmor gemeißelt da. Jesus segnete die Gräber von oben herab, die Engel weinten. Es war ein Ort voll Anmut, Ruhe und Gelassenheit, ein Ort, an dem der Mensch seine Mühsal hinter sich ließ. In dieser Nekropolis war der Junge abgelegt worden. Man fand ihn in einem Drahtkäfig mit Kompostierabfällen. Seine Glieder waren verrenkt, teilweise gebrochen, er hatte nicht ohne Weiteres in den Behälter für verrottende Abfälle gepasst.

Nummer achtzehn identifizierte den toten Jungen. »Ja«, sagte Manfred leise.

»Kein Zweifel?«, fragte Alain.

»Zu neunundneunzig Prozent.«

Manfred ging der Anblick nahe. Das leblose Gesicht, die entwürdigende Stellung, die Nacktheit, die Wunden, diese schrecklichen Wunden. Manfred war schon öfter bei der Arbeit des Gerichtsmediziners dabei gewesen, doch diesmal wandte er den Kopf ab. »Ja, das ist der Junge, mit dem Saeed sich unterhalten hat.«

Das Kind trug nichts am Leib, was einen Hinweis auf seine Identität gab. Wegen der Verletzungen war es schwierig, sein Gesicht zu fotografieren. Trotzdem wollte Alain das Bild veröffentlichen. Eine Mutter musste erfahren, dass sie umsonst auf ihren Sohn wartete, eine Familie sollte die Möglichkeit bekommen, ihr Kind zu beerdigen.

Es war der erste tote Junge, der nicht an einen obskuren Ort geschafft worden war, wo man die Leiche erst nach Wochen fand. Dieses Kind hatte man rasch und hastig entsorgt. Der Fundort lag kaum zweihundert Meter vom Etablissement der Madame Horsch entfernt.

Alain ließ den erotischen Betrieb schließen und nahm die Sexarbeiterinnen zur Befragung mit. Frau Horsch wurde verhaftet. Saeed versuchte sich abzusetzen, wurde aber gefasst. Alain gab Befehl, Haus und Grundstück zu durchsuchen.

Zuerst fanden sie nur, was sie schon kannten. Der Privatbereich von Frau Horsch bot ebenfalls keine Überraschungen. Es gab noch ein Matratzenlager, auf dem scheinbar Frauen schliefen, die keine Bleibe hatten. Im Keller fanden sie Regale ohne verdächtigen Inhalt, eine Tiefkühltruhe und einen Heizbrenner. In der Kühltruhe befand sich ein Vorrat von zweihundert Pizzen. Auf dem Sockel des Heizbrenners entdeckte Nummer neun Spuren dunkler Tropfen. Alain ließ die Stelle untersuchen. Die Flüssigkeit kam unter dem Ofen hervor. Es handelte sich um Blut. Das technische Team machte sich mit Presslufthammer und Flexmaschine an die Arbeit.

Bis ein Ergebnis vorlag, setzte sich Alain auf die Terrasse des Friedhofswärterhauses. Kastanien und Linden wiegten sich im Sommerwind. Die Kastanienblätter wurden bereits rötlich und rollten sich ein. Geißblatt und Knöterich rankten überall empor, wo man ihnen nicht Einhalt gebot. Die Sonne stand tief und verlieh den Grabsteinen, Kreuzen und Statuen eine goldene Aura. Dort, zwischen Weltkriegsgräbern, waren Alain und Velkan vorgestern mit Mareen entlangspaziert.

»Ich will ein Buch schreiben.« Mareen war eine schlanke Berlinerin mit blauen Augen und schwarzem Haar.

»Worüber?« Alain wunderte sich, dass sie trotz der Hitze Springerstiefel trug.

»Ich nenne es: *Wie ich mit zehntausend Männern geschlafen habe.*«

»Waren es wirklich so viele?«, fragte Velkan.

»Sie können nachrechnen. Ich mache das seit zehn Jahren, knapp viertausend Tage. Jeden Tag mindestens fünf Kunden. Die Ferien muss man natürlich abrechnen ...«

Alain unterbrach das Rechenexempel. »Bei Frau Horsch haben Sie aber doch keinen direkten Geschlechtsverkehr.«

»Das ist ein Segen«, nickte Mareen. »Mein Job ist in den letzten Jahren schwierig geworden. Die Konkurrenz aus dem Osten, die Corona-Auflagen, zuletzt bin ich vorwiegend durch Deutschland getingelt und habe an Sexpartys teilgenommen. Aber es kommen immer weniger Kunden, die haben alle Angst vor Ansteckung. Darum bin ich auf Online-Sex umgestiegen. Du verdienst zwar weniger, hast aber keinen Stress, geregelte Arbeitszeiten und mehr Sicherheit.«

»Machen Sie das gern?«, erkundigte sich Velkan.

»Was wollen Sie jetzt hören, Herr Kommissar? Dass ich mit Drogen zur Prostitution gezwungen wurde? Dass ich lieber aussteigen möchte aus dem Sex-Zirkus?«

»Ich weiß nicht. Wollen Sie denn?«

Mareen lächelte. »Die Wahrheit ist: Ich bin eine faule Kuh. Habe nichts gelernt, will auch nichts lernen, will mich nicht anstrengen und trotzdem schnelles Geld verdienen. Also mache ich Typen glücklich, die so einen Gesichtsausdruck haben wie Sie.«

»Ich?«, fragte Velkan erschrocken. »Was habe ich denn für einen Gesichtsausdruck?«

»Den Ausdruck, dass Ihnen schon lange keiner mehr geblasen wurde.«

»Ach, diesen Ausdruck meinen Sie«, antwortete Velkan korrekt.

»Wie lange kennen Sie Saeed Bousaid?«, ging Alain dazwischen.

»Ein paar Monate. Nee, länger, schon über ein Jahr. Seit er hier ist.«

»Woher kam er? Wo war er davor?«

»Keine Ahnung.« Mareen stieß einen Stein beiseite. »Er ist aus dem Nichts aufgetaucht. Es gibt viele von denen, für die der Tag vergeht, ohne dass irgendwas passiert. In der schönen Jahreszeit sind sie draußen. Wenn es kalt wird, suchen sie sich ein warmes Plätzchen.«

»Hat Saeed dieses Plätzchen bei Frau Horsch gefunden?«

»Mama Horsch ist normalerweise eine harte Nuss, aber bei dem armen Teufel hat sie ihr Herz entdeckt. Sissi steht unter ihrem besonderen Schutz.«

»Ich dachte, er steht unter Ihrem Schutz, Mareen.«

»Wir sind befreundet, wenn Sie das meinen.« Sie zeigte nach links. »Wollen wir unter die Bäume? Da ist es nicht so heiß.«

Sie liefen im Schatten weiter.

»Ich unterhalte mich gern mit Sissi«, fuhr Mareen fort. »Der Junge hat was in der Birne.«

»Woher kommt seine Bildung? Weshalb spricht er so gut Deutsch?«

»Einmal hat er gesagt, es gibt einen Freund, der ihm manchmal was zusteckt und bei dem er auch schlafen kann.«

»Was wissen Sie über diesen Freund?«

»Nichts.«

»Saeed muss Ihnen doch etwas erzählt haben.«

»Es hörte sich an, als ob der Mann so was wie ein Vater für ihn ist. Verständlich, wenn du keinen hast in dieser Stadt, oder?«

»Mit anderen Worten, dieser Freund ist älter. Denken Sie, dass er sexuell an Saeed interessiert ist?«

»Haben Sie sich Sissi mal angesehen?«

»Sie wissen am besten, dass es bei gewissen Formen von Sex nicht darauf ankommt.«

Mareen ging langsamer. »Da haben Sie recht. Ich könnte Ihnen Sachen erzählen … Aber Sissi als Lustknabe? Nee.«

»Ist Saeed schwul?«

»Glaube ich nicht, so oft, wie ich ihn bei den Mädchen spannen sehe. So einer wie Sissi hat's schwer, zu landen, wissen Sie, egal, ob bei Männlein oder Weiblein.«

»Haben Sie ihn schon einmal befriedigt?«, fragte Alain.

»Sie werden lachen: ja. Nur so aus Spaß.«

Sie liefen eine Runde über den Friedhof und kamen auch an dem Kompostierplatz vorbei. Blumengebinde, Kohlrabischalen und Orangen verwesten. Eine alte Frau entsorgte welke Vergissmeinnicht.

»Alain?« Mit nacktem Oberkörper trat Nummer neun aus dem Friedhofswärterhaus.

»Hm?« Er schreckte aus seinen Gedanken hoch.

»Wir haben was.«

»Aha?«

»Etwas Gewaltiges.« Mit der Flexmaschine zeigte

Neun nach drinnen. Alain folgte dem Kollegen in den Keller. Ein Berg Betonschutt lag neben dem Brenner.

»Zuerst haben wir es brachial versucht«, erklärte Neun. »Dann haben wir im Raum hinter dem Kessel einen Motor entdeckt, konnten uns aber nicht erklären, wozu der dient. Bis wir das hier gefunden haben.«

Er zeigte auf einen Kippschalter, der im Verbandskasten versteckt war. Man konnte auf Eins, Zwei und Null drehen. Im Augenblick stand er auf Null.

»Soll ich?«, fragte Neun. Er schaltete ein, der Mechanismus setzte sich in Gang. Der mächtige Ofen glitt von seinem Platz, ohne dass die Leitungen beschädigt wurden. Darunter kam blanker Beton zum Vorschein – und eine Blutlache. Nach einem halben Meter stoppte die Maschine.

»Ich werd verrückt«, murmelte Alain.

Neun schaltete auf die nächste Stufe. Die Betonplatte senkte sich zu einer Seite hin und gab eine Treppenleiter frei. Nur ein schlanker Mensch konnte durch diesen Einstieg in die Tiefe klettern.

Alain sah seine Leute an. »Wart ihr schon unten?«

»Nur ich.« Der Mann mit dem nackten Oberkörper presste die Lippen zusammen. Er hielt die Flex noch in der Hand.

11

»Sie haben nicht die geringste Ahnung! Sie schalten Ihre Kameras ein und Ihre Mikrofone, aber Sie wollen gar nicht hören, was wirklich los war, sondern nur, was Ihnen in den Kram passt.« Saeed trug dieselben Sachen wie beim ersten Verhör. Sein Haar aber sah gewaschen aus, die Fingernägel waren geschnitten.

»Dann erzähl uns, was wirklich los war«, forderte Alain ihn auf. »Mareen sagt uns, dass dieser Mann – er heißt Martin? – so etwas wie ein Vater für dich gewesen ist. Weswegen fühlst du dich zu diesem Mann hingezogen?«

»Scheiße.« Saeed schüttelte den Kopf. »Scheiße.«

»Martin hat deine Intelligenz erkannt, dein Potenzial, nicht wahr? Er hat hinter deine *Beschädigung* gesehen. Er hat dir bestimmte Dinge zugetraut.«

»Was für Dinge?«

»Das kannst nur du uns sagen. Ein Vater traut seinem Sohn Außergewöhnliches zu.«

»Sprechen Sie aus Erfahrung?«, entgegnete Saeed aggressiv. »Was hat Ihr Vater Ihnen denn *zugetraut*, weswegen Sie jetzt hier sitzen und mir beschissene Fragen stellen?«

Salma wollte dazwischengehen, Alain bedeutete ihr, dass er nichts gegen die Frage hatte. »Mein Vater ist Tropenarzt gewesen. Er war ständig auf Reisen.«

»Hat Ihr Vater Sie dazu gebracht, Polizist zu werden? Sollten Sie ein *braver* Sohn sein, einer, der die Welt in Ordnung bringt?«

Alain verstand, die *Geister* wurden angesprochen, die Geister der Vergangenheit. Jeder kannte sie, jeder definierte sich aus ihnen. Alain und Saeed saßen einander auf verschiedenen Seiten des Tisches gegenüber, aber beide waren hier, weil es in ihrer Vergangenheit bestimmte Scheidewege gab. Alains Eltern hatten ihren Sohn bei Großmutter Helene gelassen, während ihre Berufe sie rund um die Welt führten. Als sie älter wurden und sich nach einem Lebenssinn sehnten, wollten sie Alain wieder zu sich holen. Er hatte seinen Eltern die Tür vor der Nase zugeschlagen und blieb bei Helene, die ihm alles beibrachte, was man über Liebe wissen musste. In einer Daunendecke aus Liebe verbrachte er seine Jugend.

An einer bestimmten Lebenskreuzung hatte sich der verkrüppelte Saeed für einen Mann entschieden, der ihm

Ersatz für all die Menschen sein sollte, nach denen er sich sehnte. Dieser Mann war das Schlüsselerlebnis Saeeds.

»Meine Großmutter, bei der ich aufgewachsen bin, wollte nicht, dass ich zur Polizei gehe«, beantwortete Alain die Frage. »Das fand sie zu gefährlich.«

»Was wollte Ihre Großmutter, dass Sie werden?«

»Diplomat.«

»Warum sind Sie das nicht geworden?«

»Weil man für die Diplomatenlaufbahn Jura studieren muss. Ich hatte keine Lust darauf. Wie war das bei Martin und dir, Saeed? Hat er eine bestimmte Laufbahn für dich geplant?«

»Er interessiert sich nicht für *Laufbahnen*.«

»Wofür interessiert er sich dann?«

»Für Dinge …« Saeed holte Luft. »… die Sie sich nicht im Entferntesten vorstellen können.«

Alain dachte an den Raum unter dem Heizungsofen. Er hatte alles gesehen, die Akribie, die Ordnung. Die Werkzeuge. Die Spuren. Er hatte den Geruch gerochen und das Desinfektionsmittel, das den Geruch vertreiben sollte. Martin hatte in diesem Raum alles vereint, was es an Grauenvollem gab, das man Menschen antun konnte. Jede Normalität hatte er verbannt und dadurch sein eigenes Universum erschaffen, ein Universum des Grauens, in dem das Grauen nichts Erschreckendes war, sondern das Selbstverständliche.

»Sag mir, was dort unten los war, Saeed.« Alains Stimme klang krank und elend. Er wollte das nicht hören. Aber er musste es hören. Sie mussten es zu Protokoll nehmen.

»Ich war elf, als ich Martin kennenlernte.«

»Ein Kind also. Was ist Martin für ein Mensch?«

»Ruhig. Angenehm. Ein Einzelgänger. Er hat mich neugierig gemacht.«

»Worauf?«

»Auf seine Welt.«

»Woher stammt er?«

»Saudi Arabien.« Saeed legte den Kopf schief. »Das überrascht Sie, dass ein Mann, der Martin heißt, Saudi ist? Seine Mutter war eine protestantische Kindergärtnerin aus Saarbrücken, die der saudische Vater unter seine Lieblingsfrauen aufgenommen hat. Martin hat neben dem saudischen auch einen palästinensischen Pass.«

»Wo hast du ihn kennengelernt?«

»Im Krankenhaus. Als sie mein Bein amputieren wollten.«

»War Martin dort Patient?«

»Ein Engel war er. Ein Engel im grauen Anzug saß an meinem Bett. Er fragte, wie das passiert ist. Er gab mir seine Telefonnummer. Dann ging er und hat mit dem Arzt gesprochen. Mein Bein wurde gerettet.«

»Und du hast Martin angerufen?«

»Ich besuchte ihn in seiner Wohnung. Drei Zimmer, ziemlich kahl. Martin hat einen Job bei einer Logistikfirma. Er fragte mich, was er für mich tun kann. Geld, sagte ich, ich brauche Geld. Er hat mir Geld gegeben.«

»Was hat er als Gegenleistung verlangt?«

»Nichts.«

»Das glaube ich dir nicht.«

»Er hat mich Frau Horsch vorgestellt.«

»Was solltest du in einem Online-Puff, wo nur Mädchen arbeiten?«

»Ich habe sauber gemacht.«

»Und dann?«

»Martin sagte, dass es eine Menge Schwule in der Stadt gibt, die ihren Spaß mit Kids haben wollen. Und dass es eine gute Sache wäre, solche Jungs aufzutreiben.«

»Eine *gute Sache?*«, ging Salma dazwischen.

»Eine Sache, bei der Geld rausspringt. Martin hat einen Sex-Ring für Schwule aufgezogen. Er gab mir zweihundert für jeden Kerl, den ich gebracht habe. Das war allerdings noch, bevor er angefangen hat, mir von seinen Fantasien zu erzählen.« Unruhig krempelte Saeed die Ärmel hoch.

»Was für Fantasien?«

»Vom Töten.«

»Davon, Kinder zu töten?«

Saeed schwieg.

»Auf welche Weise hat er dir diese Fantasien nähergebracht?«

Saeed zögerte. »Martin fragte, ob ich es könnte.«

»Töten?«

»Als Gedankenspiel. Es war nur ein Spiel von ihm. So habe ich ihn verstanden.«

»Was für eine Art Spiel?«

»Zum Beispiel, wenn ich in ein Haus einbreche und der Besitzer kommt zurück und bedroht mich, ob ich den Mumm hätte, ihn kaltzumachen.«

»Was hast du darauf gesagt?«

»*Ja*, natürlich.«

Alain fixierte den Jungen, der unruhig auf seinem Stuhl wippte. »Hast du wirklich geglaubt, du könntest einen Mord begehen?«

»Ich habe mich gefragt, wie das wäre. Tun wir das nicht alle?« Sein Blick ging zwischen Alain und Salma hin und her. »Die meisten Leute geben es nur nicht zu.«

»Sekunde«, stoppte ihn Alain. »Gehen wir ein Stück zurück. Als du Martin die Jungs zugeführt hast, wie ging das genau vor sich?«

»Beim ersten Mal dachten seine Kunden, ich sei die Ware. Und wissen Sie, was? Die wollten mich tatsächlich ficken. Das hat die richtig scharfgemacht, mit einem Krüppel rumzumachen.«

»Und, hast du?«

»Ich sagte Ihnen schon, ich bin nicht schwul. Ich lasse mich nicht ficken.«

»Wo hat das stattgefunden? Bei Frau Horsch?«

Saeed nickte. »Oben bei ihr. Die oberen Zimmer waren damals noch keine Kabinen. Sie hatte einen Salon eingerichtet, ein paar Liegen, gedämpftes Licht, der ganze Firlefanz.«

»Du hast die Jungen dort abgeliefert?«

»Und kassiert.«

»Wo hast du sie eigentlich aufgetrieben?«

Ein kurzes Lachen. »Das ist das Leichteste. Wenn du einem, der nichts hat, sagst, er kriegt einen Fuffi auf die Hand, wenn er sich zwei Stunden befummeln lässt, musst du die Bewerber förmlich abwimmeln.«

»Wie lange ging das?«

»Über ein Jahr.«

»Aber danach hat sich etwas verändert.«

Saeed nickte mehrmals. Er sprach jetzt leiser. »Martin fragte, ob ich schon mal Handschellen getragen hätte. Ich sagte, das ist nichts für mich.«

»Von da an wusstest du aber, dass jeder Junge, den du ihm bringst, solchen Prozeduren unterzogen würde?«

»Vielleicht, keine Ahnung.«

»Du wusstest doch, dass Martin die Kinder foltert.«

Saeeds Gesicht verschloss sich. »Ich habe an das Geld gedacht.«

»Wann hat Martin diesen Keller eingerichtet?«

»Kann ich nicht sagen.«

»Du hast ihn doch beliefert. Du hast bei Frau Horsch gearbeitet. Da musst du doch …«

»Ich weiß nichts. Das Haus wurde nämlich zwischendurch geschlossen.«

»Wann?«

»Vor anderthalb Jahren. Wasserschaden, behauptete Frau Horsch. Die Leitungen seien veraltet. Plötzlich standen wir auf der Straße, die Mädchen und ich.«

»Und dann?«

»Dann wurde vier Monate lang gebaut. Als wir wieder reindurften, gab Frau Horsch eine Party. Alle waren froh, wieder arbeiten zu können. Ob die Wasserleitungen neu waren, weiß ich nicht. Aber der Salon im ersten Stock war verschwunden.«

Salma blätterte in der Akte. »Das stimmt ziemlich genau mit der Zeit überein, als das erste Kind verschwunden ist.«

»Was hast du von diesem besonderen Keller mitgekriegt, Saeed?«

»Nichts.«

»Wo hast du die Jungs denn ab diesem Zeitpunkt hingebracht, wenn es keinen Salon mehr gab?«

»In den Aufenthaltsraum.«

»Und dann?«

»Dann habe ich mein Geld gekriegt und bin gegangen.«

»Du hast die Jungen nie wiedergesehen. Hat dich das nicht gewundert?«

Saeed schwieg.

»Hast du dich nicht gefragt, was mit ihnen geschehen ist?«

Saeed schwieg.

»Als in den Medien über das Verschwinden von muslimischen Jungs berichtet wurde, hast du dir da keine Gedanken gemacht? Als die ersten Leichen gefunden wurden, hast du dir wirklich keine Gedanken gemacht? Saeed? Saeed?«

12

Seine Identität war geklärt: Martin Hossein Khatib, dreiundvierzig, saudisch-palästinensischer Doppelstaatsbürger, der Vater verstorben, die Mutter unauffindbar. Er war Angestellter bei *Ramtech-Logistics*, ledig, tüchtig, unauffällig, lebte zurückgezogen, keine Freundschaften innerhalb der Firma, keine Freundschaften außerhalb der Firma. Er hatte Frau Horsch über die Internet-Plattform kennengelernt. Später waren sie einander persönlich begegnet. Nach und nach musste Khatib sie für seine Idee gewonnen haben. Sie wussten, wer er war. Sie brauchten ihn nur noch zu fassen. Es war eine Frage der Zeit. Der Haftbefehl gegen Martin Khatib galt international.

Im Fall von Frau Horsch wurde der Staatsanwalt tätig. Mitwisserschaft und Beihilfe. Frau Horschs Beteuerung, sie habe geglaubt, Martin wollte im Keller eine Töpferwerkstatt einrichten, wurde wenig Bedeutung beigemessen. Frau Horsch kam in Untersuchungshaft. Die Mädchen wurden verhört und nach und nach entlassen. Saeed saß in Jugendhaft. Er war der Kronzeuge.

Alain lag in der Wanne. Diese alte Eisenwanne hatten sie schon beim Einzug in die Wohnung vorgefunden. Manchmal waren Lea und er zusammen in der Wanne gelegen, die Beine übereinander, zurückgelehnt, bei Kerzenlicht. Schön war das. Als Alain das Bad dunkelblau gestrichen hatte, lebte Lea noch. Seitdem tat er keinen Handschlag mehr zur Verschönerung der Wohnung. Das meiste, was ihn an Lea erinnerte, hatte er in Kisten gepackt. Er brauchte diese Dinge nicht, um sich zu erinnern.

Die Kerzen, späte Zeit, die Einsamkeit, warum sollte man um seine tote Frau nicht weinen? Man legte eine alte Liebe nicht ab, nur weil man eine neue fand. Man behielt beide. Das war gut, und das tat weh. Im heißen Wasser brach alles Ruhige, Gefasste, brach alles in Alain zusammen. Diese Kinder. Dreizehn Kinder, vier hatten sie noch nicht gefunden. Er wollte nicht daran denken, wie die Kinder zu Tode gekommen waren. Er sah ihre Augen vor sich. Ihre Kinderaugen und den Glauben darin, dass der Mensch gut sei, dass selbst einer wie Martin Khatib gut war. Alain sah ihre Fassungslosigkeit, das schreckliche Erwachen, wenn sie die Wirklichkeit erkannten und spürten, dass es Schmerzen gab, die unvorstellbar waren. Er sah alles und hasste alles. Er hasste Gott, der das zuließ, der einem Menschen solche Begierden gab und ihm die Macht verlieh, den Kindern wehzutun. Alain fiel das Märchen ein, in dem die Hexe gefragt wurde, was man mit einer machen sollte, die dies und das verbrochen habe. Man schilderte ihr die Vergehen, die sie selbst begangen hatte. Die Hexe sagte, man sollte die Missetäterin nackt in ein Fass stecken, das innen mit Nägeln ausgeschlagen sei und das Fass den Berg hinunterrollen. »Du hast deine Strafe selbst bestimmt«, sagte der König und ließ das Fass bringen. *Einen grausamen Tod* hatte der siebenfache Mörder Rudolf Hoppe vorgeschlagen, als Alain ihn auf ein gerechtes Strafmaß für seinesgleichen ansprach.

Der deutsche Mensch lebte innerhalb deutscher Gesetze. Der deutsche Staatsschützer schützte die Einhaltung dieser Gesetze. Der Staatsschutz würde Martin Khatib fassen, überführen und dem Gericht überantworten. Martin Khatib würde einen exzellenten Anwalt finden, Anwälte waren scharf auf Sensationsfälle. Falls die Verteidigung nicht auf Strafunfähigkeit wegen geistiger Störung abzielte, würde eine lebenslange Gefängnisstrafe nicht zu vermeiden sein. Lebenslänglich hieß nach deutschem Recht fünfzehn Jahre. Für die Zeit danach würde der Richter Sicherheitsverwahrung anordnen. Aber niemand wusste, was in fünfzehn Jahren sein mochte. Khatib war nur ein paar Jahre älter als Alain. Wenn der Mann doch irgendwann freikam, hatte er noch viele Lebensjahre vor sich. Den Kindern waren alle Lebensjahre gestohlen worden. Dagegen gab es kein Gesetz, keine Sühne konnte dem gerecht werden. *Ein grausamer Tod*, dachte Alain und wünschte sich ein paar Sekunden lang, den Rechtsstaat verlassen zu dürfen. Tod dem Mörder von Kindern.

***

Vizepräsident Ewald Beryll aß in Alains Kantine am Tempelhofer Damm. Er nahm den Hackbraten. Das Tablett in der Hand winkte er dem Kollegen vom Staatsschutz zu. Alain winkte zurück und nahm die Penne, obwohl er lieber Hackbraten gehabt hätte. Diana war der Grund dafür. Sie wurde nicht müde, von der Tierqual zu berichten, jedes Mal, wenn er sich ein Würstchen genehmigte. Bei Schweinefleisch sagte sie, das seien unglaublich intelligente Tiere, bei Huhn erinnerte sie ihn daran, dass die männlichen Küken geschreddert wurden. An die Sache mit den Rindern wollte sich Alain lieber nicht erinnern. Er setzte sich an einen anderen Tisch. Die Penne schmeckten nach nichts.

Die Fahndung war nicht engmaschig genug gewesen. Martin Khatib hatte einen Flieger nach Korfu erwischt. Er war zwischen den Touristen untergetaucht. In Korfu hatten ihn die Behörden zwar auf einem Überwachungsvideo entdeckt, aber nicht gefasst. Wahrscheinlich hatte er sich mit einer Fähre abgesetzt. In der Hauptsaison fuhren Hunderte Fähren auf Hunderte Inseln, es war unmöglich, jede zu überwachen. Alain kannte von den griechischen Inseln nur Skopelos auf den Sporaden, drei Sommer war er mit Lea dort gewesen. Dann hatten sie *Mamma mia* auf Skopelos gedreht. Seitdem war auch dieser Fleck durch die Touristenbrut verseucht.

Europol und EuroCOP hängten sich an Martin Khatib. Alain musste abwarten. Die Griechen taten, was sie konnten. Taten die Griechen, was sie konnten? Alain betrachtete die schräg geschnittene Nudel auf seiner Gabel.

»Darf ich gratulieren?«

Wie aus dem Nichts stand Beryll vor ihm.

»Ach, hallo, Ewald.«

»Man kann nur staunen. Sie haben in kurzer Zeit geschafft, was LKA und BKA nicht zustande gebracht haben.« Berylls Teller war leer. Der Mann musste schlingen wie ein Raubtier. »Wann gehen Sie mit Ihrem Erfolg an die Öffentlichkeit?«

»Sobald wir ihn haben.« Alain schob seinen Teller beiseite. Er überlegte, noch eine kleine Portion Hackbraten zu nehmen.

»Wie sind Sie vorgegangen?« Beryll nahm ihm gegenüber Platz.

»Wir hatten einfach Glück mit unserem Kronzeugen.«

»Keine falsche Bescheidenheit. Das war erstklassige Arbeit.«

»Und bei Ihnen, Ewald? Wie geht es im Fall DeGroot voran?«

»Ich bemühe mich um die nötigen Genehmigungen.«

Aha, das ist es, dachte Alain, Beryll klopft zum zweiten Mal an meine Tür. Er will meine Hilfe. »Bemühen Sie sich bitte nicht. An meiner Antwort hat sich nichts geändert.«

»Antwort … Antwort?« War Berylls Haltung gespielt, oder erinnerte er sich wirklich nicht? »Ach, unser Small Talk in Treptow?« Er schüttelte den Kopf. »Sie hatten recht, Alain. Dem Einsatz in Israel, wie ich ihn vorsah, hätte jede rechtliche Grundlage gefehlt. Ich hatte das nicht bis zu Ende gedacht.«

»Wie gehen Sie also vor?«

»Auf dem Dienstweg, über das Auswärtige Amt. Wir haben die Israelis um Kooperation gebeten.«

»Mit Erfolg?«

Beryll pickte eine einsame Erbse von seinem Teller. »Lassen Sie uns lieber von was anderem sprechen.«

Alan nickte und nickte noch einmal. »Wie war Ihr Hackbraten?«

»Ausgezeichnet. Die Küche hier ist besser als unsere.«

»Was machen Sie im Westen?«, fragte Alain. »Wenn Sie darüber reden dürfen.«

Beryll schob die Haartolle aus der Stirn. »Eine Demo der Reichsbürger, da dürfte es Ärger geben. Trinken wir einen Kaffee zusammen? Darf ich Sie einladen?«

Alain hatte die Hackbraten-Idee noch nicht aufgegeben, andererseits, wenn er stark blieb, konnte er Diana abends von seiner vegetarischen Heldentat erzählen und Beryll gleichzeitig mit dem Hackbraten anschwärzen. Er schmunzelte.

»Habe ich etwas Lustiges gesagt?« Beryll stand auf.

»Nein, Ewald. Gern trinke ich einen Kaffee mit Ihnen.«

13

Anafi, ausgerechnet? Es gab nichts auf Anafi. Um diese Jahreszeit hielten sich nur Rucksacktouristen und Strandschläfer auf Anafi auf, Leute mit viel Zeit und wenig Geld. Die Griechen hatten Khatib noch nicht gefasst, behaupteten aber, er sei auf dieser Insel. Sie schickten Bilder: Martin Khatib auf dem Flughafen von Santorini, Khatib im Fährhafen von Santorini. Die einzige Fähre, die infrage kam, hatte um fünf Uhr morgens abgelegt, Destination Anafi. Alain googelte. Südliche Kykladen, Mini-Eiland, die Insel gehörte zur Hälfte der Kirche. Badeurlauber mussten vom Boot aus an die Strände geschafft werden, über die Steilküste existierte kein Zugang. Eselspfade vorwiegend, Verdursten möglich, da es unterwegs keine Tavernen gab, nur Kapellen, viele Kapellen.

Martin Khatib, der unauffällige Logistiker, der viel Geld in seine Folterkammer gesteckt hatte, sollte sich auf eine Rucksackinsel abgesetzt haben? Freiwillig wohl nicht. Wer, der sich auf der Flucht befand, floh auf eine Insel? Als letzten Ausweg, vielleicht, in die Enge getrieben. Oder steckte mehr dahinter? Was gab es in der Nähe von Anafi? Nichts. Nur Santorini im Westen, Kreta im Süden.

»Und das türkische Festland im Osten, vorausgesetzt, dass du ein guter Schwimmer bist.« Velkan verschob die Mittelmeerkarte auf dem Bildschirm nach links. Er und Salma, auch Alain bekamen bei dem Anblick Urlaubsgefühle. Der Sommer neigte sich seinem Ende zu, aber keiner von ihnen hatte seinen Hintern bis jetzt irgendwohin in Gang gesetzt. Salma verreiste seit Jahren nicht mehr, es gab kaum Destinationen für eine Dialysepatientin. Weil Salma nicht reiste, reiste auch Velkan nicht. Alain hätte reisen können, aber er fand es in Pankow am schönsten. Die Idee, mit Helene nach Italien zu fahren, stammte von Diana.

Der Direktor trat ein und informierte sich über den neuesten Ermittlungsstand. Er suchte einen Grund, endlich die Presse informieren zu können.

Alain gab eine Lageschilderung und schloss mit den Worten: »Ich hole ihn. Ich hole Khatib nach Deutschland.«

»Ein Auslandseinsatz?« Der Direktor bekam diesen Blick, den er meistens hatte, wenn es um Finanzen ging. Unter anderen Umständen hätte er Alain auseinandergesetzt, dass Europol und EuroCOP deshalb geschaffen worden seien, damit abenteuerlustige Ermittler keine teuren Dienstreisen mehr anzutreten brauchten. Lokale Einheiten übernahmen den Job genauso gut. Aber der Direktor witterte einen Fahndungserfolg, wie ihn der Staatsschutz lange nicht gehabt hatte. Die Dingfestmachung eines Serienkillers sollte der Chimborazo eines langen Beamtenlebens werden.

»Gute Idee«, antwortete er. »Schnappt euch den Kerl. Zugriff! *Get the job done.*«

***

Direktflug nach Athen, Anschluss nach Santorini. Nummer Zwanzig gehörte zum Team, das verstand sich von selbst, Griechisch war ihre Muttersprache. Wenn man das Klischee einer waschechten Griechin bedienen wollte, war man bei Xenia richtig. Jeder, der sie kannte, sprach von ihren feurigen Augen.

Dreizehn war mit von der Partie, der Tausendsassa. Dazu Achtzehn, weil er mit seiner Freundlichkeit die Herzen der Menschen erreichte. Drei, der Riese ließ sich nicht anmerken, dass er enttäuscht war, zu Hause zu bleiben. Velkan war dagegen froh, nicht in die engere Wahl gekommen zu sein. Velkan hasste Hitze.

Alain war überrascht, dass die Sommerhitze in der Ägäis angenehmer war als die kontinentale Hitze in Berlin. Seine Verachtung für das Mittelmeerklischee wich einer Begeisterung für den strahlend blauen Himmel, die weißen Häuser, das stahlblaue Meer. Das gab es alles wirklich! Auch die Touristen gab es. Sooft Alain Touristen in Venedig und Paris verflucht hatte, weil sie die schönsten

Plätze mit der Masse ihrer Leiber verdeckten, konnte er die Touristen auf Santorini nicht verfluchen. Sie passten ins Bild. Wer sollte sonst in den Tavernen sitzen? Wer sollte von freundlichen Kellnern bedient werden, wenn nicht die deutschen Silberhäupter mit den Umhängetaschen?

Alain bekam so gute Laune, dass er am liebsten einen Metaxa gekippt hätte und ins nächstbeste Meer gesprungen wäre. Durchatmen in der Fremde, fort sein dürfen, neu sein dürfen. Er, der Einsatzleiter des MES, lächelte in einem fort, beschirmte die Augen trotz Sonnenbrille und war sich nicht zu blöd, am Souvenirstand einen Strohhut zu kaufen. Dreizehn staunte über seinen Chef, auch Achtzehn, nur Xenia wunderte sich nicht. Sie wusste, was ihr Land mit den Nordmenschen machte, wie es sie veränderte. Sie wusste, warum in ihrem Land die Wiege des Abendlandes gestanden hatte. Sie lächelte mit Alain, nicht über ihn.

Auf Santorini sollte ein Helikopter sie erwarten. Er wurde anderswo gebraucht. Schlamperei, hätte Alain unter normalen Umständen gesagt. Aber Alain war unerklärlich glücklich, und das hielt er für alles andere als normal.

»Wie lange braucht die Fähre?«, fragte er, friedlich wie ein Lamm.

»Eine Stunde«, antwortete Xenia.

»Wunderbar, eine Stunde. Ich freue mich. Wir nehmen die Fähre.«

Staunend und einander Blicke zuwerfend, folgte das MES-Team seinem Anführer zum Fährhafen von Santorini.

Wann hatte er das letzte Mal Wellen rauschen hören,

Gischt gesehen, Salzwind geschnuppert? Das musste im frühen Mittelalter gewesen sein. Ein Trip an die Havel oder den Gorinsee, andere Erfahrungen mit Wasser kannte Alain nicht. War es so einfach, die alte Schlangenhaut abzuwerfen, so einfach? Barfuß stand er an der Reling, seine Schuhe hatte er irgendwo gelassen. Er plauderte mit Xenia und fand, dass ihr Haar zauberisch vom Wind emporgewirbelt wurde, dass ihr Lachen ihn an Circe und den ganzen Odysseus-Kram erinnerte. Die Geschichten lebten ja weiter, irgendwo gab es sie auch heute noch, die Helden, ihre Gefahren und die Frauen, die Helden dazu brachten, Gefahren zu bestehen. Wenn man durch diese Wasser kreuzte, erwachte all das zum Leben. Alain konnte nicht aufhören, Xenia zu lauschen, wenn sie mit diesem reizenden Akzent sprach. Er hätte schreien mögen vor Freude, aber er schwieg und ließ das Meer sprechen. In der knappen Stunde, die das Schiff brauchte, um Anafi zu erreichen, hatte Alain einen Mann namens Martin Khatib vollkommen vergessen.

14

Bei der Ankunft erwartete sie die griechische Polizei. Ab jetzt war Alain kein Glücklicher mehr, kein Seelenbaumler, er hatte Dienst. Er waltete seines Amtes. Er sagte deutsche Sätze, die Xenia in den Klang des Südens verwandelte. Die Griechen sprachen Englisch, das vereinfachte die Sache.

Sämtliche Quartiergeber auf der Insel waren aufgefordert worden, es zu melden, falls der Mann auftauchte, dessen Foto überall aushing. Seit sechsunddreißig Stunden suchte man ihn ohne Ergebnis, man würde weitersuchen. Mit der Fähre gab es für Khatib kein Entkommen mehr. Es bestand lediglich die Befürchtung, er könnte ein

Boot chartern und seine Flucht über die Ägäis fortsetzen.

Der Tag neigte sich. Die MES-Mitglieder suchten ihr Quartier auf. Es war einfach und reizend, hier blieb man gerne. Die Hitze war beachtlich. Bei dieser Hitze würde man kaum schlafen können, aber wer dachte an Schlafen? Alain dachte an Diana, und dass er sie eines Tages auf diese Insel mitnehmen wollte. Er dachte an Lea und wie schade es war, dass er sie nie hierher mitgenommen hatte. Er dachte an Xenia, die Kollegin, mit der er zu Abend essen wollte. Mit den anderen natürlich auch, das verstand sich, sie alle zusammen. Er duschte, sah seine Unterlagen durch, traf sich mit den Griechen zur Lagebesprechung und verabredete sich für morgen mit ihnen. Dabei dachte er an das Abendessen. Und an Xenia.

»Wir haben noch nie länger miteinander gesprochen«, sagte Alain und kaute an seinem *Bakaliaros plaki*, den der Wirt wortreich angepriesen hatte. »Ich weiß eigentlich kaum etwas über Sie.«

»Du weißt zum Beispiel nicht mehr, dass wir per Du sind«, antwortete Xenia.

Wenn eine Frau Alain ein bisschen gefiel, hatte er Anlaufschwierigkeiten. War er nun ihr Chef, oder redeten sie von Mensch zu Mensch? Sollte etwa beides möglich sein? Alain war aus tiefster Seele treu, in diesem Punkt gab es keine Grauzone bei ihm. Nie hatte er sich Lea gegenüber etwas vorzuwerfen gehabt, und mit Diana war es genauso. Vielleicht irritierte ihn Xenia deshalb. Vielleicht hangelte er sich deshalb von Plattitüde zu Plattitüde. Er war der schlechteste Flirter der Welt. Wieso kam ihm *Flirten* überhaupt in den Sinn, wenn er mit Nummer zwanzig sprach?

Über seine Fischplatte gebeugt, begriff Alain, dass er selbst der Fisch war, den man aus gewohntem Gewässer gezogen hatte. Ein deutscher Beamter auf einer Insel im antiken Griechenland, ihm gegenüber eine Frau in weißer, wehender Bluse, die ihn daran erinnerte, dass sie einander duzten.

Er ließ sich überreden, den *Tsipoura ladolemono* zu probieren. Obwohl Alain der Fisch in Zitronenöl nicht schmeckte, täuschte er die Lecker-Mimik vor. Xenia machte sich über ihren *Soupies me spanaki* her. Der Wirt schenkte ihnen nach, der Wein war nicht geharzt, auch von diesem Klischee musste sich Alain verabschieden.

Das MES benahm sich wie die Protagonisten eines Postkarten-Shootings. Manfred im weiten Kakihemd, Dreizehn ließ die Muskeln unter dem schwarzen T-Shirt spielen, dazu versank die Sonne hinter einem perfekten Horizont. Eine zwanglose Gelegenheit wie diese gab es für MES-Leute selten. Man traf sich sonst im Einsatzwagen, ging die Details durch und verwendete das Minimal-Vokabular. Das MES ging nie auf ein Bier, sah sich kein Fußballspiel zusammen an, das MES war eine Berufsgemeinschaft, weiter nichts.

Xenia schien von Alain enttäuscht zu sein und wandte sich Dreizehn zu. War es ihr zu verdenken? Der gesellige junge Mann mit seinem Vorzeige-Body stieg spontan und mühelos in den Small Talk mit der Kollegin ein. Alain verstummte, verkarstete, versteinerte. Er aß nicht, trank nicht mehr, hielt sich nur noch an seinem Glas fest. Er machte ein Gesicht, das ihm den Anschein gab, am Gespräch teilzunehmen, dabei wollte er nichts weiter als aufstehen und in die Nacht davonrennen. Ein Gang entlang der Wellen. Ihnen hätte er etwas zu sagen gehabt, nicht aber Xenia und den anderen. Ich bin ein verdammter Versager, dachte Alain. Er war einer, der nur in gewohnter Umgebung funktionierte. Plaudern war nicht sein Ding, Wein und Fisch genießen war nicht sein Ding. Genießen im Allgemeinen war nicht sein Ding. Er fühlte sich wie der allerletzte Party-Pupser, den alle hassten, weil er jede Party zum Absturz brachte.

»Alles in Ordnung?«, fragte Xenia und legte ihm die Hand auf den Oberarm.

»Mich kotzt das alles an«, dachte Alain.

»Was kotzt dich an?«

Hatte er seinen Gedanken ausgesprochen? »Gar nichts, sorry. Ich bin nur müde. War ein langer Tag.«

»Warum legst du dich nicht hin?« Sie zog ihre Hand zurück.

So weit war es also schon. Xenia komplimentierte ihn aus seiner eigenen Dinnerparty hinaus. Alain wurde heiß und kalt. Wie ein eifersüchtiger Ehemann musterte er Dreizehn. War er noch zu retten? Hast du sie noch alle, beschimpfte er sich selbst. Du sollst die Truppe besonnen durch den Einsatz führen. Du hast diesen Trip gar nicht verdient. Du bist eine Schande für das MES. Alain ließ den Kopf sinken.

»Alain, was ist denn?« Xenias Stimme.

»Der Wein«, mutmaßte Achtzehn. »Wenn man den nicht gewohnt ist …«

»Die Hitze«, schaltete sich Dreizehn ein. »Alain hat immer gesagt, dass er Hitze schlecht abkann.«

»Sollen wir einen Doktor rufen?«, fragte Xenia.

»Gibt es auf Anafi überhaupt einen Doktor?«, entgegnete Manfred.

Alain sah das Team an. »Während wir uns hier volllaufen lassen, hat der Kindermörder von Berlin jede Chance, ungesehen in die Nacht zu verschwinden.«

»Was sollen wir in der Dunkelheit denn ausrichten?«, gab Achtzehn zurück. »Hier haben sie ja nicht mal Straßenbeleuchtung.«

»Ideale Bedingungen für eine Flucht.« Alain stand auf. »Dinner beendet. Morgen vier Uhr zwanzig Lagebesprechung. Die erste Fähre verlässt Anafi um fünf. Wir werden dort sein. Danach nehmen wir uns jedes einzelne Boot vor, das auf der Insel vor Anker liegt. Sobald das erledigt ist, fahren wir ins Landesinnere. Wenn Khatib nirgends Unterkunft findet, muss er draußen schlafen. Wir nehmen die Ortspolizei zu Hilfe. Die Insel ist zwölf Kilometer lang und nicht einmal sechs Kilometer breit. Wir finden ihn. Und wenn wir ihn aus einem Erdloch ziehen müssten wie Saddam Hussein.«

Er stand vor seinen Leuten und fühlte sich beschissen. Er hatte die mieseste Karte gespielt, die er im Ärmel hatte, den Boss. Er zwang das Team, er motivierte es nicht. Er befahl, statt zu argumentieren. So kannte sich Alain nicht, so war er nicht. Lag es am Wein, an der Hitze, an Xenia? Ohne ein weiteres Wort verließ er die Taverne.

***

Es konnte noch nicht vier Uhr zwanzig sein, draußen sah man keinen grauen Schimmer. Trotzdem stand ein Mann mit pechschwarzen Locken in Alains Zimmer. Ein dicker Grieche, Brillenträger, die Mütze in der Hand. Er trug keine moderne EU-Uniform, er kam im alten Look, olivgrün und beige. Es tat ihm leid, Alain zu wecken, aber wecken musste er ihn. Der Grieche sprach Griechisch.

Sekunden später stand Xenia im Raum. Hatte dieser Polizist sie schon informiert? Sie trug den kurzen weißen Morgenmantel, den die Unterkunft zur Verfügung stellte. Alain stand auf. Das Laken, mit dem er sich dürftig zugedeckt hatte, schlang er um Hüfte und Schulter. Der Polizist sprach weiter.

Xenia übersetzte. »Es muss der Deutsche gewesen sein. Niemand sonst kommt infrage. Der Deutsche war's.«

Alain hätte erklären können, dass Khatib kein Deutscher, sondern saudischer Abstammung war, aber er ließ den Mann reden. Er trat an die Kommode, um Wasser zu trinken, und sah sich im Spiegel. Ein übernächtigter griechischer Halbgott blickte ihm entgegen. Er musste das alberne Laken loswerden.

Xenia hörte zu und übersetzte alles. »Panagiotis, der Besitzer des *Oasis Village*, ist ein reicher Mann. Er hat ein schnelles Boot. Das schnellste Boot auf Anafi. Es liegt nicht im Hafen. Es liegt draußen vor Anker. Manchmal schläft Panagiotis dort. Das konnte der Deutsche aber nicht wissen. Er muss hinausgerudert sein und hat Panagiotis überwältigt. Er hat ihm die Schlüssel abgenommen. Hat Panagiotis ins Meer geworfen und wohl geglaubt, der Mann würde ertrinken. Aber Panagiotis ist an Land geschwommen und am Strand zusammengebrochen. Über eine Stunde lag er da. Ein Hundebesitzer hat ihn gefunden. Der Mann kam zu uns.«

»Wie geht es Panagiotis?«

»A bad wound on the head«, sagte der Polizist auf Englisch.

»Is there a doctor on the island?« Alain zog seine Boxershorts an und warf das Laken ab.

»All is organized«, antwortete der Polizist. »Panagiotis will survive. But this murderer from Germany …« Er machte eine Geste zum Fenster hinaus.

Alain atmete tief durch. Wo kriegte man um diese Zeit einen Kaffee?

Der Hafen von Anafi. Eine Übertreibung. Eine Betonplatte, das war alles. Steilküste links, Steilküste rechts, dazwischen Betonplatte. Vier Uhr morgens, zwei der sechs Straßenlaternen waren ausgefallen. Während Xenia sich angezogen und Alain selbst das Team geweckt hatte, war der Wirt auf der Terrasse aufgetaucht und hatte griechischen Mokka serviert. Mit dem Zeug konnte man Tote wecken. Der Kaffee brannte Alain im Magen.

»Hat das Boot GPS, über das wir es orten können?« Er stand einfach nur da, weil man auf der Betonplatte nichts anderes tun konnte.

»Es ist eher eine Jacht«, antwortete Dreizehn. »Ein Schiff dieser Größe hat sogar Radar.«

»Hat die Jacht neben Radar auch GPS?«

»Bis jetzt wurde kein Signal empfangen.«

»Könnte er es abgeschaltet haben?«

»Wenn er klug ist, wirft er es über Bord«, meldete sich Manfred.

»Was ist mit Khatibs Handy?«

»Ist nicht zu orten. Er muss es schon in Deutschland weggeworfen haben.«

Alain wandte sich an Dreizehn. »Küstenpolizei?«

Manfred deutete auf den Lockenkopf. »Die Küstenpolizei steht hinter dir. Er heißt Alexis.«

Alain senkte die Stimme, als ob Alexis ihn verstehen könnte. »Sonst niemand?«

»Alexis hat immerhin ein Polizeiboot, aber verglichen mit der Jacht …«

»Wie sieht es auf Santorini aus?«

»Dort gibt es ein Polizeischiff mit mehr PS. Aber Khatib hat einige Stunden Vorsprung.«

Alain wollte nicht länger wie bescheuert auf der Betonplatte stehen und setzte sich daher auf einen der Granitblöcke, die den Hafen vor hohen Wellen schützten. »Dann machen wir es eben aus der Luft.«

Dreizehn nickte. »Der Heli ist bestellt.«

Die frühe Stunde, der Mokka, der ihm den Magen wegätzte, die Tatsache, dass Khatib sie mühelos ausgetrickst hatte, verhinderten, dass Alain seinen Gleichmut fand. »Gibt es diesen Helikopter wirklich? Hat ihn überhaupt schon mal jemand gesehen? Wie sieht es auf der Jacht mit Sprit aus?«

»Der Besitzer sagt, die Tanks sind voll.«

»Natürlich. Wäre auch zu viel verlangt, wenn wir einmal Glück hätten.« Alain rieb sich die Schläfen. »Lässt sich ausrechnen, wie weit …?«

»Siebzig Seemeilen«, antwortete Manfred. »Mit vollen Tanks schafft die Jacht siebzig Seemeilen.«

»Wie weit ist das auf Deutsch?«

»Ungefähr hundertdreißig Kilometer.« Mit dem Smartphone checkte Manfred die Distanzen. »Damit kann er … bis Kreta kommen, östlich auf die Insel Kos, vielleicht sogar bis Rhodos.«

»Und aufs Festland?«

»Keine Chance.«

Xenia setzte sich zu Alain auf den Felsblock. »Alexis hat auf den umliegenden Inseln Bescheid gegeben.«

»Gut.«

»Er wird auch Kreta und Rhodos benachrichtigen.«

»Gut.«

Alain rutschte zur Seite, damit Manfred und Dreizehn ebenfalls auf dem Felsen Platz fanden. Das MES saß auf einem Felsen, um vier Uhr fünfzehn morgens.

15

»Wie bitte?«

»Sie haben mich schon verstanden, Liebermann.«

Die Verbindung war schlecht. Mit hoch erhobenem Smartphone lief Alain auf dem sonnenverbrannten Hügel umher. Die Macchie zerstach ihm die Knie, er stolperte in das Loch einer Wühlmaus. »Sie können die Operation an diesem Punkt nicht abbrechen, Direktor.«

»Ich habe es gerade getan.«

Die Leitung rauschte, war weg, war wieder da, brach wieder ab.

»Haben Sie mich gehört, Liebermann?«, fragte der Direktor sicherheitshalber.

Alain hatte seinen Chef gehört und glasklar verstanden. Akzeptieren konnte er dessen Entscheidung nicht. »Wir sind dicht an Khatib dran.«

»Das sagen Sie seit Tagen.«

»Es ist nur eine Frage der Zeit.«

»Sie hatten Zeit. Wo sind Sie?«

»Auf Zypern.«

»Wo ist Khatib?«

»Im östlichen Mittelmeer. Sein Ziel ist entweder Tartus oder Beirut.«

»Tartus liegt in Syrien. Sie werden den Teufel tun, in Syrien auf Verbrecherjagd zu gehen. Das Gleiche gilt für den Libanon.«

Alain lief auf die Spitze des Hügels, schaltete auf Lautsprecher und hielt das Smartphone hoch über seinen Kopf.

»Nur drei Tage, Direktor. Mehr brauche ich nicht.«

»Keinen einzigen mehr.«

»Wozu haben Sie mich dann überhaupt losgeschickt?«, brüllte Alain sein erhobenes Handy an. Am Fuß des Hügels hoben die drei MES-Leute den Kopf.

»Das frage ich mich auch«, gab der Direktor zurück. »Wenn Khatib bisher raffiniert genug war, das MES auszutricksen, wenn Sie ihn weder zu Wasser noch mit Luftunterstützung kriegen konnten, kommen Sie besser zurück und kümmern sich vom Schreibtisch aus um den Fall. Sie waren ja bereits erfolgreich«, setzte er begütigend hinzu. »Seit Khatibs Flucht hat es keine weitere Kindesentführung mehr gegeben.«

Gegen die Sonne blinzelnd, betrachtete Alain sein Handy. Der Mann am anderen Ende hatte recht. Sie waren durch den Tag gehetzt und durch die Nacht. Bis zur

Insel Lindos hatte sie der Hubschrauber befördert, dort wartete ein Schnellboot der türkischen Küstenwache. Trotz Polizeiunterstützung hatte sich Khatibs Vorsprung bis jetzt nicht verringert. Der Mann musste Geld dabeihaben, eine Menge Geld, mit dessen Hilfe er Leute bestach, das Boot wechselte, Treibstoff kaufte. Von Lindos aus hatte er Zwischenstation auf Zypern gemacht, doch sein Ziel war das Festland. Erhielt er Unterstützung von seiner Familie? Würde sie ihm weiterhelfen, sobald er in Syrien oder dem Libanon gelandet war?

»Liebermann? Sind Sie noch da?«, rief der Direktor.

»Ja. Ich bin da.«

»Haben wir uns verstanden? Ich beende Ihren Auslandseinsatz. Sie und Ihr Team setzen sich in den nächsten Flieger nach Berlin.«

»Ich verstehe, Direktor.«

»Ich schalte das Auswärtige Amt ein. Mit deren Hilfe kriegen wir den Mann bestimmt.«

Die Nummer des Direktors erlosch. Alain ließ das Handy sinken. Am Fuße des Hügels warteten Xenia, Dreizehn und Manfred auf weitere Anweisungen. Alain musste jetzt hinuntergehen und Dreizehn sagen, dass er keine Sonnenschutzcreme mehr zu kaufen brauchte. Endstation Zypern, Abenteuerurlaub beendet. Er tat den ersten Schritt und hob das Bein zum zweiten ... Er senkte das Bein langsam wieder und hob stattdessen sein Telefon erneut. Er öffnete einen Kontakt, doch es verging fast eine Minute, bevor er auf den grünen Punkt drückte.

»Ja?«, kam es vom anderen Ende.

»Ewald?«

»Alain?«

»Ja, hier ... ja, ich.«

»Ich dachte, Sie sind in Griechenland.«

»Auf Zypern. Lange Geschichte. Haben Sie eine Minute Zeit, Ewald?«

Die Pause am anderen Ende signalisierte die Neugier des Vizepräsidenten. »Schießen Sie los.«

»Der Verfassungsschutz und der Staatsschutz, beide unterstehen dem Innenministerium.«

»Richtig.«

»Ich kenne mich in der Hierarchie nicht besonders gut aus. Wer ist in der Pyramide unterhalb des Ministers der Ranghöhere, Sie oder mein Direktor?«

Die nächste Pause war Sinnbild von Berylls Gedankenarbeit. »Der Direktor ist Abteilungsleiter. Ich bin Vizepräsident meines gesamten Vereins.«

»Sie stehen also höher, Ewald?«

»In gewisser Weise«, erwiderte er vorsichtig.

Alain sammelte sich. »Haben Sie die Landkarte des östlichen Mittelmeeres vor Ihrem geistigen Auge?«

»Ich gebe mir Mühe, Alain.«

»Das MES befindet sich im Nordosten Zyperns, im türkischen Teil. Von hier bis nach Israel sind es vierhundertfünfzig Kilometer. Weniger als eine Flugstunde.«

»Ich höre Ihnen zu.«

»Wir könnten heute Nachmittag in Haifa sein.«

Ein hörbarer Atemzug. »Wie groß ist Ihr Team?«

»Wir sind zu viert.«

Es folgte die längste Pause des Vizepräsidenten. »Deuten Sie das an, von dem ich glaube, dass Sie es andeuten, Alain?«

»Was deute ich denn an?« Alain bemerkte, dass die drei am Fuße des Hügels ihn aufmerksam beobachteten.

»Deuten Sie an, dass Sie mir im Fall DeGroot helfen wollen?«

»Das wäre möglich.«

»Erkenne ich darin einen Meinungswechsel Ihrerseits?«

Alain wischte Schweiß von der Oberlippe. »So ist es.«

»Was hat Sie dazu motiviert?« Beryll korrigierte sich. »Lassen Sie es mich anders formulieren: Mit welcher Gegenleistung rechnen Sie im Falle, dass ich Ihre Hilfe in Anspruch nehme?«

»Als Gegenleistung wird die Verlängerung meines Auslandseinsatzes genehmigt.«

»Und der Direktor?«

»Mein Chef zeigt in dieser Sache eine … wenig flexible Haltung.«

»Verstehe.« Berylls Stimme war glasklar. »Ich kann dabei keinen Alleinflug riskieren, Alain. Ich muss mit dem Außenminister sprechen. In einer halben Stunde melde ich mich bei Ihnen.«

»Danke, Ewald.«

»Danken Sie mir nicht zu früh.«

***

Sie saßen auf einem Boot, und das Boot näherte sich der libanesischen Küste auf der Höhe von Naqura, der letzten Siedlung vor der Grenze zu Israel. Die drei vom MES hatten aus Sicherheitsgründen ihre Handys ausgeschaltet. Sie respektierten, dass Alain mit seinem Handy telefonierte.

»Ich muss weiter«, sagte er leise.

»Wie lange noch, was glaubst du denn?«

»Zwei Tage, wahrscheinlich.«

»Zwei Tage?« Dianas Ton war nüchtern, trotzdem schimmerte Sorge durch. »Alain, was ist los?«

»Was soll los sein?«

»Sonst, wenn du einen kurzen, zweitägigen Einsatz hast, rufst du mich nie vorher an.«

»Manchmal schon.«

»Nicht nach Mitternacht. Du bist zu rücksichtsvoll, um mich zu wecken.«

»Habe ich dich geweckt?«

»Ich war noch auf CNN.«

»Ich habe seit Tagen keine Nachrichten geguckt.«

»Die Amerikaner drehen gerade durch.«

Er beugte sich mit dem Handy über seine Oberschenkel. Die andern sollten nicht mithören. »Irgendwie drehen alle gerade durch, Diana. Ich auch.«

»Was ist mit dir?«

»Entschuldige, entschuldige, ich rede Scheiß. Ich drehe nicht durch, ich verbeiße mich nur gerade in etwas.« Ein tiefer Atemzug hob seinen Oberkörper. »Ich hätte nicht anrufen sollen.«

»Bist du auf dem Wasser?«, kam es nach einer Sekunde.

»Wie kannst du das hören? Der Motor ist sehr laut.«

»Du kannst ... Du kannst mir natürlich nicht sagen, wo du hinfährst?«

Das war nicht die Feststellung einer Juristin, es klang wie der Seufzer einer Matrosenbraut.

»Ins Land meiner Väter«, antwortete Alain.

»Nach ...?« Sie unterbrach sich. »Ach, du Scheiße.«

Das brachte ihn zum Lachen. »Eine interessante Reaktion auf das Gelobte Land.«

»Ich will gar nicht wissen, was du dort machst.«

»Es wird schon schiefgehen.«

Eine Pause. Eine fürchterliche Pause.

»Daran habe ich keinen Zweifel«, antwortete sie und meinte das Gegenteil.

Alain presste die Lippen aufeinander. Er hatte Angst vor dem kommenden Tag. »Ich muss dich um etwas bitten«, sagte er kaum hörbar.

»Deine Zimmerpalme habe ich schon gegossen.«

»Das ist lieb. Ich hätte es vergessen.«

»Worum willst du mich bitten?«

»Ich will dich bitten, meine Frau zu werden.«

»Alain – Alain, das ist …« Sie war gerührt, bewegt, doch sie fasste sich gleich wieder. »Davon bin ich eigentlich ausgegangen, als wir uns verlobt haben.«

»Ich meine jetzt. Ich meine hier. Jetzt gleich, Diana.«

»Wie … Was? Hast du einen Standesbeamten auf dem Boot?«

»Nein, aber …« Er hob den Kopf. »Drei Trauzeugen.«

»Alain, ich weiß wirklich nicht …«

»Warte einen Moment. Ich rufe noch mal an.« Ohne ihre Zustimmung abzuwarten, kappte Alain die Leitung. Besprach sich mit dem Team. Rief Diana zurück, diesmal als Videotelefonat. Als das Bild hell wurde, sah er, dass sie in den weißen Bademantel schlüpfte.

»Bist du bereit?«

»Wofür?«

Alain schwenkte das Handy. »Nummer achtzehn hat dir etwas zu sagen.«

»Manfred? Hallo, Manfred.«

»Hallo, Diana.«

»Was hast du mir zu sagen?«

Achtzehn hob das Handy vor sein Gesicht und schaute in die Kamera.

»Das Gelübde, das du im Begriff bist, abzulegen, soll nur nach reiflicher Überlegung und gebührendem Gebet abgelegt werden. Dieses Gelübde soll nicht getrübt werden durch schwere Umstände, die das Leben bringen mag. Erst der Tod kann dieses Gelübde scheiden.« Er wandte sich an Alain. »Hast du die Ringe?«

Alain nahm den Freundschaftsring ab, den ihm Lea früh in ihrer Beziehung geschenkt hatte. Ein schlichter Reif aus Silber. Sein Ehering lag zusammen mit ihrem in Pankow.

»Ja, ich habe den Ring.«

»Hast du den Ring, Diana?«

»Ich? Nein, woher …« Sie wischte sich über den Mund, über die Augen. Unter Tränen sagte Diana: »Ja, warte, gleich, ja.« Sie legte das Handy ab. Man hörte sie im Hintergrund kramen. »Moment noch!«, rief sie.

Und kehrte zurück, einen schlichten Goldring in der Hand, den sie in die Kamera hielt. »Ich bin so weit.«

»Sprich mir nach.« Hinter sich hörte Achtzehn das unterdrückte Lachen von Dreizehn. Voll tödlichem Ernst drehte Manfred sich um.

Das Lachen erstarb. »'tschuldige«, sagte Dreizehn.

»Sprich mir nach«, begann Manfred noch einmal. »Ich, Diana Elisabeth Göring …«

»Ich, Diana Elisabeth Göring …«

»Nehme dich, Alain Elias Liebermann …«

»Nehme dich, Alain Elias Liebermann …«

»Zu meinem rechtmäßig angetrauten Ehemann«, sagte Nummer achtzehn.

Der Türke, der das Boot steuerte, hatte keine Ahnung,

was sich hinter ihm auf Deck abspielte. Er drehte sich ein paarmal nach der sonderbaren Zeremonie um und sah den Leiter der Vierergruppe in ein Handy sprechen. Er sah, dass diesem Mann die Tränen über die Wangen liefen. Die dunkelhaarige Frau dahinter weinte ebenfalls. Der Türke fragte sich, was es zu weinen gab, wenn man ein Telefonat führte. Sein Boot pflügte durch die Wellen. Sie wurden höher, sie wurden härter. Die Küste war nicht mehr fern.

16

»Das ist genau das, was ich befürchtet habe.«

»Nämlich?«

»Dass du mich um Hilfe bittest, Alain.«

Ein abgedunkeltes Zimmer in Haifa, ein Tisch drei Stühle. Eine Gebetsnische neben der Tür. Das Licht einer Glühbirne.

»Ja, ich fürchte, du bist der Einzige, der mir helfen kann, Schmuel.« Alain hatte Durst. Trotzdem wartete er, bis Schmuel ihm etwas anbieten würde.

»Weshalb ich?«

»Wegen deiner Vergangenheit.«

Schmuel schüttelte den Kopf. »Du hättest mich fünfzehn Jahre früher und zwanzig Kilo leichter um Hilfe bitten sollen, als ich noch bei der Polizei war.« Er hob seinen Bauch hoch und ließ ihn wieder über den Gürtel fallen. »Heutzutage ist es mir wichtiger geworden, ein bequemes Leben zu führen.«

Der kleine Mann mit den behaarten Unterarmen schob die Jalousie zur Seite und zeigte auf das gegenüberliegende Gebäude. Die Firmenaufschrift lautete schlicht: *Schmuels*.

»Deshalb verkaufe ich heute Kühlschränke, Gefriertruhen und Klimaanlagen. Alles, was kühlt. Von heißen Sachen lasse ich längst die Finger, Alain. Und was du mir da vorschlägst, ist eine viel zu heiße Sache.«

»Ich soll dich von meinem Onkel grüßen«, sagte Alain, ohne auf die Absage einzugehen.

»Wie geht es unserem lieben Chaijm? Wir sind fast im gleichen Alter.«

»Er ist zufrieden. Als Rabbiner hütet er seine Berliner Schäfchen. Er und Golde führen eine gute Ehe.«

»Ach, dieser Chaijm!« Schmuel ging zum Kühlschrank und holte zwei Flaschen Limonade. »Immer hat er davon geredet, dass wir einmal fortgehen werden aus dem Land der Feinde, aufbrechen ins Gelobte Land. Er hat mich so süchtig mit dem Gedanken gemacht, dass ich schließlich wirklich aufgebrochen bin. Und was hat Chaijm getan? Er ist im Land der Feinde geblieben, in Hitlers Hauptstadt. Ich fragte ihn, wieso. Weißt du, was er geantwortet hat?«

Alain schüttelte den Kopf.

»*Es gefällt mir hier besser*. Das war alles. Nach Jahren, in denen er gepredigt hat, ein Jude dürfe nur in Israel leben, winkt er mir einfach nach, als ich in den Zug steige, und bleibt in Berlin.«

»Kennst du das alte Sprichwort?«

»Welches?«

»Der deutsche Jude ist etwas Besonderes. In erster Linie ist er Deutscher und dann erst Jude.«

»Nein, das kannte ich nicht.« Schmuel öffnete beide Flaschen. »Und wie steht es mit Chaijm, dem Schwerenöter, und den Frauen?«

Alain trank durstig und musste aufstoßen. »Das ist ein besonderes Kapitel.«

»Soll ich dir was sagen? In seiner Jugend ist Chaijm so vielen Frauen nachgestiegen, dass er selbst manchmal den Überblick verloren hat. Dabei war er auch als junger Mann nicht besonders hübsch.«

»Hat er nie eine Abfuhr gekriegt?«

»Manchmal, natürlich. Aber die Frauen liebten ihn nun mal, sie liebten seine unbändige Lust am Leben. Chaijm umarmt das Leben mit jeder Faser. So etwas ist von großer Anziehungskraft auf Frauen. Am längsten von allen hat sich meines Wissens Golde geziert, ihn zu erhören.«

»Und genau die hat er schließlich geheiratet.«

»Eine kluge Entscheidung.«

Alain stellte die Flasche ab. »Schmuel, mein Freund, offiziell warst du bei der Polizei, das stimmt. Aber ich weiß auch, dass du die längste Zeit deines Lebens für den Mossad gearbeitet hast. Ich werde das Gefühl nicht los, dass du deine alten Kontakte nicht völlig abgebrochen hast.«

Schmuel ließ den Kopf sinken, als sei ihm die ganze Zeit klar gewesen, dass er Chaijms Neffen nicht so einfach abwimmeln würde. »Scheiße. Was mache ich nur mit dir? Was mache ich? Du willst wissen, wie man De-

Groot kriegt?« Ein prüfender Blick. »Willst du das wirklich?«

»Das ist mein Auftrag, Schmuel.«

»Wenn du den Tanz mit DeGroot eröffnest, musst du ihn durchtanzen bis zum Ende. Denn er wird so lange tanzen, bis einer der Tanzpartner tot ist. Das könntest du sein, Alain.«

»Ich bin hier, um DeGroot aus diesem Land zu holen.«

»Egal, mit welchen Mitteln?«

»Mit sämtlichen Mitteln, die mir das Gesetz zur Verfügung stellt.«

»Du und dein Team seid ohne Wissen der israelischen Behörden eingereist. Du befindest dich also längst außerhalb des Gesetzes.« Schmuel betrachtete Alains leere Flasche. »Es gibt zwei Möglichkeiten: Du kannst es entweder auf die deutsche Tour machen, dann füllst du ein paar Formulare aus und nimmst den Dienstweg.«

»Oder?«

Schmuel trank. »Oder du machst es auf unsere Art.«

»Meinst du die Art der Juden?«

»Ich meine, die Art der Menschen, die in diesem Land leben. Die dieses Land verteidigen und lieben. Mit allen Mitteln und um jeden Preis.«

»Aber die Israelis bieten DeGroot Unterschlupf in diesem Land.«

»Nicht die Israelis. Der Mossad. Und eines sage ich dir gleich: Ich will mit dem Geheimdienst nie wieder etwas zu tun haben.«

Alain musterte den Freund mit ernsten Augen. »Ich werde DeGroot nach Deutschland bringen. Auf welchem Weg auch immer.«

Schmuels Blick glitt zu der Menora in der Gebetsnische. »Na gut«, seufzte er. »Gott hasst schließlich Feiglinge. Wir stehen alle in Seiner Hand.«

»Wirst du deine Kontakte für mich nützen?«

Eine Pause entstand. »Wer weiß in Israel von dieser Sache?«, fragte Schmuel.

»Niemand.«

»Gut. Vertrau keinem.«

»Ich habe drei Leute hier. Ihnen vertraue ich.«

»Mit mir hast du vier.«

Alain legte seine Hand auf Schmuels Unterarm. »Danke. Ich danke dir.«

»Ich werde dir sagen, wo DeGroot ist.«

»Du weißt es?«, rief Alain überrascht. »Du weißt, wo er sich aufhält?«

»Jeder in der Branche weiß, wo sie DeGroot untergebracht haben. Und ich werde dir sagen, wie du dort reinkommst.«

»Wie?«

Schmuel stand auf und holte ein abgegriffenes Büchlein mit Ledereinband hervor. Er blätterte darin. »Das Problem ist nicht, DeGroot zu finden. Das Problem ist, dass niemand sich mit dem Mossad anlegen will. Der Mossad beschützt diesen Mann. Und keiner kreuzt die Wege des Mossad, wenn er nicht unbedingt muss.«

***

»Das Leben geht weiter«, sagte Victor DeGroot.

Ein blonder Mann. Bei blonden Männern kam das Weiß des Alters nicht mit der gleichen Härte durch wie bei einem dunkelhaarigen Mann. DeGroot wirkte milde, seit sich weiße Strähnen in seinem Haar einnisteten.

Das Penthouse im besten Hotel von Haifa. Die Möbel machten auf Italienisch. Man hatte die Furniere mit einer künstlichen Patina überzogen, um das Gediegene zu betonen. Gediegen bedeutete hier außerdem Klimatisierung, Vierundzwanzig-Stunden-Zimmerservice, Jalousien, die sich nach Sonnenstand selbstständig justierten. In DeGroots Fall bedeutete *gediegen* außerdem zwei Männer vor dem Fahrstuhl im Erdgeschoss, zwei in der obersten Etage und ein Mann vor der Tür zur Suite. DeGroot verließ seine Suite nicht. Was er brauchte, kam zu ihm. Seine Geschäftspartner kamen zu ihm. Zwei von ihnen saßen DeGroot gegenüber.

»Ein Mann, dessen Kopf Tag und Nacht in seinen Geschäften steckt, sollte daneben noch eine Leidenschaft haben«, sagte DeGroot.

Er war es gewöhnt, seine Gedanken beim Sprechen zu entwickeln. Die Geschäftspartner hörten ihm seit einer Dreiviertelstunde zu.

»Leidenschaft«, sinnierte er. »Was ist meine Leidenschaft? Was erweckt meine Bewunderung? Was erfüllt mich mit Freude?«

»Frauen?«, fragte der Mann aus Brasilien.

»Musik, Kunst?«, mutmaßte der Japaner.

Mit wissendem Lächeln schüttelte DeGroot den Kopf, zog ein Etui aus der Brusttasche und präsentierte seinen Gästen die Bruchkante eines grauen Steins, in die sich ein gleichmäßig schraffiertes Muster eingegraben hatte. »*Lepidodendron*, die erste Form eines Baumes auf diesem Planeten. Der fossile Rest eines Schuppenbaumes, rund zweihundertfünfzig Millionen Jahre alt. Da liegt meine Leidenschaft, Gentlemen, beim Wald. Der Wald ist die großartigste Gestaltwerdung des Lebens.«

Er legte seinen Schatz auf den Couchtisch.

»Der Wald schützt den Boden, auf dem er wächst, sein Kronendach vermindert die kinetische Energie von Regen und Wind. Weil es Wald gibt, gibt es weniger Wüste. Der Wald dient als Speicher für unser Trinkwasser. Er filtert die Luft von Giftstoffen. Durch ihn wird unsere Luft reiner. Deshalb halten sich die Menschen so gern im Wald auf. Wir empfinden seine Gerüche als angenehm, Geräusche werden von ihm gedämpft, unser Blutdruck sinkt, unsere psychische Verfassung belebt sich.« Er wandte sich zu dem Japaner. »Nicht umsonst bezeichnen Ihre Landsleute den Aufenthalt im Wald als *Waldbaden*. Ja, ich liebe den Wald. Und in diesem Wüstenland gibt es keinen. Ein paar Olivenbäume und Zypressen, mehr bringen sie nicht zustande.« Er griff zu seinem Glas. »Ich möchte auf Deutschland trinken, Gentlemen. Ein Hoch auf das Land, das den deutschen Wald hervorgebracht hat.«

Alain kam über die Terrasse. Nicht freiwillig. Über die Terrasse zu kommen, mochte der Stil des MES sein, es war nicht Alains Stil. Nummer dreizehn liebte solche Leibesübungen.

Alain war ein unsportliches Kind gewesen. Aus einem unsportlichen Kind wurde ein fauler Erwachsener. Mit dreißig begann sein Bauch ihn zu stören. »Bis jetzt hat Ihnen die Genetik geholfen, Liebermann«, hatte der Polizeiarzt beim letzten Check gesagt. »Ab jetzt müssen Sie sich schinden, wenn Sie in Form sein wollen.« Alain trainierte, und der Bauch verschwand. Sportlicher wurde er deshalb trotzdem nicht. Er war der Mann für den Einsatzwagen, der Koordinator, der Denker. Zusammen mit Salma war er derjenige, der in Menschen hineinschaute.

Kurz und gut, Alain war nicht der Mann, der von einem Dach springen sollte.

Die meisten Gebäude in Haifa hatten Flachdächer. Vom Flachdach auf die Terrasse dieses Penthouses, das war ein Sprung von drei Metern. Dreizehn landete leopardengleich auf allen vieren. Achtzehn rollte sich ab. Xenia rollte sich ab. Alain verstauchte sich irgendetwas. Es tat höllisch weh. Er zeigte dem Team nicht, dass er die Zähne zusammenbiss und unhörbar aufschrie.

Die Terrassentür stand offen. Achtzehn drang als Erster ein und nahm die beiden Geschäftspartner DeGroots in Gewahrsam. Sie hoben die Hände. Achtzehn sagte, sie sollten die Hände wieder senken, und bereitete die Kabelbinder vor.

DeGroot griff zur Waffe. Alles würde auffliegen, wenn nur ein einziger Schuss fiel. Dreizehn trat DeGroot die Waffe aus der Hand. Ein toller Kerl, dieser Dreizehn. Alain hinkte in die Suite. DeGroot wollte schreien, ein Stoß Dreizehns gegen seinen Kehlkopf, und kein Ton kam mehr aus seinem Mund. Dreizehn packte ihn, Xenia setzte die Injektion, routiniert, umsichtig, beherrscht. So agierte das MES. Entführungen waren nicht ihre Spezialität, aber wenn sie jemanden entführten, dann richtig.

Alain wäre gern eine größere Hilfe gewesen, aber sein Fuß schwoll bereits an. Er behielt die Zimmertür im Auge, die Tür mit den geschmacklosen Goldbeschlägen, hinter der ein Mossad-Mann stand. Erfolg oder Misserfolg hingen davon ab, dass diese Tür geschlossen blieb.

Dreizehn und Xenia packten DeGroot in einen Sack mit stabilen Haltegurten. Der Sack erinnerte an die Stoffbehälter, mit denen große Mengen Sand auf Baustellen transportiert wurden. Eine Tonne und mehr konnte so ein Sack tragen. Victor DeGroots Gewicht war dagegen eine Kleinigkeit. Sie schleppten den verpackten DeGroot ans Fenster. In den nächsten Sekunden sollte besser niemand aus den Fenstern gucken, vor allem keiner vom Mossad.

Die Seilwinde war arretiert, der Sack wurde erst eingehängt, dann abgelassen. DeGroot segelte in den Innenhof hinab. Ein Truck der Firma *Schmuels Kühlgeräte* stand bereit. Schmuel schaute nach oben, als ob er auf Regen warten würde. Er packte den Sack, zerrte ihn in den Truck und hängte das Seil aus. Während es noch eingeholt wurde, setzte sich der Truck schon in Bewegung.

Niemand hielt Schmuel auf, als er den Lieferanteneingang des Hotels passierte.

Achtzehn bat die beiden Geschäftsleute höflich ins Ankleidezimmer, gab jedem eine Spritze und schloss sie ein. Als das MES über die Terrasse verschwinden wollte, konnte Alain nicht länger verheimlichen, dass er sich verletzt hatte. Xenia schnürte seinen Schuh auf und untersuchte den Fuß.

»Sehnenriss.«

»So schlimm muss es nicht unbedingt sein«, entgegnete Alain fast bettelnd.

»Er kann nicht laufen«, erklärte sie den beiden.

Dreizehn baute sich vor Alain auf. »Dann muss es eben anders gehen.«

»Moment, was hast du vor?«

»Wir können hier nicht übernachten.«

»Nein, aber …«

Dreizehn wartete Alains Einwand nicht ab, zog ihn hoch und warf den Einsatzleiter über seine Schulter.

»So kannst du unmöglich klettern«, protestierte Alain.

»Halt dich irgendwo an mir fest.« Dreizehn begann den Anstieg auf das Flachdach. Alain wurde emporgetragen auf die schwindelnde Höhe eines zehnstöckigen Hotels. Er hörte den Atem Dreizehns, Xenia sicherte von hinten, Manfred machte die Vorhut. So war das MES. Während Alain beschämt und hilflos in Sicherheit gebracht wurde, war er stolz auf seine Leute und nahm sich vor, nie wieder bei einem Einsatz mitzumachen, für den er nicht fit genug war.

17

»Sie sind nicht mehr in Israel, DeGroot«, sagte Alain, als der Gefangene die Augen aufschlug. »Niemand weiß, wo Sie sind. Es gibt keine Zeugen.«

Der blonde Mann hustete. Dabei bemerkte er, dass er sich nicht bewegen konnte. »BND? Verfassungsschutz?«, fragte er mit rauer Stimme.

»Nicht so wichtig.«

»Was wollen Sie von mir?«

»Wir bringen Sie hier raus. Auf Ihr Verhör müssen Sie allerdings warten, bis wir in Deutschland sind.«

DeGroot sah sich im Inneren des Kühllasters um. Das Fahrzeug schwankte und holperte. Die Straße zur libanesischen Grenze war schlecht. »In diesem Ding werden Sie mich wohl kaum nach Deutschland schaffen.«

»Nur Geduld.«

»Wir sind noch auf israelischem Staatsgebiet, habe ich recht?«

Alain machte ein unbeteiligtes Gesicht. Ihm wäre mehr nach einem schmerzverzerrten Gesicht gewesen. Was immer mit seinem Fuß los war, der Schmerz machte ihn rasend. Der Wagen fuhr in ein Schlagloch. Alain fasste sich an den Knöchel.

»Was ist mit Ihrem Fuß?«, fragte DeGroot.

»Nicht Ihr Problem.«

»Wie heißen Sie?« DeGroots Augen waren unangenehm hell. »Wie heißen Sie? Haben Sie eine Frau, eine Freundin, eine Verlobte?«

Genau genommen, hatte Alain zur Zeit alles drei. Seine Freundin war erst vor Kurzem seine Verlobte geworden, und gestern hatte er sie in einer plötzlichen Aufwallung symbolisch geheiratet.

»Ihre Freundin, wer immer es ist, ich finde sie«, sagte DeGroot gläsern. »Ich werde ihr wehtun. Sie wird schreien und Ihren Namen rufen, und Sie werden machtlos zusehen, wie ich sie halb tot foltere. Und dann erst werde ich Sie vor den Augen Ihrer Freundin töten. Wie heißen Sie?«

Alains Fuß pochte wie verrückt. Am liebsten hätte er DeGroot angeschrien, er sollte die Klappe halten. Alain schrie nicht. »Sie haben es in der Hand, sich die Reise leicht oder schwer zu machen«, entgegnete er stattdessen und gab Xenia ein Zeichen, die Spritze bereit zu machen. »Wir können Sie wieder sedieren.«

DeGroot ließ sich nicht einschüchtern. »Jetzt weiß

ich es: Sie waren mit von der Partie in Berlin. Dort habt ihr Mist gebaut, der Verfassungsschutz, der BND, euer ganzer Club hat Scheiße gebaut. Ich tippe darauf, dass Sie das jetzt ausbügeln müssen.«

»Halten Sie den Mund.«

»Einen Dreck werde ich tun. Wie heißen Sie?«

»Was dauert denn so lange, Xenia?«, fuhr Alain sie an, als die Spritze nicht sofort bereit war.

»Sie wissen nicht, wie tief Sie in der Scheiße sitzen.« DeGroot lachte.

Der Fuß, der Schmerz, der lachende Verbrecher. Alain sprang auf DeGroot zu und packte ihn. Er schlug einen Gefesselten.

»Alain, was machst du denn?«, rief Achtzehn.

Ein stechender Schmerz durchzuckte Alains Körper. Er taumelte und stürzte zu Boden.

DeGroot betrachtete ihn. »*Alain*«, wiederholte er leise. »*Alain*. Gut zu wissen.«

Xenia setzte die Injektion.

***

Der Hubschrauber erwartete sie an der bergigen Grenze zum Libanon. DeGroot wurde ausgeladen und zum Helikopter getragen. Manfred schnallte sich und den Bewusstlosen auf dem Rücksitz an. Das alles dauerte kaum eine Minute. Alain gab dem Piloten das Zeichen, den Heli wieder in die Luft zu bringen. Er winkte Manfred zu, der schloss die Tür.

Die drei MES-Leute zogen sich vor dem Wirbel der Rotoren zurück. Als sich der Staub legte, war der Hubschrauber bereits hoch über ihnen. Gestützt auf Xenia und Dreizehn, humpelte Alain zurück zum Laster, wo Schmuel sie erwartete.

»Du wärst besser an Manfreds Stelle mitgeflogen«, sagte Xenia.

Alain sank zur Erde. »Unser eigentlicher Auftrag lautet: Martin Khatib. Wir bringen das jetzt zu Ende.« Er stützte sich auf die Ellbogen.

»Wie willst du das machen, mit Krückstock?«

»Ich kenne einen Arzt«, sagte Schmuel. »Er gibt dir was gegen die Schmerzen und behandelt das Bein.«

»Beryll hat uns etwas Zeit verschafft, und wir ziehen das jetzt durch.« Alain begriff, dass man Klischeeausdrücke immer dann benutzte, wenn man sich unsicher fühlte. Er fühlte sich verdammt unsicher. Er wollte am liebsten nach Pankow, wollte rumjammern, Diana sollte ihm eine heiße Zitrone machen. Noch besser, er wollte zu Großmutter Helene. Sie würde mit ihren Zigaretten das Zimmer verqualmen, Cognac trinken, und der kleine Alain würde sich in Helenes Bett behütet fühlen. Sie würden miteinander quatschen, bis der Morgen anbrach. Alain würde mit der Gewissheit einschlafen, dass Kranksein etwas Wunderbares war. Doch das, was vor ihm lag, sah anders aus.

Schmuel stieg vorne ein, Xenia und Dreizehn hoben Alain hinten in den Truck. Xenia packte eine Styroporkiste unter seinen Nacken, in der sonst Fisch transportiert wurde. Durch den Geruch fühlte er sich plötzlich wie am Meer.

Das Meer. Das Land am Meer. Zum ersten Mal, seit sie in Israel eingedrungen waren, begriff Alain, wo er war. In dem Land, um das seit Menschengedenken Kriege geführt wurden. Das Gelobte Land. Von der Sonne verbrannt, vom Regen vergessen, ohne Bewässerung unfruchtbar, felsig, staubig. Wer lebte hier freiwillig? Etwa Gott? Warum entschied sich Gott für diese Wüste, wenn er die Möglichkeit hatte, sich das Gelobte Land auf dem ganzen Erdball herauszupicken? Weshalb war er nicht auf Brasilien gekommen? Amazonien taugte weit besser als Paradies. Oder Sussex, Kalabrien, Connecticut, der Schwarzwald, sie alle hätten mehr Recht gehabt, als Garten Eden anerkannt zu werden. Doch die historischen Gestalten der Juden hatten Leib und Leben für diesen kargen Küstenstreifen aufs Spiel gesetzt. Kain und Abel, Abraham, Moses, Salomo, König David, Herzl, Ben-Gurion, Rabin, warum? Weil es so in der Bibel stand?

Wieder rumpelte und ruckelte der Kühllaster, wieder durchzuckte der Schmerz Alain bei jedem Schlagloch. Er wollte sich des Gelobten Landes würdig erweisen. Ein deutscher Jude, in Frankreich geboren, in Berlin aufgewachsen, verspürte den Wunsch, Israel seine Referenz zu erweisen. Er war der, der er war, weil er Israel in seinen Genen hatte. Sein Volk gab ihm Sicherheit. Kaum ein Volk hatte die Jahrtausende in größerer Unsicherheit verbracht als die Juden, aber sie waren ein Volk geblieben. Die Sumerer, die Phönizier waren für immer vom Erdball verschwunden. Die Juden waren geblieben. Man hatte ihnen angetan, was einem Volk an Schrecklichem nur angetan werden konnte, aber sie holten sich ihr Land zurück. Und verteidigten es mit Klauen und Zähnen. Sie begingen selbst manches Unrecht, um ihr Recht auf Identität zu wahren. Was waren das für Leute, zu denen Alain sich zählte? Was waren das für Menschen? In dieser sprachlich-politisch-etymologisch korrekten Zeit gab es die Juden nicht mehr als *Rasse*. Das hässliche Wort. Es gab Angehörige des Staates Israel. Es gab Angehörige der jüdischen Glaubensgemeinschaft, orthodoxe Juden, liberale Juden und solche, denen ihr Judentum egal war. Doch die alten Israeliten, nach denen der Staat benannt war, standen für ein Volk, *das Volk*, bestehend aus zwölf Stämmen, hervorgegangen aus der Ahnenreihe der Söhne Jakobs – Ruben, Simeon, Levi, Juda, Dan, Naftali, Gad, Ascher, Issachar, Sebulon, Josef, Benjamin. Zwölf, eine Zahl mit mythologischer Bedeutung. All das hatte sich tausend Jahre vor Christi Geburt abgespielt. Warum kümmerte das die Juden heute noch? Warum kümmerte es irgendjemanden? Bezogen sich die Deutschen etwa auf ihre germanische Abstammung oder die Engländer auf ihre normannische?

Alain wollte Israel verstehen, seine Größe, seine Verbohrtheit, seine Einmaligkeit. Er wollte im Land seiner Väter nicht nur unterwegs sein, um Verbrecher zu jagen. Anonym, versteckt in einem Kühllaster, so karrte man ihn durch das lächerlich kleine Land. Das Gelobte Land hatte gerade mal die Größe von Hessen!

»Hessen«, flüsterte Alain.

Xenia beugte sich über ihn.

Er wollte die Klagemauer sehen, die heiligen Stätten, wollte auf den Berg Sinai steigen und im See Genezareth baden. Das war doch bloß Kitsch für die Touristen, tadelte er sich selbst: Die israelische Wirklichkeit barg wenig von biblischer Größe. Die Häuser wurden schnell hochgezogen, sie mussten vor allem gegen die Hitze schützen. Kaum eine Straße in Haifa oder Tel Aviv besaß den Charme einer Straße in Schöneberg oder Schwabing. Israels Architektur bedeutete Beton, Beton, in erster Linie Beton. Die Fenster waren aus Aluminium, die

Elektroleitungen bildeten ein schlangengleiches Gewirr über den Straßen, der Verkehr unterlag keinen durchschaubaren Regeln.

Und die neuen Häuser, die Israel in den besetzten Gebieten hochzog? Auch sie wurden aus Beton gebaut, mit der gleichen aggressiven Nüchternheit. Es ging nicht um Architektur, es ging um Landgewinn. Wo ein israelisches Haus stand, da war Israel, da lebte eine israelische Familie. Niemand, der sich nicht mit der israelischen Armee anlegen wollte, würde diese Familie je wieder vertreiben. Die Siedlungen wuchsen, Israel wuchs. Andere Menschen, ein anderes Volk mussten weichen. So sah die Wirklichkeit im Gelobten Land aus. Verdammenswert? Lobenswert? Alain atmete rascher.

»Er hat Fieber«, sagte Xenia. »Er muss ins Krankenhaus.«

»Wir versuchen es bei Schmuels Arzt«, widersprach Dreizehn. »Alain wollte es so.«

Alain wollte es so. Er hörte die Worte von Dreizehn. Bin ich derjenige, der wollen darf, der befehlen kann? Sie tun, was ich will, ohne dass ich weiß, ob das, was ich will, das Richtige ist. Weshalb sind wir hier?, fragte sich Alain. Nicht wegen DeGroot. In erster Linie sind wir wegen Khatib hier. Martin Khatib, der sich irgendwo entlang dieser Küste abgesetzt hat. Das war der Grund, weswegen sie im Gelobten Land waren, um Khatib dingfest zu machen. Und genau das würden sie tun.

18

»Es ist so.« Dreizehn vergewisserte sich, dass Alain ihn auch wirklich hörte. »Es ist nämlich so.«

»Ja? Wie ist es denn? Sag schon.«

»Sie vermuten Martin Khatib in Gaza.«

»Wer vermutet das?«

»Die Leute, mit denen Schmuel in Verbindung steht.«

»Woher wollen diese Leute das wissen?«

»Ein Boot kam aus Zypern. Nach der Beschreibung das Boot, das wir verfolgt haben. Es ist in Syrien gelandet, hat dort aufgetankt. Fuhr dann südlich die Küste entlang. Es hat nicht in Israel angelegt, sondern fuhr bis Gaza.«

»Könnte Khatib noch weitergereist sein?«

»Möglich. Er besitzt ja einen saudischen und einen palästinensischen Pass.«

»Mit anderen Worten: Er ist zu Hause.« Alain ließ den Blick durch das Zimmer schweifen. Ein Zimmer in Schmuels Wohnung. Man hatte ihn hierhergebracht, weil man ihn nicht ins Krankenhaus bringen konnte, weil er offiziell gar nicht in Israel war. Alain schonte sein Bein, während das MES Informationen einholte. Ein angenehmer Zustand, einer, für den er sich schämte. Er hatte das MES nach Griechenland geführt, ohne Erfolg. Er hatte sie durch die Ägäis geschleppt und auf DeGroot angesetzt. Durch Alains Ungeschicklichkeit wäre der Einsatz fast schiefgegangen. Seine Funktion ließ sich zurzeit am besten mit *ein Klotz am Bein* beschreiben.

»Wann wissen wir, ob Khatib in Gaza ist?«

»Schmuel hat einen Neffen, der lebt in Gaza-Stadt. Der kriegt es bis heute Abend raus.«

»Schmuel ist großartig. Ohne ihn wären wir ziemlich ...«

»Im Arsch«, verknappte Dreizehn. »Unklar ist noch ...«

»Ja?«

»... ob Khatib auf freiem Fuß ist.«

Ungeachtet seines Beins fuhr Alain hoch. »Was?«

»Kann sein, dass sie ihn hopsgenommen haben.«

»Palästinensische Polizei?«

»Unwahrscheinlich.«

»Seine Familie?«

»Warten wir auf den Abend.«

Der Abend kam, und Schmuel brachte jemanden mit, den er vor Alains Zimmer warten ließ.

»Du musst selbst herausfinden, ob dir diese Person

helfen kann.« Schmuel sah müde aus. Wie lange hatten die anderen nicht geschlafen? Alain hatte glänzend geschlafen.

»Danke, Schmuel«, sagte er und meinte mehr damit. Es gab keinen ausreichenden Dank für das, was der alte Freund tat. Seine Verbindungen zu den Juden und den Arabern entschieden das gesamte Unternehmen. »Wer ist es?«

Gefolgt von Xenia, trat eine Frau ein. Sie hatte kräftige Hände, ihre Figur wurde durch die schwarze Abaya verhüllt. Sie nahm den Niqab ab, die derbe Gesichtshaut war mit Make-up überschminkt. Ihr Haar konnte man unter der Verschleierung nicht sehen.

»Das ist Rabea«, sagte Schmuel.

»Do you understand me?«, fragte Alain.

»I understand.« Die Stimme seines Gastes besaß die Fülle eines Mannes und die Höhe einer Frau. Sie sprach einen Mix aus Englisch und Arabisch. Xenia übersetzte, wenn es nötig war.

»Kennen Sie Martin Khatib?«, fragte Alain.

»Ja.«

»Haben Sie ihn gesehen, ich meine, in den letzten Tagen?«

»Wir haben telefoniert.«

Alains nächste Frage hätte lauten müssen: *Wo ist er?* Doch sein Gefühl sagte ihm, dass er Rabea nicht zum Judas stempeln durfte. Sie war bereit, ihm etwas mitzuteilen. Er musste ihr die Möglichkeit geben, es freiwillig zu tun.

»In welchem Verhältnis stehen Sie zu Khatib?«

»Ich bin seine Schwester.«

Alain bemühte sich, gelassen fortzufahren, obwohl die

Nachricht eine ziemliche Überraschung war. »Wo lebt die Familie Ihrer Eltern?«

»In Riad, Saudi-Arabien.«

»Ist er zurzeit dort?«

»Nein.«

»Wo leben Sie selbst?«

»In Gaza.«

»Stehen Sie in engem Kontakt zu Ihrem Bruder?«

»Früher einmal. Als wir Kinder waren.«

»Kinder?« Alain suchte in den Augen Rabeas. Wusste sie um die Neigungen ihres Bruders, seine perverse Gier, seinen Drang zu töten? Während sich Alain in Khatibs unterirdischem Reich aufgehalten hatte, war ihm klar geworden, dass in dieser Welt Geschlecht und Geschlechtlichkeit ihre Bedeutung verloren. Sie hörten auf zu existieren. Khatib hatte für die Kinder, die ihm in die Hände fielen, keine Liebe gekannt, keine Gnade, nur Bestrafung und Tod.

»Was war Martin für ein Kind, Rabea?«

»Ein stilles, ängstliches Kind. Ich musste meinen Bruder ständig beschützen, er konnte sich nicht selbst wehren.«

»Hat er Ihnen erzählt, weshalb wir hinter ihm her sind?«

Rabea nickte schweigend.

»Was meinen Sie zu dem, was Ihr Bruder in Berlin getan hat?«

Aus ernsten Augen sah sie den Mann im Bett an. »Martin könnte so etwas niemals tun.«

»Das hat er Ihnen gesagt?«

»Er sagte, dass in Berlin Kinder sterben und die Polizei annimmt, er hätte das getan.«

Alain schob die Beine aus dem Bett. »Glauben Sie ihm?«

»Ich glaube ihm.«

»Weil er Ihr Bruder ist?«

»Weil ich sein Herz kenne. Martin ist schwach. Er will geführt werden. Er hätte niemals die Kraft für ... für so etwas. Er könnte es einfach nicht tun.«

»Wo ist Ihr Bruder jetzt?«

»In Gaza.«

»Ist er allein?«

»Nein. Er wird bewacht.«

»Mit *bewacht* meinen Sie: Er wird beschützt. Von wem?«

»Von Mitgliedern unserer Familie.«

»Wird Ihre Familie mich daran hindern, Martin zu verhaften?«

»Das weiß ich nicht.«

»Weshalb sind Sie gekommen, Rabea?«

»Martin möchte mit Ihnen sprechen. Aber er lässt sich nicht festnehmen. Er verlangt freies Geleit.«

»Das kann ich ihm nicht zusagen. Ihr Bruder muss sich vor einem deutschen Gericht verantworten. Sagen Sie ihm, er soll sich stellen. Sonst erwirkt Deutschland seine Auslieferung bei der palästinensischen Autonomiebehörde.«

»Martin ist gebürtiger Saudi.«

»Das ändert nichts. Die Regierungen werden ihre guten Beziehungen zu Deutschland nicht wegen eines mehrfach gesuchten Mörders aufs Spiel setzen.«

»Wenn es so leicht wäre, Martins Auslieferung zu erwirken, weshalb sind Sie dann persönlich gekommen?«

Alain stützte sich am Bettpfosten ab und stand auf.

»Weshalb ist Ihr Bruder aus Deutschland geflohen, wenn er unschuldig ist?«

»Niemand hätte ihm die Wahrheit geglaubt.«

»Sie behaupten, Ihr Bruder sei schwach. Aber er hat in Griechenland einen Mann niedergeschlagen und dessen Boot gestohlen. Er hat sich von Berlin bis Gaza durchgeschlagen. Das sieht mir nach einem starken und gerissenen Menschen aus.«

Rabea zog den Schleier vor das Gesicht.

»Ihr Bruder muss sich stellen, Rabea.«

Sie ging zur Tür.

»Werden Sie ihm das sagen?«

»Ja.«

»Werden Sie uns seine Antwort mitteilen?«

»Vielleicht teilt er sie Ihnen selbst mit.«

19

Die Entführung Victor DeGroots hätte diplomatische Verwicklungen zur Folge haben können. Drei deutsche Polizisten befanden sich illegal auf israelischem Staatsgebiet. Die Israelis waren sauer, aber sie durften es nicht zugeben. Victor DeGroot war ein international gesuchter Schwerverbrecher. Niemand im zivilisierten Teil der Welt durfte sich als seinen Freund bezeichnen, auch Israel nicht. DeGroot befand sich inzwischen in Deutschland. Das Deutsche Auswärtige Amt bot Israel eine Kompensation für DeGroot an, Unterstützung bei einem israelischen Digitalisierungsprojekt.

Israel verhaftete das Team des deutschen Staatsschutzes nicht. Man akzeptierte, dass das MES beabsichtigte, einen in Deutschland gesuchten Mörder auf palästinensischem Boden dingfest zu machen. Wen die Deutschen in Gaza verhafteten, war Sache der Deutschen. Israel stellte sogar einen Geländewagen zur Verfügung und erließ den entsprechenden Befehl an die Grenzbehörden. Alain und seine Begleiter würden keine Probleme beim Übertritt nach Gaza haben.

Nicht im Kühllaster, sondern in seinem alten Toyota bildete Schmuel die Vorhut. Dahinter fuhr der Geländewagen, zuletzt ein Motorrad als Geleitschutz. Im Geländewagen saß das MES, am Steuer ein Offizier der israelischen Polizei. Auf der Fahrt redeten sie über unverfängliche Themen. Keiner zeigte, wie angespannt er war. Ein israelischer Geländewagen brachte drei deutsche Ermittler auf palästinensisches Territorium.

Der israelische Offizier trug trotz der Hitze Krawatte. »Ich würde das Wasser hier nicht trinken«, sagte er.

Alain saß quer auf dem Rücksitz. Da der Platz nicht reichte, lag sein Fuß auf Xenias Schoß. »Ich habe festgestellt, mit abgekochtem Wasser geht man auf Nummer sicher.«

Das Motorrad überholte sie, hielt an der nächsten Kreuzung und stoppte den Querverkehr. Der Geländewagen konnte passieren. Aus einer Hauseinfahrt kam ein zweites Motorrad und folgte dem Konvoi in einiger Entfernung.

»Womit würden Sie sich die Zähne putzen?«, fragte der Israeli.

»Mineralwasser.« Die Unterhaltung war so grotesk wie die Situation.

»Ich habe da ein einziges Mal Leitungswasser getrunken«, sagte der Israeli. »In Al-Arisch. Ich bin eine Woche nicht vom Klo runtergekommen.«

Auf dem Beifahrersitz zeigte Dreizehn aus dem Fenster. »Ich bin nicht sicher.«

»Worüber?«

»Ob das Motorrad hinter uns noch das gleiche ist.«

Der Israeli drehte sich um. »Natürlich, das ist unser Mann.«

Sie erreichten das Stadtgebiet von Gaza. Am Straßenrand standen Autos, die bessere Tage gesehen hatten. Staubige Fenster. Eine Frau kippte Abwasser vor die Haustür. Sie sah die fremden Fahrzeuge und zog sich zurück. Das Motorrad überholte den Konvoi.

Dreizehn verrenkte sich fast den Kopf, um die niedrigen Dächer rechts und links besser beobachten zu können. »Das gefällt mir nicht.«

Alain beugte sich vor. »Was?«

»Elf Uhr Vormittag und so wenig los.«

»Ist das normal?«, fragte Alain.

»Muss nichts zu bedeuten haben.« Der Israeli checkte das GPS. »Nur die Ruhe. Wir sind gleich da.«

Ein Linienbus schob sich vor ihnen auf die Fahrspur und blockierte die Kreuzung. Schmuel musste halten. Auch der Geländewagen stoppte. Das zweite Motorrad war verschwunden. Auf dem Hausdach vor ihnen tauchte ein Mann auf. Er brachte eine Lenkwaffe in Stellung.

»Runter.« Dreizehn drückte den Kopf von Alain und Xenia zwischen die Sitze.

Das Geschoss traf Schmuels Toyota. Er wurde in der Mitte auseinandergerissen und explodierte.

»Zurück!«, rief Dreizehn. »Zurück, Mann!«

Der Israeli legte den Rückwärtsgang ein.

Wie aus dem Nichts tauchte der zweite Motorradfahrer wieder auf. Er hielt, stützte seine Waffe an einem Mauervorsprung ab und zielte auf sie.

»Das ist doch nicht unser Mann«, sagte der Israeli.

Die Kugel durchschlug die Windschutzscheibe und traf den Offizier auf der linken Halsseite. Sein Fuß stand auf dem Gas, sein Kopf wurde gegen die Nackenstütze geworfen. Der Geländewagen machte einen Satz nach hinten und rammte ein Haustor.

Vom Beifahrersitz aus übernahm Dreizehn die Pedale und das Lenkrad. Er wendete und gab Gas. Am anderen Ende der Straße versperrte ihnen ein grüner Honda die Durchfahrt. Xenia schaute nach oben. Die Lenkwaffe wurde erneut in Anschlag gebracht. Dreizehn erreichte die blockierte Kreuzung, rammte den grünen Wagen, konnte ihn aber nur ein kleines Stück verschieben. Ein Durchkommen war unmöglich.

Dreizehn beurteilte die Lage: eine Panzerfaust auf dem Dach, der Offizier mit der pulsierenden Wunde auf dem Fahrersitz, der Geländewagen noch immer eingekeilt. Dreizehn riss die Schiebetür auf. »Raus!«

Xenia kletterte ins Freie, Alain hinterher. Sein verletzter Fuß war das geringste seiner Probleme. Dreizehn wollte den Israeli aus dem Wagen zerren. Vom Dach wurde das Geschoss abgefeuert. Dreizehn sprang. Er sprang fünf Meter weit, rollte sich ab und drückte sich an die Hausmauer. Das Geschoss der Panzerfaust zerriss den Geländewagen. Alain warf sich zu Boden. Xenia über ihn. Brennende Teile trafen sie. Xenia wehrte die Trümmer ab.

»Alles klar?«, keuchte sie.

»Und du?« Alains Gesicht lag auf dem Bordstein.

Xenia hatte sein Jochbein gegen den Stein geschmettert. Von den Dächern wurden Gewehre auf die beiden gerichtet.

»Dort rein!« Xenia riss Alain hoch und schleuderte ihn gegen eine Tür.

Nummer zwanzig wirft mich dauernd in der Gegend rum, dachte Alain. Das Türblatt gab nach. Ein Flur ohne Licht wurde sichtbar. Xenia vermochte das schmiedeeiserne Gitter dahinter nicht zu öffnen, der Zugang ins Haus war ihnen versperrt. Sackgasse. Auf der gegenüberliegenden Straßenseite kauerte Dreizehn.

»Der Wagen!«, schrie er.

Xenia wagte sich bis an die Türöffnung. »Welcher?«

Kugeln schlugen ins Holz des Rahmens.

»Der, den ich gerammt habe! Er müsste noch fahren.«

Xenia zog sich zu Alain zurück. »Schaffst du's bis zu dem Honda?«

Sie legte seinen Arm um ihre Schulter. Sie rannte, er humpelte. Dreizehn schoss eine dichte Salve auf die Schützen über ihnen ab. Wie viele Magazine hatte er? Sie erreichten den Honda. Der Schlüssel steckte. Xenia startete.

Dreizehn hatte aufgehört zu schießen. Ihm musste die Munition ausgegangen sein. Vom Beifahrersitz aus öffnete Alain die hintere Tür. Dreizehn rannte. Ein Schuss traf ihn. Er rannte weiter. Noch ein Treffer. Er schaffte es zum Honda, sprang auf den Rücksitz. Xenia fuhr los. Die offene Tür wurde von einem Strommast abgerissen. Sie holte aus dem Kleinwagen das Äußerste heraus, raste die Straße hinunter. Alain hob den Kopf. Wurden sie verfolgt? Mit einem Mal war die Straße hinter ihnen vollkommen leer.

Sirenen vor Xenia, kreisendes Blaulicht. Sie fuhren direkt in die Kolonne der Blaulichter hinein und blieben stehen.

Die palästinensische Polizei kam spät, mit Absicht zu spät. Sie hatten nicht eingreifen wollen, sie wollten nichts verhindern. Sie zeigten Präsenz, ohne sich in Gefahr zu bringen. Schmuel war tot. Ein israelischer Polizist war tot. Israel würde reagieren. Mit Härte. Mit Vergeltung. So wie immer.

20

Die Deutschen mussten fort. Was nun folgte, war nicht mehr ihre Angelegenheit. Dreizehn war transportfähig. Man flog das MES aus. Die Miliz, auf deren Konto der Anschlag ging, hatte offenbar im Auftrag der Saudis agiert. Martin Khatib blieb unauffindbar.

Alain saß gegen eine Betonwand gelehnt auf dem Boden. Ein Wort ging ihm durch den Sinn, während er im türkischen Luftwaffenstützpunkt Diyarbakır auf den Weitertransport wartete. Das Wort lautete *nichts*. Nichts erreicht. Nichts begriffen. Nicht die geringste Spur. Die Saudis hatten Khatib. Das MES hatte nichts als einen Schwerverletzten – und einen toten Freund.

Alains Brustkorb hob sich. Der Tod von Schmuel war nicht nichts. Er war riesig, eine Wunde, eine schreckliche Lücke. Ein Verbrechen war der Tod von Schmuel. In Ruhe und Frieden hatte er alt werden wollen, Kühlschränke verkaufen, Limonade trinken. Ein schönes Alter hatte Schmuel sich ausgemalt, so, wie Chaijm eines leben durfte. Chaijm war im Land der Feinde geblieben, und er lebte. Schmuel hatte sich ins Gelobte Land aufgemacht. Man hatte ihn heute in die Luft gesprengt. Das war die Wirklichkeit in diesem Gelobten Land, um das seit Jahrtausenden Krieg geführt wurde. Alain hatte sich in Schmuels Leben eingemischt, hatte ihn in die Aktion mit hineingezogen. »Gott hasst Feiglinge«, hatte Schmuel gesagt. Er war der Tapferste gewesen. Was bedeutete das? War es besser, tapfer, aber tot zu sein, betrauert von denen, die Schmuel liebten?

Als der Anruf einging, schreckte Alain hoch.

»Können Sie sprechen?«, fragte der Direktor. »Kann jemand zuhören?«

»Moment.« Alain stand auf und machte ein paar humpelnde Schritte. »Jetzt geht es.«

»Gestern hat man zwei weitere Kinder gefunden.«

Es fühlte sich an, als ob der Betonboden unter Alain wegkippen würde. »Zwei der vermissten Kinder?«

»Eines davon. Laut Gerichtsmedizin war der Junge bereits seit einem Monat tot.«

»Und das andere Kind?«

»Tut mir leid, Liebermann«, schickte der Direktor voraus.

Alain atmete ein, er atmete aus. »Das andere ist keines der bisher vermissten Kinder, nicht wahr?«

»Tut mir wirklich leid«, wiederholte der Abteilungsleiter.

Ein neuer Mord, ein weiteres Kind in Berlin, während Alain dem mutmaßlichen Mörder in Palästina hinterhergejagt war. Eine weitere Mutter, die Anklage erhob. Und trotz der Zeit, die verstrichen war, trotz all der Anstrengung hatte das MES versagt.

»Todeszeitpunkt?«, fragte er.

»Der Tod muss letzte Nacht eingetreten sein.«

»Ursache?« Alains Sachlichkeit war ein Korsett, um nicht umzukippen.

»Strangulation.«

»Alter des Jungen?«

»Zwölf. Er stammt aus dem Wedding. Die Eltern sind jordanische Einwanderer.« Der Direktor machte eine Pause. »Demnach kann es also …«

»… nicht Martin Khatib gewesen sein«, vervollständigte Alain. »Was ist mit dem Haus von Frau Horsch? Mit dem unterirdischen Raum?«

»Das muss alles neu aufgerollt werden.« Was der Direktor als Nächstes zu sagen hatte, fiel ihm hörbar schwer. »Ich ziehe das MES von der Sache ab, Liebermann. Der Staatsschutz war von Anfang an nicht zuständig für den Fall.«

»Direktor, hören Sie …«

»Sparen Sie es sich«, unterbrach ihn sein Vorgesetzter. »Das BKA und die Landeskriminalämter übernehmen wieder. Wir haben diesen Fall zu hoch gehängt. Wir haben ihn viel zu prominent werden lassen. Das hört jetzt auf. Das ist Polizeiarbeit. Der Staatsschutz nimmt sich da heraus. Sie haben Wichtigeres zu tun.«

»Wichtiger, als Kinder zu beschützen?«

Der Direktor gab nichts auf emotionale Argumente. Für ihn zählten Fahndungserfolge. Alain brachte einen Misserfolg nach Hause. Das Auswärtige Amt musste für die Schadensbegrenzung herhalten. Das war die Bilanz.

»Wann werden Sie ankommen?«, beendete der Direktor das Schweigen.

»Gegen Abend.«

»Wir sehen uns dann morgen um acht. Wie geht es Dreizehn?«

»Seine Hüfte ist zertrümmert, er braucht ein neues Gelenk, aber sie bringen ihn nach Hause.«

»Verdammte Sache. Verdammte unnötige Sache«, machte der Direktor seinem Unmut Luft.

»Bis morgen, Direktor.« Alain steckte das Handy ein, drehte sich um und starrte die Wand an.

***

Sein Dreitagebart war grau durchzogen. Das Haar pappte flach am Kopf. Ein Bluterguss zog sich vom rechten Jochbein bis zum Kinn. Der Badezimmerspiegel bestätigte, wie Alain sich fühlte. Vorsichtig seifte er Wangen und Kinn ein. Das Rasieren tat weh. Alain duschte, hinkte ins Schlafzimmer und zog das T-Shirt an, das Diana an ihm mochte, das mit den Wassermelonen. Draußen ging der Schlüssel, er hörte, wie sie den Rollkoffer im Flur abstellte. Alain humpelte ihr entgegen.

»O Gott«, sagte Diana.

»Sieht es so schlimm aus?«

Zärtlich berührte sie seine blau-grün-violette Wange. »Was ist mit deinem Bein?«

»Die Sehne, wahrscheinlich. Morgen erfahre ich mehr.«

Sie umarmte ihn. »Jedes Mal kriege ich ein bisschen weniger von dir zurück.«

»Tut mir leid«, murmelte er in ihrer Halsbeuge.

Beiden fiel es gleichzeitig ein. Sie waren sozusagen verheiratet. In jener Nacht zwischen Zypern und dem Libanon waren sie Mann und Frau geworden.

Diana lächelte. »Hallo, du.«

Alain verzog das Gesicht zu einem Lächeln. »Hallo, du.«

Da sie nicht ewig so stehen konnten, mixte sie sich einen leichten Aperol.

»Willst du zuerst erzählen?«, fragte sie.

Er nahm sich ein Bier. »Ich wäre froh, wenn ich heute gar nichts erzählen müsste.« Er humpelte zur Couch.

»Gut, dann ich«, sagte sie auf eine Art, die er nicht gleich zu deuten wusste. Sie nahm einen Schluck. »Ich bin zwei Wochen drüber.« Hinter dem Glas sah Diana ihn an.

Alains Flasche kippte um. Bier ergoss sich auf die weiße Couch. Die heilige weiße Couch, die er zusammen mit Lea gekauft hatte. Jahr um Jahr hatte Alain verhindert, dass auch nur der kleinste Fleck diese Couch verunzierte. Und jetzt lief Bier darüber. Langsam ging er in die Küche und kam mit der Küchenrolle wieder.

»Zwei Wochen drüber?« Er wischte das Malheur auf.

Es war mehr, als ein Kopf denken, als ein Gemüt fühlen konnte. Er lag wach. Lange Zeit hatten er und Lea versucht, ein Kind zu bekommen, gehofft, gegoogelt, gevögelt, weitergehofft, mit Ärzten gesprochen und immer noch gehofft. Leas Vergewaltigung, ihre Fehlgeburt, der Krebs, der Tod. Lea war gegangen, ohne ihn mit einem Kind zurückzulassen. Sie hatte ihn nur einfach zurückgelassen. Und jetzt kam Diana zur Tür hereinspaziert und gab bekannt, dass sie *zwei Wochen drüber* sei. Der erste Teststreifen hatte sich verfärbt, der zweite nicht. Sie hatte nicht in Brüssel zum Arzt gehen wollen. Der Termin bei ihrem Berliner Arzt war übermorgen. Übermorgen würde Alain erfahren, ob er mit einer anderen Frau ein Kind bekommen würde. Er liebte Diana, sie passten gut zusammen, aber sie war immer noch *die andere Frau*. Niemals würde irgendjemand Lea ersetzen können. Er hatte eine einzige Frau geliebt, in ihre Hände legte er sein Leben. Sie blieb seine Frau, in seinem Herzen, in seinen Zellen. Das war ein schrecklicher Gedanke, da neben ihm die Frau lag, die das Risiko einging, sich auf den Witwer Alain einzulassen. In dieser Nacht hätte Alain nicht sagen können, ob er sich auf das Kind freute. War man ein verkorkster Mensch, wenn man so dachte? Alains gesunder Fuß berührte Dianas Fuß, sie rekelte sich im Schlaf.

Er war an einem Fall dran gewesen, bei dem Berliner Mütter ihre Kinder verloren. Ein monströser Täter tötete die Kinder. Der Direktor hatte Alain den Fall, die Kinder weggenommen. Und am selben Tag brachte Diana ein Kind in Alains Leben. Sein Kopf war zu müde, sein Körper zu zerschunden, um zu verstehen. Alains Gedanken verwandelten sich in Dämonen. Er musste die Dämonen bekämpfen. Leise stand er auf und griff zur Lederjacke. Ob er mit dem kaputten Fuß Motorrad fahren konnte?

***

Alains Großmutter war sechsundneunzig Jahre alt. Ihre Beine wollten nicht mehr so richtig. Sie nahm vierzehn verschiedene Tabletten am Tag. Sie aß nur noch wenig, rauchte viel und hatte eine Vorliebe für Cognac.

»Ich verstehe alles nicht mehr«, sagte Alain. Er saß bei seiner Großmutter im Bett. So wie früher. So wie immer.

»Was meinst du mit *alles?*«

Mit unpräzisem Gejammer durfte man seiner Großmutter nicht kommen. Sie brauchte präzises Gejammer, um analysieren zu können. Helene nahm die Brille ab. Ihr rechtes Auge schielte. Der Morgen graute.

»Oma ...«

»Ja?«

»Schmuel ist tot.«

»Unser Schmuel?«, fragte sie nach einer Pause.

»Unser Schmuel.«

Sie legte die Hand auf seinen Scheitel. »Weiß Chaijm es schon?«

»Ich gehe morgen zu Onkel Chaijm.« Er ergriff ihre Hand auf seinem Kopf. »Ich habe Schmuel in den Tod geschickt.«

»Möglich«, sagte sie.

Das war Helene. Jede andere Großmutter hätte Trost gespendet und versucht, Alains Schuld zu relativieren. Helene ließ die Schuld so stehen, wie sie war.

»Ich habe Schmuel um Hilfe gebeten. Und Gott weiß, wie sehr er uns geholfen hat.«

Helene schaute zur Decke. »Der gute Schmuel. Er war unser Nachbarkind. Chaijms Freund. Schmuel hat oft bei uns gegessen. Aber als Kind war er immer ein *Mimimi*.«

»Was ist ein Mimimi, Oma?«

»Einer, dem alles zu viel wird. Ein Jammerer, ein Meckerer. Schmuel wollte zum Beispiel keinen gefilten Fisch essen. Er hat einen Riesenwirbel gemacht, wenn es gefilten Fisch gab. Lass den Fisch von mir aus stehen, habe ich gesagt, aber was anderes gibt es nicht. Schließlich hat er den Fisch gegessen, aber nicht aufgehört mit seinem *mimimi*.«

»Schmuel war der Mutigste, der Umsichtigste bei unserem Einsatz. Und ausgerechnet er musste sterben.«

Helene beugte sich zur Seite. Die Zigaretten lagen in Reichweite. »Er hat nie geheiratet, unser Schmuel. Er ist allein nach Israel gegangen. Deswegen hat Chaijm schon sein Leben lang ein schlechtes Gewissen.«

Alain half ihr mit dem Feuerzeug.

»Was wird jetzt werden, Vegele?« Sie nahm den ersten Zug.

Er brachte ihr den Aschenbecher. »Jemand anders wird den Fall lösen.«

»Du gibst die Kinder auf?«, fragte sie ungläubig.

»Der Direktor gibt den Fall an das Bundeskriminalamt ab.«

»Nein! Das darf er nicht machen!« Helene Liebermann konnte alles verstehen, alles tolerieren, alles im richtigen Verhältnis einordnen. Aber wenn einer aus ihrer Familie ungerecht behandelt wurde, legte sie kein Verständnis an den Tag. »Hast du deinem Direktor das gesagt?«

»Ich habe den Einsatz vergeigt, Oma, auf der ganzen Linie. Schmuel wurde getötet, ein Israeli ist erschossen worden. Nummer dreizehn wird vielleicht nie wieder richtig laufen können. Ich habe das Leben meiner Leute aufs Spiel gesetzt und bin mit null Erfolg heimgekommen. Der Direktor kann gar nicht anders.«

»Red nicht! Erzähl mir nichts! Rede dich nicht auf den Direktor heraus. Du *musst* es machen, Vegele. Du liebst diese Kinder. Du kannst nicht zusehen, wie einer herumläuft und den Kindern wehtut, den Müttern wehtut. Du bist einer, der versteht, dass da nicht nur eine Handvoll Kinder stirbt. Du verstehst, dass Familien zerstört werden. Hör mir zu, Vegele: Manchmal macht das Leid uns klug, manchmal lernen wir etwas durch das Leid und machen danach etwas besser. Aber das Leid über ein totes Kind ist sinnloses Leiden. Es lehrt uns nichts. Wir sind nachher nicht klüger, besser, reicher. Wir sind zerstört. Wir richten uns nicht mehr auf, wenn unser Kind tot ist. Wir können es nicht, es ist nicht möglich, Vegele. Wir leben weiter, unsere äußere Hülle lebt weiter, aber das Wichtigste, mein Vegele, das Wichtigste ist auf immer kaputt.«

Alain starrte Helene an. Er war vierzig Jahre alt und hatte seine Großmutter noch nie weinen sehen. Noch nie.

»Oma, Bubbe, meine Bubbe. Nicht. Nicht.«

Helene wischte die Asche fort, die auf die Bettwäsche gefallen war. »Du darfst das nicht zulassen. Du bist wichtig für diese Kinder. Mach das, was du machen musst!«

»Oma?« Alain nahm die Hand der uralten Frau. »Diana erwartet ein Kind von mir.«

»Du großer Allmächtiger«, sagte sie. »Siehst du, was ich meine, Vegele: Das ist jetzt für dich bestimmt – die Kinder! Das ist jetzt dein Leben. Du bist kein Mimimi. Nimm die Kinder an dein Herz, halte sie, schütze sie. Du kannst das!«

Sie saßen still im Bett. Ihre Hand blieb in seiner. Der Morgen eroberte das Licht.

»Wenn Martin Khatib nicht der Täter war«, sagte Alain leise. »Welches Monster ist es dann?«

»Denk hinter das Monster. Monströs ist nur das, was er tut. Es gibt einen Grund für seine Handlungen. Es gibt immer einen Grund.«

Alain stand auf. »Ich muss zurück.«

»Schläft Diana bei dir?«

»Ja.« Er zog die Jacke über. »Ich muss zurück sein, bevor sie aufwacht.«

21

»Es ist unbegreiflich. Zuerst zetteln sie eine Straßenschlacht an, um uns von Khatib fernzuhalten, und zwei Tage später wird er am Strand von Gaza angeschwemmt, eine Kugel im Auge.«

Das MES war wieder vereint. Alain hatte einen kaputten Fuß und eine violette Backe, Salma saß im Rollstuhl, Nummer drei trug Schuhgröße zweiundfünfzig. Velkan war und blieb Velkan.

»Von wem stammt die Kugel?«, fragte Drei.

»Von Khatibs Familie oder von den Saudis, oder den Palästinensern oder dem Mossad«, fasste Salma zusammen.

Alain legte das Bein hoch. »Wir haben diesen Mann quer durch Europa gejagt. Und am Ende – bumm.«

»Und was jetzt, machen wir weiter?«, fragte Velkan.

»Verlass dich drauf, dass wir weitermachen. Der Direktor kann mich mal am Arsch lecken«, rief Alain.

Salma sah ihn prüfend an. »Bumm? – Am Arsch lecken? Wird dein Vortrag irgendwann wieder sachlicher?«

Er lachte. »Du hast recht. Ich war zu lange fort von euch.«

»Du warst ganze fünf Tage weg«, sagte Velkan.

»Wie gehen wir vor?«, fragte Salma.

»Wir müssen rauskriegen, wieso wir uns so fundamental täuschen konnten.«

»Haben wir uns wirklich getäuscht?«

»Zwei weitere Kinder sind tot. Khatib ist tot.«

»Der letzte Mord könnte von einem Nachahmungstäter begangen worden sein.«

»Weshalb sollte jemand so etwas machen?«

»Um Khatib den Mord in die Schuhe zu schieben. Bis jetzt weiß niemand, dass er tot ist. Wir haben in seinem Keller die DNA von sechs Opfern gefunden. Inzwischen sind zehn Kinder tot. Vier davon könnten auf das Konto eines anderen gehen.«

»Wenn es überhaupt einen anderen gibt.«

»Es muss ihn geben. Khatib kann es nicht mehr getan haben.«

»Hat der Täter Khatib gekannt?«, warf Velkan ein.

»Zwei Killer, in derselben Stadt, die sich ähnliche Opfer suchen, und einer soll nichts vom anderen wissen?« Alain stellte das Bein zu Boden. »Ziemlich unwahrscheinlich. Wir sind zu lange dem *Wer* hinterhergerannt und haben uns zu wenig mit dem *Warum* beschäftigt. Wir müssen noch einmal ganz an den Anfang zurück.«

»Willst du Saeed vernehmen?«

»Noch weiter. Wir brauchen Rudolf Hoppe. Er hat uns auf die erste Spur gebracht.«

»Womit rechtfertigst du eine weitere Einvernahme Hoppes?«

»Ich rechtfertige ab jetzt gar nichts mehr«, entgegnete Alain kämpferisch. »Ich tue es einfach. Unser Direktor sitzt den halben Tag unten im *Grillhouse* und trinkt Sommerdrinks. Er beduselt sich und will mir Vorschriften machen, was ich zu ermitteln habe? Wir gehen zu Hoppe. Und sollte mich die Aufsicht dafür drankriegen, ist es mir auch egal.«

***

»Bei unserem letzten Gespräch haben Sie den Genuss erwähnt, den Sie empfanden, wenn Sie an einen der Tatorte zurückgekehrt sind«, sagte Salma. »Rund um Sie die vielen Kinder, und keiner ahnte, dass Sie eines aus ihrer Mitte entführt und getötet haben.«

Rudolf Hoppe trug ein frisch gebügeltes Anstaltshemd. »Ja, das waren starke Eindrücke, das gebe ich zu.«

»Was für Eindrückc, Rudi?«

»Ich konnte die ganze Erfahrung noch einmal durchleben, das Hochgefühl, wenn Sie mir den Ausdruck gestatten, Salma, die unglaubliche Erlösung.«

»Hat Sie das erregt?«

»Ich konnte die Befriedigung teilweise erneut durchleben. Aber bitte erklären Sie mir, Salma, was hat das mit der jüngsten Mordserie zu tun? Soweit ich die Medien verfolgt habe, ging den Gewalttaten diesmal keine sexuelle Handlung voraus. Wir haben es daher mit grundverschiedenen Motiven zu tun.«

»Wie würden Sie das Motiv des aktuellen Täters beschreiben, Rudi?«

»Das kann ich nicht. Ich habe den Mann nie kennengelernt.«

»Glauben Sie, dass er auch das Bedürfnis hat, an den Tatort zurückzukehren?«

»Sie verwirren mich, Salma.« Hoppe warf einen Blick zu Alain. »Ich bekomme hier keinen Internetzugang, aber ich weiß, dass sämtliche Medien voll davon waren, dass im Wedding ein versteckter Keller gefunden wurde, wo ein Verdächtiger Kinder festgehalten haben soll. Wie könnte dieser Täter je wieder an seinen Tatort zurückkehren, ohne sofort gefasst zu werden?«

»Bleiben wir beim Thema, Rudi«, erwiderte Salma freundlich. »Was hat Sie veranlasst, Ihre Tatorte später aufzusuchen?«

»Das Gefühl, das man beim Töten hat, ist totale Dominanz«, erklärte Hoppe. »Dieses Gefühl wird allmählich zu einem Bedürfnis. Das Bedürfnis gewinnt an Kraft, bis es zum Zwang wird. Irgendwann erreicht der Zwang einen Punkt, an dem man wieder jagen muss. Manchmal konnte ich dieses Bedürfnis abwenden, indem ich mich an den Moment des Tötens bei einer früheren Gelegenheit erinnert habe. Das geht natürlich am besten vor Ort.«

»Sprechen Sie von dem Ort der Tötung oder von jenem Ort, wo sie die Leiche versteckt haben?«

»Manchmal war das ein und derselbe Platz.«

»Was geschah, wenn Sie nicht mehr an diesen Ort zurückkehren konnten?«, hakte Alain nach. »Zum Beispiel, weil dort zu viele Leute waren?«

»In meiner Situation wird man erfinderisch, Herr Liebermann.«

»Wie meinen Sie das?«

»Ich habe kleine Erinnerungen an meine Opfer behalten.«

»Gegenstände?«

»Nennen wir sie *Souvenirs*.«

»Was haben Sie damit gemacht?«

»Ich habe sie an den Tatort gebracht und im Geheimen abgelegt. Von diesem Moment an hatte der Schauplatz wieder die gleiche Bedeutung für mich, selbst wenn ich nicht dort bleiben konnte. Manchmal habe ich Fotos gemacht.«

»Von den Opfern?«

»Von den Schauplätzen.«

»Was wurde aus diesen Fotos?«

»Ich habe die Dateien gelöscht, nachdem ich die Abzüge archiviert hatte.«

»Wo haben Sie Ihr Archiv aufbewahrt?«

»An dem Ort, zu dem ich die Polizisten lockte, damit sie mich endlich verhaften sollten. Mithilfe meines Fotoalbums habe ich den Beamten die Suche nach den Opfern erleichtert. Bedauerlicherweise haben sie meine Souvenirs behalten. Was meinen Sie, Salma, könnte ich diese Bilder wiederbekommen, nun, da ich hinter Gittern bin?«

»Das halte ich für unwahrscheinlich, Rudi.«

»Das dachte ich mir schon.«

»Hat es eine bestimmte Zeitspanne gegeben, nach der

die Souvenirs Ihnen nicht mehr genügt haben und Sie wieder auf die Jagd gehen mussten?«

Hoppe sah erst Salma, dann Alain lange und nachdenklich an. »Sie haben ihn noch nicht, stimmt das, Herr Liebermann? Sie haben ihn noch nicht gefasst. Ich verstehe. Oh, jetzt verstehe ich! Deshalb müssen Sie wieder bei null anfangen. Darum kommen Sie zu mir. Offenbar ist der Verdächtige mit seinem Keller nicht Ihr Mann. Sie haben jemand anderen im Verdacht, der bis jetzt nicht in den Nachrichten aufgetaucht ist. Dieser Mann macht weiter. Er fängt vielleicht gerade erst an.«

Durch Hoppes Worte wurde das Phänomen des *Versagens* derart präsent, dass Alain es mit Händen zu greifen glaubte. Immer noch kamen Kinder um in dieser Stadt, und er hatte nichts erreicht, so gut wie nichts! Er hätte den Müttern dieser Kinder heute nicht mehr in die Augen sehen können.

»Könnten Sie uns etwas über diesen Mann sagen, Rudi?«, übernahm Salma.

»Natürlich. Aber dazu müsste ich die Fakten kennen und die Daten einsehen.«

»Wir können Ihnen die Ermittlungsakten nicht geben. Das verstehen Sie sicher.«

Rudolf Hoppe besann sich, bevor er weitersprach. »Ein Mord an einem Kind ist eine schwierige Sache, Salma. Viele Faktoren müssen stimmen, damit es ein Erfolg wird. Als ich in meiner Arbeit routinierter wurde, habe ich darauf geachtet, alle diese Bedingungen zu erfüllen. Die Person, nach der Sie suchen, lebt vorwiegend in seiner Fantasie. Er stellt sich Dinge vor, die er mit den Kindern machen wird. Diese Imaginationen fressen ihn auf. Die reale Welt kann mit seinen Fantasien bald nicht mehr mithalten. Sie genügt ihm nicht länger. Dann wird er handeln.«

»Wie kann man eine Fantasie fangen, Rudi? Wie kriegen wir ihn?«

»Sie kriegen ihn nicht«, antwortete Hoppe schlicht. »Wenn der Mann etwas taugt, kriegen Sie ihn nie. Er ist unauffällig. Er lebt ein normales Leben.«

»Aber Sie sagten selbst, dass der Mörder mit der Realität nicht zurechtkommt. Solche Menschen machen Fehler.«

Hoppe kratzte sich an der Nase. »Darf ich offen sprechen, Salma? Alles, was Sie über diesen Mörder wissen, stammt von Mördern, die gefasst wurden, so, wie ich einer bin. Aber der Mann da draußen ist Ihnen völlig unbekannt. Und deshalb läuft er immer noch frei herum.«

22

Ein Spaziergang in Reinickendorf war nichts Erhebendes, eben nur ein Spaziergang durch Reinickendorf. Alain fühlte sich immer noch ziemlich lädiert. Er wollte nur mal kurz aus dem Haus, bis zum Rewe und zurück. Weiter würde er es mit der Beinschiene ohnehin nicht schaffen.

Graues Wetter und trotzdem diese Schwüle. Man fühlte sich bedrückt. War man bedrückt vom Wetter oder weil Bedrückung in der Luft lag? Alain ging mit Diana spazieren, wie Paare das so taten. Er stellte sich vor, wie sie bald einen Kinderwagen durch Reinickendorf schieben würden. In den Augen der Reihenhausbesitzer würde das ihre Zugehörigkeit zu dem Bezirk vertiefen. Ein Paar, nicht mehr ganz jung, führte seinen Nachwuchs vor. Das war es, was Reinickendorf ausmachte: häuslicher Friede. Man hatte es im Leben weit gebracht, man konnte sich eine Immobilie im Norden Berlins leisten. Man wurde zusammen älter, pflegte den Garten, pflegte gute Nachbarschaft, pflegte die Nachkommenschaft. Das Baby bot Gesprächsthema, Herr und Frau Schmitz fanden das Baby süß, Herr und Frau Rothe luden Herrn und Frau Liebermann zum Kaffee ein. Das Kind bekam Süßes. So verstrich die Osterzeit, die Weihnachtszeit und wieder Ostern und der Geburtstag, und irgendwann begann Diana, ihr Haar zu färben, und Alain ließ seines ergrauen. Das Kind wurde erwachsen und wollte raus aus Reinickendorf. Niemand verstand das besser als sein Vater.

In einem einzigen Gedankengang hast du gerade deine Vaterschaft, das Heranwachsen des Kindes und den Rest deines Lebens durchlaufen, dachte Alain. Und alles nur, weil du kein Reinickendorfer werden willst?

Neben ihm setzte Diana harte Schritte. Sonst trug sie auf Spaziergängen ihre Sportschuhe, heute Sandalen.

»Die Palästinenser liefern die Leiche aus.« Alain brach das Schweigen.

»Gegen den Willen von Khatibs Familie?«

»Die Saudis verhalten sich in dem Fall erstaunlich passiv. Es sieht so aus, als ob Martins Familie ihr schwarzes Schaf geopfert hätte.«

»Wenn sie Khatib nicht beschützen wollten, warum kam es dann zu dem Angriff in Gaza?«

»Vielleicht gibt uns die Obduktion des Toten darüber Aufschluss.«

Diana machte mehrere Schritte, schweigend, dann sagte sie: »Sprechen wir deshalb über den Kindermörder, weil du über unser Kind nicht sprechen willst?« Ein Schuss ohne Vorwarnung. Dr. Göring schoss und traf ins Schwarze.

»Schon möglich.« Wozu das Unvermeidliche aufschieben? Sie spürten beide, dass etwas nicht stimmte. Da konnte man es genauso gut auf einem Reinickendorfer Spaziergang besprechen. »Willst du, dass ich jetzt etwas dazu sage?«

Seine Gegenfrage machte sie wütend. Diana verschränkte die Arme. »Du bist schon eine Nummer, Liebermann. Du verlobst dich mit mir, heiratest mich über die Distanz von tausend Kilometern hinweg, quetschst die Tränendrüse aus, rund um dich flennt sogar das MES, aber du kannst nicht über unser Kind mit mir sprechen?«

»Nicht die entscheidenden Worte, Diana. Noch nicht.«

Sie blieb abrupt stehen. »Wie lange ist das her, fünf Tage? – *Ich, Alain Elias Liebermann, nehme dich, Diana Elisabeth Göring* … Hast du's schon vergessen?«

»Du hast recht. Du hast völlig recht.«

»Verrätst du mir den Grund für dein Verhalten?«

»Wenn ich das könnte, wäre ich froh.«

»Du windest dich wie ein Wurm.«

»Tja, vielleicht.«

Dieses *Tja, vielleicht* war zu viel für Diana. Sie schlug Alain. Gegen die Brust, schlug ihn auf die Wange. Sie schlug ihn, wie man jemanden schlägt, wenn man ihn verletzen, ihm aber nicht wehtun will. Dr. Göring hatte noch nie jemanden geschlagen. »Scheiße!«, rief sie. »Scheiße, Alain.«

Es tat ihm leid, sie so weit gebracht zu haben. Er hielt sich die Wange.

»Dann geh doch zurück zu deinem Killer!«, rief sie. »Er bekommt mehr Zuwendung von dir als ich.«

»Das stimmt nicht.«

Es stimmte. Seit Diana ihm von der Schwangerschaft erzählt hatte, fühlte sich Alain wie nach der Lokalanästhesie beim Zahnarzt. Der Zahn war repariert, aber der Mund blieb taub. Wenn man kaute, biss man sich auf die Zunge. Ein schiefes Gesicht, ein taubes Gefühl. Mit solchen Bildern sollte er Diana besser nicht kommen. Seine Gefühle als schief und taub zu bezeichnen würde die Lage nicht entspannen. Als er auch nach Sekunden nicht antwortete, gab Diana auf. »Du bist ein sagenhaftes Arschloch, weißt du das? Ich kann dich jetzt eine Zeit lang nicht sehen.« Sie ließ ihn stehen und nahm den nächsten Weg zurück zu ihrem Haus. In Reinickendorf, wo Spießerträume meistens wahr wurden.

Er hätte ihr nachlaufen, sich entschuldigen, ihr versichern müssen, was für ein Idiot er sei, weil er nicht imstande war, die Größe der Lebensumstellung zu begreifen. Nur deshalb benahm er sich wie ein Soziopath. Gab es denn nicht klare Vorgaben, wie man sich bei der Ankündigung von Nachwuchs zu verhalten hatte? Man umarmte, man vergoss Tränen, zeigte Freude. Man kaufte Windeln, Monate zu früh, suchte lustige Tapeten aus, mit Disney-Figuren drauf, und Luftballons. Das war doch nicht so schwer.

Tu den ersten Schritt!, dachte Alain. Doch obwohl er auf Konfliktvermeidung trainiert war, löste er den Konflikt mit Diana nicht auf. Der Konflikt breitete sich im Gegenteil über Reinickendorf aus, über die akkuraten Reihenhäuser, die SUVs mit den Stahlgürtelreifen, die Jägerzäune, die Ornamente und Requisiten, die ein Leben als Paar so mit sich brachte. Alain hatte Angst vor Ornamenten, weil er Angst vor dem Ganzen hatte. Mit Lea hatte er diese Angst nie gekannt, keinen Augenblick. Gott hatte sie zusammengebracht. Gott hatte sie nach zwölf Jahren wieder getrennt. Diana war eben nicht Lea.

So grausam, so grausam der Gedanke! Alain konnte den entscheidenden Schritt nicht tun, er konnte ihr nicht nachlaufen. Mit seinem Hinkebein würde er sie ohnehin nicht mehr einholen.

Er machte kehrt, um nach Pankow zurückzukehren. Mit der S-Bahn war er gekommen, er wollte nicht wieder in die Unterwelt. Andererseits, ein Taxistand in Reinickendorf war so wahrscheinlich wie ein Brunnen in der Wüste. Alain hinkte durch die Wüste.

23

Ein ganzer Tag ohne ein Wort mit Diana. Alain packte nichts ein, er nahm nur den Helm und die dicke Jacke. Er machte die Beinschiene ab, sein Stiefel schiente das Bein genauso gut. Alain setzte sich auf die *Black Spirit* und fuhr los. Eine lange Fahrt lag vor ihm, wenn man sie ohne Pause zurücklegte. Die Finger wurden klamm, das Gesicht war wie gelähmt. In dem Lederzeug schwitzte er.

Die A 11 war ein Nadelöhr, Stau gehörte hier zum Alltag. Die *Black Spirit* fuhr mal rechts, mal links an der Kolonne der in der Hitze brütenden Autos vorbei, manchmal auch auf dem Pannenstreifen. Er erreichte die Uckermark und fuhr über die Uckermark hinaus, immer nach Norden. Vorbei an Neubrandenburg und Greifswald, vorbei an Stralsund. Die Rügenbrücke wuchs hoch in den Himmel empor. Wenn man ihr Ende erreichte, war man auf der Insel angekommen.

Lea und er waren nur ein paarmal hier gewesen, sie mochte den Norden nicht. »Ich finde das Liegen am Strand unsinnig, wenn du die Sonne im Rücken hast«, sagte sie. Erst abends, wenn die Sonne nach einem nicht enden wollenden Sommertag im Meer versank, war Lea zufrieden. Die rote Sonne, die das Wasser und die Menschen, die das Wasser betrachteten, rot färbte, das gefiel ihr. Sie saßen im *Restaurant am Meer* und aßen Fisch, oder sie saßen auf ihrem Balkönchen im *Hotel am Meer,* das über dem Restaurant lag. So manchen Wein hatte Lea getrunken, so manchen Fisch entgrätet.

Alain hielt vor dem *Hotel am Meer*. Er hatte Glück, ein Apartment war frei. Er warf Helm und Jacke auf das Bett und zog gleich wieder los. Der Nachmittag neigte sich, er wollte unbedingt noch den *Klettermaxe* machen. *Der Klettermaxe* war ein trotteliger Typ namens Alain, über den Lea sich totlachte, während er ungeschickt auf den Felsen umherkletterte. Rügen war an der Nordküste zerklüftet, einen Strand gab es nicht, stattdessen buckelige Felsen. In ihren Sportschuhen hüpfte sie von Stein zu Stein. Als Motorradfahrer trug Alain Stiefel mit Ledersohlen und rutschte, wo man nur rutschen konnte. Lea lachte, wie er sie selten hatte lachen sehen.

»Da sind Algen«, rief er zu seiner Verteidigung. »Alles ist glitschig hier.«

Lea kletterte auf den großen Felsen hinaus, der im Wasser lag. Aus Angst, seine Stiefel im Meerwasser zu ruinieren, lagerte Alain lieber auf einem sicheren Felsen im Trockenen. Von dort riefen sie einander Dinge zu und fotografierten den anderen.

Alain erreichte das Meer zur perfekten Zeit. Die Sonne stand schräg, das Wasser, die Felsen, die uralten Buchen dahinter wurden vom Licht herausgemeißelt, als ob um diese Tageszeit ein Bildhauer auf Rügen das Sagen hätte. Alain lief die lange Treppe ans Meer und begann seinen Parcours über die Felsen. Er rutschte, stolperte, tat sich weh, er spürte sein Bein. Es war unvorsichtig, hier umherzuklettern, doch um nichts in der Welt hätte er den Parcours vorzeitig beendet. Er wollte jenen großen, ruhigen Felsen erreichen, auf dem Lea gelegen hatte. Dort wollte er sitzen und denken. Weder Algen noch sein Fuß noch seine Ungeschicklichkeit sollten ihn daran hindern.

In Berlin wurden Entscheidungen von ihm verlangt, Stringenz, Dynamik, Disziplin – heute durfte Alain keiner dieser guten deutschen Tugenden folgen. Verweigern musste er und bereit sein für das, was am anderen Ende der Verweigerung auf ihn wartete. Das Meer verlangte nichts von ihm. Der Felsen verlangte nichts von ihm. Heute war es richtig, nichts zu tun. Darum hatte Alain die Kulisse, die Geräusche, die Gerüche wechseln müssen. Er eroberte den Felsen, ließ sich auf dem schwarzen Stein nieder, massierte seinen Knöchel und hoffte auf Gedanken. Gedanken zu dem Kinderfall, Gedanken zu seinem eigenen Kind. Er lehnte sich auf die Ellbogen und wartete. Jeder Gedanke war ihm willkommen. Der eine führte vielleicht nicht zum nächsten, sondern zum übernächsten Gedanken, möglicherweise auch zu einem, der bereits lange vergessen war.

Dreizehn Kinder, ein Keller. Man hatte dem Erbauer dieses Kellers ins Auge geschossen. Man lieferte seinen

Körper an Deutschland aus. Seine DNA sollte Aufschluss geben. Frau Horsch und ihre Mädchen, die Sex mit unsichtbaren Partnern trieben, der *Rattenfänger* vom Wedding, der die Opfer dem Schlächter zuführte.

Alain erkannte, dass ihm nur abgenutzte Gedanken durch den Sinn gingen. Auf dem Felsen in der Ostsee kamen keine neuen hinzu. Auf *Lea's Rock* erschien es ihm unmöglich, an sein Kind mit einer anderen Frau zu denken. Wehmütig, ratlos, verwirrt verabschiedete er sich von dem Stein, der Lea für immer gehören würde, so lange, bis das Meer den schwarzen Felsen vollkommen abgetragen hatte.

Er kletterte über das Geröll zurück und erreichte den Weg und die Treppe. Sein Fuß tat weh, er humpelte die gewundene Treppe hoch. Auf den letzten Stufen musste er sich am Geländer emporziehen. Wieder im Apartment, gelang es ihm kaum, aus dem Stiefel herauszukommen. Alles war geschwollen, wie ein Kugelfisch sah sein Fußgelenk aus. Er hatte keine anderen Schuhe dabei. Barfuß hinkte er ins Restaurant am Meer. Es war zu kühl, um barfuß im Freien zu sitzen, aber kühl war gut für den Fuß. Alain bestellte die *Fischplatte am Meer.* Alles trug hier den Namen *am Meer.* Dorsch und Zander, Riesengarnelen auf Wirsinggemüse mit Bratkartoffeln. Nichts schmeckte besser auf der Welt. Wie immer beschloss Alain, öfter Fisch zu essen, dabei wusste er, in Berlin würde er wieder mit dem Hackbraten in der Kantine kokettieren. Er beendete die Mahlzeit, nahm noch ein Bier, wurde Zeuge, wie die Wirtin nach Stunden in der Küche nun selbst zu Abend aß und von Betrunkenen angemacht wurde. Die Wirtin warf sie hinaus. Widerspruchslos zogen die Besoffenen ab. Selbst betrunkene Deutsche waren diszipliniert. Wie die meisten machte auch Alain ein Foto vom Sonnenuntergang und staunte, dass es schon halb elf war. Er hinkte auf sein Zimmer und fiel ins Bett. Der Schmerz begleitete ihn in den Schlaf.

Der Schmerz weckte ihn, als es hell wurde. Im Norden blieb es um diese Jahreszeit nur wenige Stunden dunkel. Plötzlich erkannte Alain, welchen Sinn seine Reise hatte. Der Schmerz trat als Lehrmeister auf. Der Schmerz erklärte Alain, was er zu tun hatte. Als die Sonne aufging, zwängte er seinen Fuß in den Stiefel und bestieg die *Black Spirit*. Zu Dienstbeginn war er wieder in Berlin. Er bestellte das MES ein, erklärte seine Schlussfolgerung und koordinierte den Einsatz. Den Direktor informierte er nicht.

Alain nahm sich die Protokolle vor. Dort stand alles drin, wieso hatte er es nicht früher gesehen? Martin Khatib arbeitete in einer Logistikfirma. Vernetzung und Planung gehörten zu seinem Job. Khatib plante umsichtig. Er warb Saeed an und stellte ihn Frau Horsch vor, in deren Haus der Junge kleine Aufgaben übernahm. Nach einer Weile schickte Khatib seinen *Rattenfänger* aus. Saeed war kein putziger Strichjunge, sondern ein hinkender, schielender Bursche, dem niemand Interesse, bestenfalls Mitleid entgegenbrachte. Die Jugendlichen, mit denen Saeed ankam, wurden nicht vergewaltigt, sie machten es für Geld. Khatib ließ diese Jungen nicht für sich selbst aussuchen, sondern für seine Kunden. Er zog einen Sex-Ring für homosexuelle Pädophile auf. Er befriedigte sich nicht an den Teenagern, er befriedigte seine Kundschaft.

Zeit verging. Nachdem der Sex-Ring sich eingespielt hatte, tat Khatib den nächsten Schritt. Es hatte sich als rentabel erwiesen, Berlins Pädophilen halbwüchsige Jungs zuzuführen. Wie rentabel würde das Modell erst werden, wenn er einen Service anbot, den sonst keiner hatte?

Es gab Männer, denen der Schmerz anderer Erregung und Befriedigung brachte. Schmerzen dieser Art blieben normalerweise Spielerei. Das tat nur ein bisschen weh, die Qual war auszuhalten. Am Ende legte man die Fesseln ab, reinigte sich vom heißen Wachs, packte die Peitsche und die Stacheln, die einem ins Fleisch geschnitten hatten, in den Folterkoffer, ging nach Hause und wünschte seiner Frau eine gute Nacht. Sadomaso blieb Andeutung, ein Ritual, bei dem Folterknecht und Opfer hinterher ein Bier zusammen tranken.

Martin Khatib bot das *Echte*, den äußersten Kick. So mancher fantasierte davon, aber niemand traute sich, den Kick in die Tat umzusetzen. Niemand wollte für den Rest seines Lebens ins Gefängnis, geächtet sein, ausgestoßen aus der Gemeinschaft. Martin Khatib bot einen Service von absoluter Einmaligkeit. Der Tod war in dem Deal inbegriffen.

So sah Alains Schlussfolgerung aus. Diese Erkenntnis hatte der Schmerz ihm gebracht, der nächtliche Schmerz an der Ostsee. Khatib exekutierte Folter und Hinrichtung nicht selbst, er *vermittelte* sie! Die Jagd nach ihm hatte also nicht dem Kindermörder gegolten, sondern dem Zuhälter, dem Mittelsmann. Deshalb waren die Morde so unterschiedlich ausgefallen, deshalb konnte die Polizei so lange keinen Zusammenhang feststellen. Khatib hatte Helfer gehabt, den unauffälligen Saeed, die geschäftstüchtige Frau Horsch, doch entscheidend waren nicht Khatibs Helfer, entscheidend waren die Kunden.

24

Als Alain beim Direktor eintrat, war der Chef am Telefon.

»Natürlich befürworten wir die Entscheidung des Ministeriums, das Mobile Einsatzkommando auch weiterhin einzusetzen.« Der Direktor machte eine Verbeugung vor seinem unsichtbaren Gesprächspartner. »Das sehe ich auch so, Herr Minister. Liebermann und sein Team haben bereits eine Menge in die Aufklärung investiert. Es ist nur folgerichtig, sie weitermachen zu lassen.«

Der Direktor schaltete auf Lautsprecher.

»Das Kanzleramt hat höchste Priorität angeordnet«, kam es aus der Leitung. »Die Arbeit des MES muss endlich zur Aufklärung führen.«

»Selbstverständlich, Herr Minister.«

»Was immer Sie an Ressourcen brauchen, bekommen Sie. Die Arbeit des MES ist entscheidend.«

»Wir werden die Täter bald überführen, Herr Min...«

Die Leitung war unterbrochen worden.

»Das war der Minister«, sagte der Direktor mit einem Blick, der vertrauensvoll wirken sollte. »Man möchte an höchster Stelle vermeiden, dass der Fall den kommenden Wahlkampf beeinträchtigt. Sämtliche Dienststellen werden daher zu einer gemeinsamen Anstrengung zusammengeschaltet. Ich konnte den Minister davon überzeugen, dass es das MES war, dem wir die bisherigen Fahndungserfolge zu verdanken haben. Der Minister ist ganz meiner Meinung. Die Leitung der Fahndung wird daher Ihnen übertragen, Liebermann«, setzte er lächelnd hinzu.

Dass einer lächeln kann und immer lächeln und doch ein Schurke sein, zitierte Alain im Geist. Der Direktor bot ihm einen Stuhl an, er blieb stehen.

»Im Kanzleramt will man Erfolge sehen«, fuhr der Direktor fort. »Ihre Methoden werden dort nicht mit dem gleichen Enthusiasmus beurteilt, wie ich das tue, aber ich halte Ihnen den Rücken frei, Liebermann. Ich bitte Sie nur, spielen Sie, soweit es geht, nach den Regeln.«

Wie macht er das?, dachte Alain. Wie hat er es geschafft, die Hundertachtziggradwende gerade als sein Verdienst hinzustellen? Hat er nicht Angst, auf seiner eigenen Schleimspur auszurutschen? Gibt es ein Gen, das Menschen wie ihm verbietet, Fehler zuzugeben?

»Sonst noch etwas, Direktor?«

»Die Sache in Gaza, Ihr Fehlschlag im Fall Khatib, ist vergeben und vergessen. Halten Sie den Blick nach vorne gerichtet. Dann wird das schon, Liebermann.«

Wie gerne hätte Alain in diesem Moment das Büro der Nacktschnecke verwüstet, aber damit ließ sich das Problem nicht aus der Welt schaffen.

»Dieser *Fehlschlag* hat Nummer dreizehn auf die Intensivstation gebracht«, entgegnete er. »Er braucht ein künstliches Gelenk und wird erst wieder gehen lernen müssen. Ohne Dreizehn und Zwanzig wäre ich tot, Herr Direktor.«

»Ja, na gut.« Der Chef machte eine besänftigende Geste. »Wie ich schon sagte: Ich habe durchgesetzt, dass Ihnen alle Ressourcen zur Verfügung stehen.«

Alain verließ das Büro. Das Team erwartete ihn.

Alain war froh, dass Velkan den Vortrag hielt, das gab ihm Zeit, sich zu beruhigen.

»Die Kameras sind hier und hier installiert.« Velkan zeigte verschiedene Ansichten auf dem Schirm. »Aus diesen Blickwinkeln kann uns niemand entgehen, der sich dem jeweiligen Tatort nähert. Wir fahnden nach den Kunden von Martin Khatib. Da wir weder in seiner Wohnung noch im Keller Hinweise auf deren Identität gefunden haben, müssen wir die Kunden auf dem Umweg über die Opfer ermitteln.«

Alain wandte sich an Sechs. »Gibt es bezüglich der DNA von Khatib etwas Neues?«

Nummer sechs drehte den Laptop in Alains Richtung. »Seine genetische Spur findet sich an mehreren Stellen im Horsch-Haus, auch im Keller, allerdings an harmlosen Stellen. Es gibt Fingerabdrücke an der Leiter, am Lichtschalter, nicht aber an dem … an diesem Operationstisch. Auch an keiner der Kinderleichen wurde die DNA Khatibs festgestellt.« Sechs scrollte weiter. »Außer der genetischen Spur der toten Jungen gibt es allerdings noch eine weitere DNA, die wir bisher nicht zuordnen können.«

Salma fuhr ihren Rollstuhl neben Velkan. »Khatib hat die Opfer durch Saeed aussuchen lassen. Wo hat er sie den Kunden präsentiert? Im Horsch-Haus? Dort hätten die Sex-Workerinnen die Kunden sehen müssen. Das konnte Khatib nicht riskieren.«

»Videos«, sagte Velkan. »Khatib könnte die Kinder gefilmt und das Material den Kunden gezeigt haben.«

»Vielleicht hat er nicht nur die Jungen gefilmt, sondern auch die Kunden? Sollten wir uns über Erpressung Gedanken machen?« Da niemand antwortete, fuhr sie fort: »Wenn jemand bereit ist, viel Geld auszugeben, um seiner perversen Natur nachzugehen, zögert er bestimmt nicht, das Schweigen des Zuhälters zu erkaufen.«

Alain sah auf die Uhr. »Die Überwachung der Tatorte beginnt sofort. Wir müssen uns auch Frau Horsch noch einmal vornehmen. Und wir müssen den Eltern dieser Stadt sagen, dass sie besser auf ihre Kinder aufpassen sollen.«

***

Neutraler Boden war wichtig und wegbereitend. Alain hatte den neutralen Boden sorgfältig ausgesucht. *Monsieur Wuong* besaß zwei entscheidende Vorteile. Noch nie hatte Diana *Monsieur Wuong* besucht, ohne ihrer Begeisterung über die raffinierten Kräuter, die einmaligen Marinaden und die frischen Gemüse Ausdruck zu verleihen. Der zweite Vorteil lag darin, dass man dort äußerst schwer einen Platz bekam. Wenn es Alain gelang, zwei Plätze im

Freien zu erobern, war er bereits zur Hälfte ein Held und der Abend zur Hälfte gerettet.

»Du hast einen Platz draußen gekriegt?«, staunte Diana.

»Sogar einen Eckplatz.«

»Ich bin beeindruckt.«

Diana trug den grauen schwingenden Rock, Sandaletten und das blonde Haar offen.

»Was nimmst du?« Sie setzten sich.

»Die Ente. Und du?«

»Ich weiß noch nicht.«

Auf Wuongs Tageskarte gab es nichts Vegetarisches. Jedes Mal focht Diana einen Kampf mit der asiatischen Kellnerin aus.

»Kann ich statt Ente Tofu kriegen?«

»Nein.«

»Wieso nicht?«

»Ente ist zusammen mit Soße vorbereitet. Tofu nicht.«

»Und wenn ich das Huhn nehme?«

»Tofu statt Huhn geht.«

»Wieso nicht statt Ente?«

»Weil Huhn ist mit Reis.«

»Warum kann ich zum Tofu nicht Nudeln kriegen?«

»Geht nicht.«

Am Ende bestellte Diana Tofu mit Reis, Alain Ente mit Nudeln.

»Wie wäre es mit Frühlingsrollen als Vorspeise?«, fragte er. Eine rhetorische Frage. Einmal hatte Alain versucht, Diana die schmackhaften Frühlingsrollen auszureden, weil er die Hauptgerichte zu üppig fand. Sie reagierte, als ob er eine Menschenrechtsverletzung begangen hätte.

»Gerne«, antwortete Diana. »Aber diesmal musst du drei davon essen.«

»Ich bin nicht besonders hungrig.«

Aus unerfindlichen Gründen wurden als Vorspeise nicht vier, nicht sechs, sondern fünf Frühlingsrollen serviert. Man konnte das Gericht also nicht gerecht teilen. Alain gelang es trotzdem jedes Mal, Dianas Gerechtigkeitssinn auszutricksen und ihr drei Frühlingsrollen zuzuschanzen.

Eine Amerikanerin mit Zahnspange besetzte die andere Hälfte des Tisches. Laptop, Tablet und Smartphone nahmen einigen Platz ein. Früher hätte man geglaubt, sie sei verrückt, denn sie sprach mit sich selbst. Heute wusste man, dass die Amerikanerin etwas im Ohr hatte, das ihr die Konversation ermöglichte. Beim Sprechen sah man ihre braunen Zähne. Wozu sollte man diese Zähne noch justieren?, dachte Alain, hütete sich aber, darüber eine Andeutung zu machen. Bei kritischen Bemerkungen über Frauen konnte Diana bissig werden.

Nachdem er sich vergewissert hatte, dass die Amerikanerin kaum Deutsch verstand, machte er den schweren Anfang. Er wollte Diana endlich seine Berührungsangst beim Kinderthema erklären.

»Ewald hat angerufen«, unterbrach sie ihn, bevor er den ersten Satz herausbrachte.

»Beryll?«

»Er ist besorgt.«

Alain suchte einen Grund, weshalb Diana in diesem Moment den Vizepräsidenten ins Gespräch brachte. »Weshalb ist er besorgt?«

»Er hält die Vernetzung der Dienste für falsch.«

»Vernetzung? Welche Vernetzung?«

Alain stand auf der Leitung, ein Zustand, den Diana nicht an ihm schätzte.

»Es tut nicht gut, wenn eine Dienststelle der anderen in die Suppe spuckt, meint Ewald«, erklärte sie.

»Ich bin immer wieder erstaunt, wie leichtfertig Beryll klassifizierte Informationen mit dir teilt«, entgegnete er. »Die Vernetzung der Dienste war nicht meine Idee, sie kam aus dem Ministerium. Wir haben ein Wahljahr. Der Minister muss Ergebnisse vorweisen.«

Die Frühlingsrollen wurden serviert. Diana biss in die erste knusprige Hülle. »Ewald möchte sich mit dir treffen.«

»Was will er von mir?« Alain pickte in der Salatgarnitur. »Er bekommt jeden Tag sein Briefing, so wie jede Abteilung. Das sollte reichen.«

Woher kam Alains plötzlicher Missmut? Es lag wohl daran, dass es Beryll gelungen war, sich in ein heikles und intimes Gespräch zu drängen, vor dem Alain Bammel hatte. Es ging um sein, Alains Kind. Es ging um *die* Kinder.

»Was hast du nur gegen den armen Ewald?« Nach der zweiten Frühlingsrolle machte Diana eine Pause. »Du nimmst ja gar nichts.«

»Ich mag nicht.« Er warf die Stäbchen auf den Tisch.

»Was ist mit dir?«

»Nichts.« Er verschränkte die Arme. »Gerade heute wollte ich mal nicht über den Job mit dir reden!«

Sie erschrak über seine Aggression. »Bitte, natürlich, wenn der Herr das so bestimmt, sprechen wir nur noch über Themen, die ihm genehm sind.«

»Es gibt Wichtigeres, als über den breitärschigen Beryll zu labern.«

»Du wirst das richtige Thema unseres Tischgesprächs sicher gleich festlegen.« Diana biss in die dritte Frühlingsrolle.

Damit war es passiert. Das Relais der Zwischenmenschlichkeit war durchtrennt worden. Ab jetzt herrschten Polemik, Sarkasmus, jeder Satz ein Florettstich, jedes Argument ein Säbelhieb. Dass die letzten Frühlingsrollen unberührt blieben, wurde zum Ausdruck dieser Verhärtung.

Die Kellnerin räumte den Teller ab. Verständnislos beobachtete Diana den Vorgang, sehnsuchtsvoll sah Alain der Delikatesse nach. Er hatte einen Bärenhunger. Sie sprachen nicht mehr über ihr Kind. Sie aßen, er bezahlte, sie bedankte sich für die Einladung. Sie fuhr nach Reinickendorf, er nach Pankow.

25

Um die Mittagszeit tauchte Ewald Beryll in der Kantine am Tempelhofer Damm auf. Alain und er saßen einander gegenüber, beide bereits beim Kaffee.

Obwohl er ihn schwarz trank, rührte Alain nachdenklich um. »Was meinen Sie mit Persönlichkeitsschutz?«

»Nur, weil sich jemand längere Zeit in der Nähe eines Tatortes aufhält, ist er nicht automatisch verdächtig.«

»Das behauptet auch niemand.«

»Ihre Vorgehensweise lässt diesen Schluss aber zu. Sie haben bereits drei Männer von der Straße abgefangen und verhört.«

»*Abgefangen?* Wir haben die Männer befragt und wieder laufen lassen.«

»Aber Sie haben deren Daten gespeichert.«

Alain lächelte. »Ich verstehe Sie gar nicht. Normalerweise ist der Verfassungsschutz nicht so zimperlich beim Erfassen von Daten.«

»Meine Sorge ist, dass der wirkliche Täter Ihren Einsatz durchschauen und untertauchen könnte. Er würde dann nie wieder an diesen Ort zurückkommen.«

»Auch in diesem Fall habe ich ihn auf Video.« Alain trank aus. »Selbstverständlich kriegen Ihre Leute diese Videos auch zu sehen.«

»Wie Sie meinen«, seufzte Beryll. »Gut, schicken Sie das Material zu uns rüber.« Er stand auf. »Sie sind bisher in diesem Fall auf vorbildliche Weise vorangekommen, Alain. Ich möchte nicht, dass Sie ausgerechnet im Endspurt stolpern.«

»Danke, Ewald. Ich weiß Ihren Rat zu schätzen.«

***

»Martin Khatib ist tot, Frau Horsch.«

»Ich weiß. Aber ich sage nichts. Weil ich nichts weiß.«

»Kein Kommentar«, übersetzte der Anwalt von Frau Horsch ihre Antwort in eine korrekte Form.

»Ich verstehe nicht, dass Sie einen Mann decken, der Ihnen nicht mehr gefährlich werden kann.«

Zwei Kameras zeichneten auf. Alain und Salma auf der einen, die Horsch und ihr Anwalt auf der anderen Seite des Tisches.

»Wenn ich gewusst hätte, was da unten passiert …«

Der Anwalt legte Frau Horsch die Hand auf den Arm. »Kein Kommentar«, korrigierte er sie freundlich.

»Behindern Sie Ihre Mandantin, eine Aussage zu machen?«

»Im Gegenteil. Ich bitte um die Möglichkeit, mich mit meiner Mandantin zu beraten.«

Alain gegenüber saß ein typischer Blau-Anzug-Anwalt. Es gab Blau-Anzug-Anwälte, solche im anthrazitfarbenen Anzug, selten Anwälte in Schwarz. Er trug eine türkisfarbene Krawatte, das war gewagt.

Alain lehnte den Wunsch des Anwalts ab. »Zehn tote Kinder, Frau Horsch. Die meisten wurden in Ihrem Haus getötet. Man wird Sie wegen Mitwisserschaft, vielleicht sogar wegen Mittäterschaft an den menschenverachtendsten Verbrechen anklagen, die in Berlin seit Langem verübt wurden. Ihre einzige Möglichkeit, in der Sache besser dazustehen, liegt darin, uns zu unterstützen, den Mörder zu fassen. Er ist noch da draußen. Es werden weitere Kinder sterben, wenn Sie uns nicht helfen, ihn zu identifizieren.«

»Wenn ich aber nichts gesehen habe!«, rief sie. »Ich habe meinen Job gemacht, und Martin den seinen.«

»Das heißt, Sie wussten, um welchen *Job* es sich in Khatibs Fall handelt?«

Alain bemerkte die warnende Geste des Anwalts.

»Was wussten Sie über Khatibs Aktivitäten?«

»Nichts.«

»Er muss Ihnen doch gesagt haben, weshalb er den Keller umbauen ließ.«

»Wir hatten unsere Aufgabenteilung. Meine Mädchen haben sich um die Heteros gekümmert und Martin um die Homos.«

»Das galt, solange Khatib den schwulen Sex-Ring betrieben hat. Aber nach dem Umbau, was sagte er Ihnen, wieso er den Salon nicht mehr brauchte?«

»Er hat nichts gesagt.«

»Sie müssen über die Nutzung Ihres Kellers Bescheid gewusst haben.«

»Nein. Martin hat die Miete bezahlt, und fertig.«

»Wenn Sie gesehen haben, wie Saeed die Jungen ins Haus brachte, müssen Sie auch die sogenannten Freier gesehen haben.«

»Jetzt sag ich's aber zum letzten Mal«, giftete Frau Horsch zurück. »Ich habe meine Firma von zehn bis zehn betrieben. Die Mädchen kamen um neun Uhr früh, haben sich hübsch gemacht und ihre Schicht geschoben. Vier Schichten, je drei Stunden. Um zehn waren sie fertig. Ich hab abgeschlossen und bin nach Hause gegangen. Martin hat das Haus ab zehn Uhr abends benutzt. Was er da gemacht hat, weiß ich nicht. Er hat's mir nicht gesagt.«

Der Anwalt nickte, Frau Horsch hatte ihr Sprüchlein brav aufgesagt.

»Könnte ein Nachbar oder ein Passant vielleicht bemerkt haben, wer nachts bei Ihnen ein und aus ging?«

Der Anwalt schaltete sich ein. »Wie soll Frau Horsch wissen, was ein Passant vor ihrem Haus gesehen haben könnte?«

»Unsere Nachbarn sind alle tot«, fügte sie hinzu.

»Wie bitte?«

»Das Haus grenzt an den Friedhof.«

Die Befragung dauerte zwei Stunden. Frau Horsch wurde in die Haft zurückgebracht.

Um neun Uhr abends klingelte Alains Telefon.

Es war der Diensthabende aus dem Untersuchungsgefängnis. »Frau Horsch will Sie sprechen.«

Alain war noch im Büro. »Am Telefon?«

»Sie sollen herkommen.«

»Hat sie gesagt, weshalb?«

»Sie sollen kommen. Und Sie sollen allein kommen.«

***

Alain hatte die Zellen in dem Trakt kleiner in Erinnerung. Im Grunde war es gar nicht so schlecht hier – für einen Zen-Mönch oder einen Lyriker oder jemanden, der es gern einsam hatte.

»Wenn Sie eine Aussage machen wollen, müssen wir das zu Protokoll nehmen«, sagte er.

»Ich mach's nicht mit Protokoll. Ich plaudere nur einfach mit Ihnen, das ist alles.«

Frau Horsch hatte sich geweigert, mit Alain in den Besucherraum zu gehen. Auch im Aufenthaltsraum fühlte sie sich nicht sicher. Sie saß auf ihrem Stuhl, er stand.

»Worüber wollen wir plaudern?«

»Über den Rotschopf.«

Er ließ eine Sekunde verstreichen. »Sie haben also doch jemanden gesehen?«

»Nein, nie. Ich hab keinen gesehen. Martin hat dafür gcsorgt.«

»Woher wissen Sie dann von einem Rotschopf?«

»Ich weiß nichts. Ich hab nur nachgedacht.«

»Warum können wir Ihre Gedanken nicht zu Protokoll nehmen?«

»Weil ich sie, sobald Sie die Kamera einschalten, sofort vergessen würde.«

Alain setzte sich auf das Bett der Untersuchungsgefangenen. »Ich höre.«

»*Ein schlimmer Finger*, so hat Martin ihn genannt.« Frau Horsch strich über die Oberfläche des Tisches. »Dieser Rotschopf ist ein ganz schlimmer Finger, sagte er. Und ich sage: Die sind doch alle keine Lämmchen, diese Perversen. Und er sagt: Der Rotschopf ist ein Vampir.«

»Was könnte Martin damit gemeint haben?«

»Solche Fragen habe ich Martin nie gestellt.«

»Sie hatten also doch eine Vorstellung von dem, was da unten geschieht.«

»Lange nicht«, beteuerte sie. »Ziemlich lange nicht. Aber dann habe ich morgens, bevor die Putzfrau kam, den Eimer und die Lappen gefunden.«

»Das waren blutige Lappen?«

»Mehr Blut, als üblicherweise bei so einer … Party fließt.«

»Haben Sie Khatib darauf angesprochen.«

»Nein.«

»Weil Sie Angst vor ihm hatten?«

»Martin war Geschäftsmann. Brutalität lag ihm nicht. Ich hatte Angst vor …«

»Dem Rotschopf?«

»Vor dem, was da im Keller vor sich ging.«

»Sind Sie hinuntergestiegen?«

Ihr erschrockener Blick. »Aber nein! Ehrlich nicht. Nie.«

»Haben Sie nie daran gedacht, die Polizei einzuschalten?«

»Ich bin doch nicht doof.« Frau Horsch legte den Kopf schief. »Obwohl ich ein legales Business betreibe, bewegt sich jemand wie ich immer am Rand der Gesellschaft. Da hole ich mir doch keine Polente ins Haus.«

»Selbst dann nicht, als Sie annehmen mussten, dass in Ihrem Haus Verbrechen geschehen?«

»Verbrechen, das sagt sich so schnell. Mir ist mal eine Hämorrhoide geplatzt, Herr Liebermann. Entschuldigen Sie meine Offenheit. Aber als ich da ins Klo schaue, sah es aus wie nach einem Schlachtfest. Blut sieht immer nach mehr Blut aus, das will ich damit sagen.«

»Damit haben Sie sich beruhigt?«

»Bisschen Blut im Eimer, da muss man nicht gleich vom Schlimmsten ausgehen.«

»Was hat das mit dem Rotschopf zu tun?«

»Na, verstehen Sie nicht? Das Blut – der Vampir.«

»Weiter.«

»Ich habe Martin gesagt, seine Kunden sollen besser aufpassen. Darauf sagte er: ›Einem Vampir kannst du es nicht verdenken, wenn er Blut will.‹ Ich habe ihn gebeten, es dem Rotschopf auszurichten. Darauf hat mich Martin sonderbar angesehen und gesagt: ›Kein Wort vom Rotschopf, verstehst du, zu niemandem.‹ Und das habe ich ihm versprochen.«

»Das ist alles?«

Frau Horsch hob die Schultern. »Tja, wie ich schon sagte, Martin war sehr diskret.«

»Sonst haben Sie keine Beschreibung dieses Mannes? Größe? Gewicht? Glattes Haar, Locken, Sommersprossen?«

»Lockenkopf«, antwortete sie. »Ich glaube, einmal hat Martin ihn Lockenköpfchen genannt.«

»Danke, Frau Horsch.« Alain stand auf. »Sagen Sie mir nur noch eines, warum reden Sie plötzlich mit mir?«

»Weil ich nachgedacht habe. Ich bin kein böser Mensch, wissen Sie. Ich werde einsitzen müssen, das ist klar. Aber ich habe kein Kapitalverbrechen begangen. Für Mitwisserschaft kriege ich vielleicht fünf Jahre. Raus bin ich in drei. Wenn es so weit ist, sollen nicht alle sagen, ich wäre das Arschloch, das den Killer gedeckt hat.«

Alain lehnte sich an die Zellentür. »Also denken Sie dabei wieder nur an sich?«

»Tut das nicht jeder? Ich bin Berlinerin. Habe keine Lust, später auszuwandern wegen der blöden Sache.«

»Die *blöde Sache?*« Alain betrachtete die Wand über der Frau. »Nicht ein einziges Mal haben Sie gesagt, dass Ihnen die Kinder leidtun, Frau Horsch, oder die Eltern, oder dass Sie verhindern wollen, dass der Mörder weitermacht.«

»Stimmt, das habe ich nicht gesagt. Und ich sag's auch jetzt nicht.« Aus nüchternen Augen sah sie ihn an. »Das Leben ist hart. Für jeden. Die Kinder haben Pech gehabt. Die Eltern werden drüber wegkommen, neue Kinder kriegen. Man kommt über alles hinweg, Herr Liebermann.« Als ob sie ihn hinausbegleiten wollte, stand sie ebenfalls auf. »Ich habe Ihnen gerade geholfen. Sollte mein Tipp zur Ergreifung des Täters führen, werden Sie dann an mich denken?«

»Schlafen Sie gut, Frau Horsch.«

»Sie auch, Herr Liebermann.«

26

Es war noch später, eine ganze Weile später. Aber für Sex war es nie zu früh oder zu spät. Sie schliefen miteinander. Das wischte die Gedanken fort, die Argumente, den ganzen dummen Zwist. Verhärtete Fronten führten nur zum nächsten Schusswechsel. Keiner von beiden wollte länger schießen. Für ein Friedensabkommen war es andererseits noch zu früh. Sie erschöpften einander. Bevor die Gedanken wiederauftauchen konnten, legten sie sich schlafen. Die kleine Lampe brannte. Diana streckte den Arm aus, konnte sie aber nicht erreichen.

»Kannst du sie bitte ausmachen?«, murmelte sie müde.

Alain wuchtete sich über ihren Körper. Bevor er den Schalter betätigte, fiel sein Blick auf Konstanze Mozart.

»Du hast sie noch?«

»Was denn?«

»Die Bonbonniere.«

»Klar.«

»Bewahrst du immer noch deine Kondome darin auf?«

»Ja, klar.«

»Wozu?«

»Falls mal einer vorbeikommt, mit dem ich kein Kind haben will.«

»Wie umsichtig von dir.« Er löschte das Licht.

Nach einer Weile sagte sie in die Dunkelheit: »Nein. Natürlich nicht.«

»Was, natürlich nicht?«

»Schau rein.«

»In die Bonbonniere?«

»Ja, schau rein.«

Er machte Licht und hob den Deckel mit Konstanze Mozarts Konterfei ab. Drei Mozartkugeln waren noch übrig, den Rest hatte Diana genascht.

»Keine Kondome?«

»Die Zeiten sind vorbei.«

Er nahm sie in die Arme. »Ach du! Wir bekommen ein Kind, Diana.«

»Ja.«

Jetzt bemerkte er, dass sie weinte. Lautlos rannen die Tränen über Dianas Gesicht.

»Warum weinst du denn?«

»Blödmann.«

Er schüttelte sie leicht. »Warum?«

»Wollen wir es *Glück* nennen?«, kam es ganz leise.

»Bist du glücklich? Obwohl ich so ein Kotzbrocken bin?«

»Ja, ich bin glücklich, Alain. Weil ich dich nämlich sehr lieb habe.«

»Ich dich auch.« Mehr fiel ihm nicht ein. Nur, dass er sie halten und ihr die Tränen von den Wangen küssen musste. Warum war er nicht früher darauf gekommen? Wozu die großen Gedanken, wenn die kleinen Gesten viel wirkungsvoller waren?

Das Telefon.

»Ach, Mist.«

Er ließ es klingeln, küsste sie weiter.

»Geh ruhig dran.«

»Ich habe vergessen, es leise zu stellen. Entschuldige.«

»Könnte wichtig sein. Geh schon dran.«

»Nur dir zuliebe.« Er wälzte sich auf die andere Seite. »Ja?«

Es war der Rabbiner.

»Onkel Chaijm? Was ist? Wie spät ist es?«

»Helene ist nicht da.«

»Wie meinst du das?«

»Ich bin in ihrer Wohnung. Sie ist nicht da.«

»Wie lange hat Oma ihre Wohnung nicht mehr verlassen?«

»Das letzte Mal zu Pessach.«

»Wo kann sie sein?«

»Was glaubst du, warum ich ausgerechnet dich anrufe?«, entgegnete der Rabbiner ungeduldig. »Bist du bei der Polizei oder ich?«

***

Es war so spät, dass es schon wieder früh war. Alain stand im Salon seiner Großmutter. Er waltete nicht seines Amtes, er hatte hier nichts zu walten. Die Polizei tat das. Er hatte nur ein wenig Druck gemacht, darum waren nicht nur die müden Kollegen von der Streife vor Ort, sondern auch einer vom Gewalt-Dezernat. Ein *Kommissar.* Alain starrte den Mann an, klein, Halbglatze, Honecker-Hut auf dem Kopf. Gab es so etwas? So etwas konnte es doch nicht geben. Der Titelcharakter aus der verstaubten TV-Serie musste einen Zwillingsbruder haben! Alain hätte diese alten Fernsehschinken niemals freiwillig geguckt, Helene hatte ihn als Kind dazu gebracht, er war schon fast in der Pubertät gewesen. Der pickelige Alain mit der unmöglichen Frisur hatte mit seiner Großmutter im Bett gesessen und *Der Kommissar* geguckt. Das ZDF wiederholte die Reihe zum x-ten Mal. Helene liebte diese Filme. Andere Krimi-Reihen konnten ihr gestohlen bleiben, *Derrick*, *Der Alte*, sogar der *Tatort*. Helene schwor auf den *Kommissar.*

»Er besitzt Grandezza und Gravitas«, pflegte sie zu sagen. »Er ist die perfekte Vaterfigur.«

»Er ist ein Gnom mit Knollennase, raucht wie ein Schlot und säuft zu viel«, pflegte Alain zu sagen.

»So waren eben die Siebzigerjahre«, antwortete Helene. »Da machte man das. Was ist das Besondere, das den *Kommissar* von allen anderen Krimis unterscheidet?«

Alain ließ sich von seiner Großmutter das Besondere erklären.

»Die besten deutschen Schauspieler spielten mit, die Crème de la Crème. Maria Schell, Curd Jürgens, Martin Held, Käthe Gold, und wie sie alle heißen.«

Alain nickte unbeeindruckt, keiner der Namen sagte ihm noch etwas.

»Heute dagegen hast du hundert Sender, aber nur einen Brei von uninspirierten, anticharismatischen, uninteressanten Darstellern. Man könnte weinen«, schloss Helene.

Als das ZDF die Sendung einstellte, war Alains Großmutter traurig. Er hatte damals die Idee gehabt, ihr den kompletten *Kommissar* zu schenken. Vier DVD-Boxen, auf deren Rücken unbekannte Schauspielergesichter prangten. Damit war sein Schicksal besiegelt. Er musste sich die gesamte Chose noch einmal mit Helene anschauen, alle siebenundneunzig Folgen. Alain wurde zum Fachmann, ihm konnte keiner was vormachen in puncto *Kommissar*.

Dieser Beamte, der im Morgengrauen mit ernstem Gesicht durch Helenes Zimmer schritt, war dem TV-Kommissar wie aus dem Gesicht geschnitten. Ein kleiner Mann mit hohen Absätzen und Alkoholstimme.

Die Wohnungstür war unbeschädigt. Das gemachte Bett, die Möbel, Helenes persönliche Gegenstände, alles befand sich an seinem Platz. Nur sie selbst nicht. Ihre Schlüssel lagen in der Schale im Vorzimmer. Ihr *Kukident*, ihr Parfum, alles war genau dort, wo es hingehörte. Nie hätte Helene die Wohnung ohne ihr *Fleure 17* verlassen. Die Firma, die das Parfum hergestellt hatte, war in den Achtzigerjahren in Konkurs gegangen, worauf Helene einen Parfumvorrat anlegte, der etwa bis zu ihrem hundertzwanzigsten Geburtstag reichen müsste.

»Gibt es einen Ort oder eine Person, wohin Ihre Mutter aufgebrochen sein könnte?« Der Kommissar befragte Onkel Chaijm.

Der Rabbi sah übernächtigt aus, älter, als es seinem Alter entsprach. Das wenige Haar stand zu Berge. Während er sprach, massierte er seine Hamsterbacken. »Sie ist sechsundneunzig, Herr Kommissar. Sie geht nur noch aus dem Haus, wenn wir sie abholen und den Rollstuhl dabeihaben.«

»Vielleicht hat ein anderer Verwandter sie abgeholt«, gab der Kommissar zu bedenken.

»Das hätte dann aber in der Zeitung gestanden.«

»Wieso?« Der Doppelgänger horchte auf. »Warum sollte das in der Zeitung stehen?«

Was den realen Kommissar vom seligen Erik Ode unterschied: Ihm fehlte der Humor. Ohne Humor war Onkel Chaijm jedoch nicht zu begreifen. Der Rabbi machte über alles Witze, Aids, den Klimawandel, selbst der Holocaust war vor ihm nicht sicher. »Wenn jemand darüber Witze machen darf, dann sind das wir«, sagte er.

»Was mein Onkel meint …« Alain versuchte es ebenfalls mit einem Bild. »Kennen Sie den Ausdruck: *Der Berg hat sich bewegt?*«

Der Kommissar kannte den Ausdruck nicht.

»Meine Großmutter ist das Zentrum unserer Familie. Diese Wohnung ist unser Zufluchtsort. Das bedeutet, wenn Helene die Wohnung verlässt, ist das ein Naturereignis. Normalerweise kommen wir zu ihr. Die Liebermanns kommen mit ihren Sorgen aus Australien, aus Seattle, aus Island. Meine Großmutter ist der Berg, zu dem alle pilgern. Sie verlässt das Haus nicht mitten in der Nacht. Unter keinen Umständen.«

Alain redete nicht wie ein Ermittler, nicht wie der Abteilungsleiter einer Fahndungseinheit. Er redete so viel, weil er in Sorge war. Helenes Verschwinden bedeutete die Abkehr vom Gewohnten. Und das konnte nur etwas Böses, Bedrohliches sein. Mit sechsundneunzig musste man geduldig, aufmerksam und milde mit seinem Körper umgehen. Jeden Fehler nahm der greise Körper übel. Man legte täglich vierzehn Tabletten bereit, hielt Raumtemperatur, Luftdruck, Lärmpegel, Lichteinfall gleichmäßig, da jegliche Veränderung Alarm auslöste.

Man erkannte das Naturereignis von Helenes Verschwinden auch daran, dass sich die Berliner Liebermanns formierten. Wie sie alle in der kurzen Zeit die Nachricht erhalten hatten, blieb ein Rätsel. Sie kamen, um es selbst zu sehen: Der Berg hatte sich bewegt. Frank, der Zahnarzt, erschien mit Gattin und Geliebter; Anna, die Schauspielerin, hatte sich ins Auto gesetzt und war von ihrem aktuellen Engagement in Lüneburg angereist. Jakov, der Juwelier, Ricky, der Comiczeichner, Rebekka, die Psychotherapeutin, auch die Kreuzfahrtmanagerin, die Umweltaktivistin, alle erschienen in der großen Wohnung nahe dem Ku'damm, während es draußen hell wurde. Die Polizei ließ sie nicht herein. Die Liebermanns blieben im Treppenhaus und redeten so laut, dass überall die Türen aufgingen und Ruhe gefordert wurde. In diesem Altberliner Patrizierhaus palaverte man nicht im Morgengrauen durcheinander.

»Ich habe die Polizei gebeten, die Spurensicherung kommen zu lassen«, erklärte Alain seiner Verwandtschaft. »Deshalb dürft ihr da drin nichts anfassen.«

»Wieso musst du die Polizei um etwas *bitten?*«, ereiferte sich Rebekka. »Du bist die Polizei. Hol deine eigenen Leute!«

Alain hatte auch schon daran gedacht. Aber das ging

nicht. Das MES besaß für diesen Fall keine Zuständigkeit, so etwas war Sache der Kripo.

»Können wir uns nicht wenigstens einen Kaffee machen?«, schlug Franks Geliebte vor. Als Alain ablehnte, sagte sie: »Dann gehen wir zu Jakov, der macht einen guten Kaffee. Dort bleiben wir, bis Oma wiederauftaucht.«

Jakov hatte sein Juweliergeschäft auf dem Kurfürstendamm. »Ich habe aber nur entkoffeinierten«, rief er in die Runde. »Mein Herz, ihr wisst.«

Die Liebermanns trampelten die Treppe hinunter und diskutierten die Vor- und Nachteile von entkoffeiniertem Kaffee. Die Türen der Nachbarwohnungen schlossen sich.

27

Alain sah die Augen Victor DeGroots vor sich. »*Haben Sie eine Frau, eine Freundin, eine Verlobte?*« Er sah sie so deutlich, als ob Salvador Dalí diese Augen auf das Visier des Motorradhelms gemalt hätte. Unangenehm helle Augen. Alain fuhr die *Black Spirit*. Ins Büro aufzubrechen war sinnlos, um fünf Uhr morgens arbeitete dort nur der Bereitschaftsdienst. Zu Diana zu fahren erschien ihm rücksichtlos. Nach Pankow zu fahren wäre vernünftig. Duschen, frühstücken, denken. Aber denken konnte er auch auf der *Black Spirit*. Alain schaltete in den vierten Gang. Das Motorrad wählte die Route.

»*Ihre Freundin, wer immer es ist, ich finde sie.*« DeGroots

Worte. »Ich werde ihr wehtun. Sie wird schreien und Ihren Namen rufen. Sie werden machtlos zusehen, wie ich sie halb tot foltere. Und dann werde ich Sie vor den Augen Ihrer Freundin töten.«

DeGroot hatte gedroht, sich an Alains Freundin zu rächen. DeGroot saß in Haft. Hatte er vom Gefängnis aus Alains Umfeld ausspionieren lassen? Sein Netzwerk operierte international. Für einen Mann wie DeGroot war es auch im Knast möglich, Befehle zu erteilen. Wusste er, dass es einen Menschen gab, der Alain noch inniger am Herzen lag als Diana? Wusste DeGroot, dass er mit Helene Liebermann die Seele der Familie in seine Hand bekommen würde?

Alain bremste so scharf, dass ein müder Taxifahrer hinter ihm erschrocken hupte. Alain wendete. Der Verfassungsschutz residierte im Treptower Park. Die Einrichtung, die Alain für zuständig hielt, hatte ihren Sitz aber innerhalb der Senatsverwaltung. Er musste nach Berlin-Mitte.

Zum Glück war Berlin eine verpennte Stadt, um diese Zeit waren die Straßen noch leer. In der Klosterstraße stieg er ab, verstaute den Helm und holte die Dienstmarke hervor.

»Ich will zu einem Häftling«, sagte Alain zum Nachtdienst.

»Sind Sie angemeldet?« Der Nachtdienst checkte seine Liste. Beide wussten, dass für Viertel nach fünf keine Visite eingetragen war.

»Ich habe das mit Vizepräsident Beryll abgesprochen.« Alain versuchte es auf die Name-Dropping-Tour.

»Da muss ich erst mal telefonieren«, entgegnete der Nachtdienst.

»Sie wollen den Vizepräsidenten um Viertel nach fünf aus dem Bett holen?«

»Ich telefoniere mit meinem Wachhabenden.« Der Nachtdienst griff zum Hörer.

Dieser Wachhabende mochte ein Korinthenkacker sein, dann würde er Alain nicht einlassen. Oder er war ein Radfahrer – nach unten treten, nach oben buckeln – und buckelte vor Beryll. In diesem Fall hatte Alain eine Chance.

Der Wachhabende war ein Radfahrer. Er kam persönlich an den Empfang. Er hatte von Alain Liebermann gehört, dem unerschrockenen Staatsschützer, der den Bösewicht DeGroot entführt und nach Deutschland gebracht hatte. Gewohnheitsmäßig trat der Radfahrer nach unten und schnauzte den Nachtdienst an. »Warum haben Sie Herrn Liebermann nicht sofort vorgelassen?«

»Er steht nicht auf der Liste«, verteidigte sich der Grauhaarige. So kurz vor der Rente wollte er nichts mehr riskieren.

Demonstrativ verdrehte der Wachhabende vor Alain die Augen. »Mit so etwas muss ich mich herumschlagen. Verzeihen Sie, lieber Kollege.«

»Schon gut«, erwiderte Alain gönnerhaft.

Der Offizier ging voraus. Mit jedem Korridor, durch den sie sich dem Zellenblock näherten, schlug Alains Herz heftiger. In wenigen Sekunden würde er dem Mann gegenüberstehen, der ihm und den Seinen den Tod angedroht hatte. War Helene in der Hand DeGroots? In ihrer Wohnung hatte die Kriminaltechnik nichts feststellen können. Der Kommissar kategorisierte den Vorfall unter *Verschwundene Person*. Da es kein Indiz auf Gewaltanwendung gab, zögerte die Kripo, von einer Entführung auszugehen. Entführer meldeten sich gewöhnlich und stellten Forderungen. Onkel Chaijm hatte kurz vor elf mit Helene telefoniert. Um zwei Uhr morgens entdeckte er ihr Verschwinden. Die Entführung musste in der Zeit dazwischen stattgefunden haben.

»Was wollten Sie um zwei Uhr früh bei Ihrer Großmutter«, hatte der Kommissar gefragt.

»Ich habe ihr ein Buch zurückgebracht.«

»Eine sonderbare Zeit für einen Besuch.«

Der Doppelgänger konnte nicht wissen, dass es im Gegenteil die beste Zeit für einen Besuch bei Helene war. Die Nachteule liebte Zigaretten und Cognac besonders im Morgengrauen.

Der Wachhabende bediente die Elektronik. Es schnappte, schwang auf und glitt zur Seite. Die Tür zur Zelle des Häftlings öffnete er mit einem stinknormalen Schlüssel.

»DeGroot, Sie haben Besuch«, rief der Wachhabende markig, um Alain zu demonstrieren, dass auch bei der Verwaltung schneidige Kerle zu finden waren.

Das Licht ging an. Die Anstaltsdecke verdeckte den Häftling fast zur Gänze. Strohig guckte ein blondes Haarbüschel oben heraus.

»DeGroot!«, schnarrte der Radfahrer.

Der Gefangene setzte sich auf. So manches konnte man in seinem Gesicht lesen, nur Überraschung nicht.

***

Alain saß in irgendeinem Wartezimmer der Anstalt, auf dem Boden, die Ellbogen auf den Knien, den Kopf in den Händen. Er saß auf Linoleum, oder wie der Kunststoff hieß, den sie in Amtsräumen verlegten. Es waren die letzten Minuten, bevor der Tagesrhythmus begann. Alain dachte an DeGroot.

»Haben Sie Schiss?« Damit hatte DeGroot ihn begrüßt. Jeder andere hätte gefragt: *Was wollen Sie von mir? Wieso kommen Sie um diese Zeit? Wurde mein Anwalt verständigt?* DeGroot hielt sich damit nicht auf. Er war ein Hai. Der Hai fragte nicht, er biss zu.

»Schiss, wovor?« Alain zog den Stuhl heran. Stehend fühlte er sich angreifbar.

Fett und bequem lag der schwere Mann auf der Pritsche. »Warum Sie Schiss haben, wissen nur Sie selbst.« DeGroot lächelte nicht. Lächeln war etwas für Schmalspurganoven. Der Hai schenkte kein Lächeln.

»Ihr Netzwerk ist zerschlagen, DeGroot. Ihre Kunden verflüchtigen sich, aus Angst mit Ihnen in Verbindung gebracht zu werden. Man liefert Sie nach Den Haag aus. Ich wüsste nicht, weswegen ich Schiss haben sollte.«

»Und ich wüsste nicht, weshalb Sie sonst im Morgengrauen bei mir auftauchen.«

Alain fühlte sein Dilemma, DeGroot nicht direkt fragen zu können. Sobald er die Frage stellte: »Haben Sie Befehl gegeben, Helene Liebermann zu entführen, um sich an mir zu rächen?«, spielte er ihm ein Druckmittel zu. Gab es einen anderen Weg? Konnte er DeGroot provozieren?

»Sie werden angeklagt und verurteilt, DeGroot. So wie hier dürfte Ihre Umgebung für den Rest Ihres Lebens aussehen.«

»Ein schwacher Anfang, Alain.« An die Wand gelehnt, zog sich der Gefangene die Decke um die Schultern.

Alain gab ihm recht. Wahrscheinlich waren DeGroots Anwälte längst dabei, ein Quidproquo mit der deutschen Justiz auszuhandeln. DeGroot gab seine Kunden preis, enthüllte die Mitwirkung der Chinesen, prangerte die Russen an, nannte die Mittelsmänner der Amerikaner. In diesem Fall dürfte seine Zeit im Gefängnis nicht allzu lang dauern.

»Sie stecken in der Zwickmühle«, probierte Alain es trotzdem weiter. »Wenn Sie keinen Deal mit der Justiz machen, landen Sie lange Zeit hinter Gittern. Wenn Sie auf einen Deal eingehen, sind Sie tot. Ihre Geschäftspartner werden nicht zulassen, dass Sie reden. Eines Nachts betritt jemand Ihre Zelle und legt Sie um. Im besten Fall verbringen Sie Ihre restlichen Jahre einsam und verlassen im Zeugenschutzprogramm. Können Sie sich das vorstellen, ein Leben unter falschem Namen, sagen wir in Dinslaken oder Wuppertal?«

»Es wird nicht besser, Alain.« Der Gefangene rieb sich die Augen. »Wenn Sie mir nicht klipp und klar sagen, warum Sie hier sind, bleibt mir nichts anderes übrig, als Sie zum Frühstück einzuladen. Versprechen Sie sich nicht zu viel davon. Die Brötchen sind aus der Tiefkühle.«

»Nehmen Sie Rache, DeGroot? Haben Sie etwas angezettelt, um sich an mir zu rächen?«

Ein feines Lächeln auf DeGroots Zügen zeigte, dass er Alains Frage als Triumph wertete.

»Sie sind in Schwierigkeiten, nicht wahr? Und da ist Ihr erster Weg in meine Zelle? Wie schmeichelhaft.«

Alain wollte aufspringen, dem Kerl die Dienstwaffe an die Schläfe setzen und ihm befehlen, Helene freizulassen. Aggressionsbewältigung gehörte zu Alains Ausbildung, doch der Anblick dieses Schwerverbrechers, eingehüllt in die stahlblaue Anstaltsdecke, brachte ihn aus der Ruhe. Seine impulsive Aktion war umsonst gewesen. Er hätte vorher überlegen müssen, bevor er der *Black Spirit* die Sporen gab. Er hätte sich mit Beryll beraten können oder den Doppelgänger von Erik Ode seine Arbeit machen lassen. Stattdessen versuchte Alain, einen Mann einzuschüchtern, der nicht einzuschüchtern war.

»Entschuldigen Sie, dass ich Sie geweckt habe«, sagte er. »Ich lasse Sie weiterschlafen.«

»Das war es schon?« Der Gefangene warf die Decke ab und stand auf. »Ich nehme nichts von dem zurück, was ich in Israel gesagt habe. Ich werde Sie und Ihren liebsten Menschen leiden lassen. Und im Anschluss bringe ich Sie um.«

»*Wen* werden Sie leiden lassen? *Wen?*« Alain sprang auf. Er hatte sich vor jemandem entblößt, dem man unter keinen Umständen eine Blöße zeigen durfte.

»Das wissen Sie selbst am besten.« DeGroots Lächeln war breit und überheblich.

Mit äußerster Beherrschung trat Alain von dem Gefangenen zurück. Seine Hand ballte sich zur Faust. DeGroot bemerkte es. Alain hob die Faust, drehte sich um und schlug damit gegen die Tür. Draußen hörte man Schritte.

»Das nächste Mal sollten wir zusammen frühstücken«, sagte DeGroot.

Alain verließ die Zelle. Er folgte der Wache durch die erste, die zweite Schleuse. Im Wartezimmer setzte er sich auf eine Metallbank, die an die Wand geschraubt war. Auf der Bank hielt er es aber nicht lange aus. Langsam rutschte er zu Boden, stützte die Ellbogen auf die Knie und legte den Kopf in seine Hände. Die Wanduhr sprang auf 05:39 Uhr. Seit vier Stunden war seine Großmutter verschwunden. Was tat Helene ohne ihr Parfum, ohne *Fleure 17*?

28

»Ich kann Sie gut verstehen, Alain. Vielleicht hätte ich in Ihrer Situation genauso gehandelt.«

Es war Alains Pflicht, sich beim Leiter jener Dienststelle zu entschuldigen, in dessen Revier er im Morgengrauen eingebrochen war. Er hatte einen Gefangenen ohne Rücksicht auf geltende Protokolle belästigt. De-Groots Anwälte konnten diesen Fehler zu etwas aufblähen, das im schlimmsten Fall zu seiner Entlassung führen würde. Doch der Vizepräsident machte Alain keinen Vorwurf. Er hatte Alains Großmutter während der Verlobung kennengelernt. Sie musste ihn beeindruckt haben.

»Wenn es Kidnapping ist, weshalb melden sich die

Täter nicht?« Angespannt beugte sich Alain im Besucherstuhl vor. »Und was könnten sie mit der Entführung einer alten Frau schon erpressen? Ich besitze praktisch nichts.«

»Möglicherweise haben die Täter ein anderes Mitglied Ihrer Familie im Auge. Welcher der Liebermanns ist am wohlhabendsten?«

»Frank, vielleicht, der Zahnarzt. Oder Jakov mit seinem Juweliergeschäft. Rebekka, Elias ... Ich weiß es nicht. Es geht uns gut, den meisten jedenfalls. Aber wegen Geld haben sie Helene nicht geholt, das spüre ich. Es muss mit DeGroot zu tun haben. Vielleicht wollen sich die Israelis an mir rächen?«

»Indem sie eine sechsundneunzigjährige Jüdin entführen?« Beryll schob die Unterlippe vor.

»Was würden Sie tun, Ewald?«, fragte Alain hilflos. »Was würden Sie an meiner Stelle tun?«

Nachdenklich stand der Vizepräsident auf, trat ans Fenster und betrachtete den diesigen Himmel.

»Ich sollte Sie nicht mit meinen Familienangelegenheiten belästigen«, sagte Alain, da Beryll schwieg. »Tut mir leid, Ewald.«

»Wenn DeGroot dahintersteckt, ist das keine Familienangelegenheit.« Er sah Alain offen an. »Sie haben einen internationalen Verbrecher auf meinen Wunsch aufgespürt und in einer erstklassigen Aktion außer Landes geschafft. Das habe ich nicht vergessen. Wenn Ihnen DeGroot nun mit Vergeltung droht, geht mich das genauso an wie Sie. Der Mann weigert sich zu reden, aber wir haben Details über seine Verbindungsleute herausgekriegt. Lassen Sie mich nur machen, Alain. Ich setze meine Einheit darauf an.«

»Danke, Ewald.«

Wer hätte vorausgesehen, dass sich der ehemalige Rivale, der Mann, der hinter Diana her scharwenzelt war, in einen hilfsbereiten Freund verwandeln würde? Alain schämte sich seiner früheren Bemerkungen über Berylls mächtigen Hintern. Man durfte Menschen nicht nach Äußerlichkeiten beurteilen. Berylls Eitelkeit, sein ganzes Gehabe waren Ausdruck einer Unsicherheit, die Alain stets belächelt hatte. Plötzlich hatte er den Impuls, zum Fenster zu gehen und den Vizepräsidenten zu umarmen. Er bedankte sich stattdessen und verließ dessen Büro.

***

Im Humboldthain, nahe dem Gesundbrunnencenter, war die dritte Kinderleiche gefunden worden. Auf einem verlassenen Gewerbehof an der Bornholmer Brücke hatte ein Obdachloser die sechste Leiche entdeckt. Die siebte war nahe der Osloer Straße vergraben worden und schon ziemlich verwest gewesen.

Mehrmals sprangen die Bewegungsmelder an diesen Orten an. Die Kameras zeichneten auf. Die Bilder erschienen in Echtzeit am Tempelhofer Damm. Das MES arbeitete im Schichtdienst. Die Ergebnisse waren zum Teil enttäuschend, mal komisch, meistens harmlos. Ein Eichhörnchen löste Bewegungsalarm aus. Jemand kippte sein kaputtes TV-Gerät vor Ort ab, ohne zu wissen, dass ihn der Staatsschutz beobachtete. Zwei küssten sich in der Eibenlaube. Drei tranken Bier nahe der Bornholmer Brücke. Einmal wurde gekifft, oft gelacht.

Es geschah während Velkans Schicht. Er und Salma saßen vor den Monitoren, als ein Mann mit rotblondem

Haar den Bereich der Kameras in der Osloer Straße betrat.

»Das ist kein Rot«, sagte Salma.

Velkan zoomte heran und setzte Filter ein. »Das *ist* Rot.«

»Das kann auch dunkles Blond sein.«

»Es sind Locken. Das ist ein Lockenkopf.«

»Suchen wir einen Kindermörder, oder ist das ein Frisurenwettbewerb?« Salma streichelte Velkans Hand. »Seht mal, gerade hatte er die Kapuze noch auf. Jetzt hat er sie abgesetzt.«

Alain saß hinter den beiden im Dunklen, das lädierte Bein auf einem Stuhl. »Was willst du damit sagen?«, sprach er die beiden an. »Dass Rudolf Hoppe mit seiner kranken Vermutung recht hat, wonach der Täter gefasst werden *will?* Zeigt er uns deshalb absichtlich seine roten Locken?«

Salma und Velkan drehten sich zu ihrem Chef um.

Alain stieß den Stuhl beiseite. »Hoppe ist ein kranker Freak, der geschnappt wurde und nachträglich den Mythos kreiert, dass er die Polizei selbst auf seine Spur gebracht hat. Ich glaube dem Wichser kein Wort. Ein Mann mit rotem Haar taucht auf einer Brache im Wedding auf. Na und? Deshalb nässt ihr beide euch vor Aufregung ein?«

Salma und Velkan schwiegen. Sie wussten, Alain wurde beleidigend, weil er verzweifelt war.

Unausgesetzt dachte er an Helene. Sie war nicht unsterblich. Eines nicht mehr fernen Tages würde sie von ihnen gehen. Aber nicht so. Nicht als Geisel eines gewissenlosen Menschen. Er wollte ihre Leiche nicht in einem verlassenen Auto finden oder in der Spree. Helene bedeutete Alain die ganze Welt. Sie war Alains Kindheit, sie war der Anker der Familie. Wie Satelliten kreisten die Liebermanns um diese Frau. Sein Job bestand darin, Gefahr abzuwenden, Leben zu schützen, Unrecht offenzulegen. Nichts davon konnte er für Helene tun. Er musste warten, was der Kommissar herausfand, ein Mann, der nicht gern zum Telefon griff. Mehrmals hatte Alain die Kripo schon angerufen. Es gab nichts Neues. Wäre Helene von einem Zauberer dematerialisiert worden, hätte sie sich nicht vollkommener in Luft auflösen können.

Alain entschuldigte sich bei Salma. Seine Entschuldigung hinderte ihn nicht daran, weiter im dunklen Topf seiner Ängste zu rühren. »Frau Horsch verarscht uns«, sagte er. »Ein *Rotschopf?* Daran hängen wir unsere Ermittlungen auf? Ein Rotschopf an der Osloer Straße, und wir schreien Halleluja und schicken die Kavallerie los? Das ist doch Scheiße.«

Mit zwei Schritten war er vor den Monitoren. »Das BKA, das BfV, sämtliche Polizeidienststellen sind an dem Kerl gescheitert. Weshalb sollten wir schlauer sein? Hätten wir Martin Khatib gefasst, gäbe es vielleicht eine Chance. Aber Khatib wird uns nichts mehr sagen, und dieser Typ mit der Kapuze ist genauso wenig der Kindermörder wie du und ich!«

Alain knallte den Finger auf die Taste, das Video lief weiter. Der Unbekannte senkte den Kopf, als ob er beten würde. Er betete nicht, er pinkelte.

»Da habt ihr euren Serienkiller. Ein inneres Bedürfnis will er stillen, das ist alles. Gleich schüttelt er ab und verschwindet.« Alain ließ sich wieder auf den Stuhl fallen.

»Gibt es etwas Neues von Helene?«, fragte Salma

leise. So, wie man zu einem Vogel spricht, der mit gebrochenem Flügel im Sand liegt.

»Nichts«, sagte der Vogel. »Sie haben nicht den geringsten Hinweis.«

»Können wir etwas tun?«, fragte Velkan. »Ich meine, das MES.«

Alain schüttelte den Kopf. »Es ist noch nicht mal sicher, dass Oma entführt wurde. Vielleicht hatte sie einen Schlaganfall, verlor das Gedächtnis und irrt durch Berlin. Oder sie ist an einen unbekannten Ort aufgebrochen und dort gestorben. Vielleicht liegt sie irgendwo tot in einem Zimmer.«

»Das klingt ziemlich unwahrscheinlich«, entgegnete Velkan vorsichtig.

»Das weiß ich auch.« Alain holte Luft. »Am wahrscheinlichsten ist die Theorie, dass DeGroot sie entführen ließ und Helene als Druckmittel benutzen wird.«

»Wieso melden sich die Entführer dann nicht?«

Alain ließ den Kopf sinken. »Keine Ahnung.«

29

»Ohne Zwiebel, ohne scharf.« Der Rotschopf bestellte Schawarma im Brot. Zwiebel bereiteten ihm Blähungen, die scharfe Soße brannte im Magen.

Der Falafelmann legte die Brottasche ins Waffeleisen. Während das Brot getoastet wurde, schnitt er Hühnerfleisch vom Drehspieß. Mit dem Löffel schmierte er Knoblauchsoße, Joghurtsoße, scharfe Soße ins Brot, tat Salat, Tomaten, Rotkohl und zwei Zwiebelringe dazu. Schließlich füllte er das Fladenbrot mit Fleisch.

Der Rotschopf sah ihm zu. Er sagte nichts. Er wartete, bis der Falafelmann ihm die Mahlzeit, in Papier verpackt, überreichte und Geld dafür wollte.

»Ich habe ohne Zwiebel, ohne scharf bestellt«, sagte der Rotschopf mit vollendeter Ruhe.

Der Falafelmann verstand auf Deutsch nicht viel mehr als die Namen der Gerichte auf der Karte: *Halloumiteller, Halloumi im Brot, Schawarmateller, Falafel im Brot, Hummusteller*. Er sah keine Veranlassung, seine Sprachkenntnisse aufzubessern, da neunzig Prozent der Kunden in Sprachen bestellten, die der Falafelmann beherrschte.

»أردت الشاورما«, entgegnete er dem Rotschopf.

»بدون بصل وبدون صلصة حارة«, erwiderte der Rotschopf in fließendem Arabisch.

»ولكن بعد ذلك لا طعم جيد«, argumentierte der Verkäufer.

»Ohne Zwiebel schmeckt es nicht, so, meinst du? Warum probierst du es nicht selbst?« Der Rotschopf packte den Kopf des Mannes mit der linken Hand und drückte ihm mit der rechten Hühnerfleisch, Soße, Zwiebel und Salat ins Gesicht. Er verschmierte alles, warf den Rest auf den Herd der Imbissbude, wo das Papier in der Gasflamme sofort Feuer fing. Er schlug dem Besitzer die Nase ein, wischte seine Faust an einer Serviette ab, setzte die Kapuze auf und ging seiner Wege.

Stumm vor Schreck begann der Besitzer erst jetzt zu schreien. Die, die sich einfanden, sahen, wie ein Mann mit blutender Nase das Feuer löschte.

Der Rotschopf hatte immer noch Hunger. Er ging zu Lidl und kaufte ein Sandwich, Pringles, einen Smoothie. Er schlenderte auf den Gewerbehof, setzte sich in den Schatten und schob sich einen Pringle nach dem anderen in den Mund. Das knirschte in seinem Kopf. Die Geräusche aus den Autowerkstätten verblassten. Die Geräusche im Kopf wurden lauter. Selbst im Schlaf konnte er sie nicht mehr ausblenden. Die Geräusche waren Seligkeit, ein Leuchten, er sehnte sich danach. Er sehnte sich nach den Schreien, den ersten Schreien, wenn sie noch Hoffnung hatten, dass er aufhören würde. Er hatte gelernt, ihre Hoffnung zu schüren. Er sprach mit ihnen, machte ihnen vor, dass er Anteil an ihnen nahm und es nicht zum Äußersten kommen würde. Er zeigte sich *menschlich*. Menschlich war der falsche Ausdruck – *mitmenschelnd*, das traf es besser. Er hatte das Wort gelesen. Rainald Goetz schrieb *mitmenschelnd*. Der Rotschopf hatte alles von Goetz gelesen. Der einzige deutsche Autor, der dem Schmerz eine Sprache gab. Schmerz sprach, Goetz artikulierte das. *Die Steine sehen steinern alles*, hatte Goetz geschrieben. Herrlich. Wer schrieb heute noch so etwas? Keiner traute sich, *Schmerz* zu schreiben, alle schrieben nur noch *Gefühl*. In allen Büchern wurde *gefühlt*, Männlein wie Weiblein *fühlten*, grauenhaft, in jeder Zeile nichts als Verständnisduselei, Erklärungsnotdurft. Besonders die Männer schrieben vorwiegend *Mitgefühl*. Warum? Weil die Frauen das so wollten. Die Frauen waren zu Zensoren dieser Gesellschaft mutiert. Alles guckte nur noch hypnotisiert nach der Meinung der Frauen. Als ob die männliche Menschheit kastriert worden wäre.

Auf dem Gewerbehof fühlte sich der Rotschopf wohl. Hier herrschten Männer. Sie hielten ihre Frauen streng, sie wiesen ihnen ihren Platz zu. Männer waren etwas Herrliches. Männer ohne Frauen. Der Rotschopf war mit den Pringles fertig und riss die Sandwichpackung auf. Rainald Goetz hatte sich mit den Jahren verändert, er war alt und milde geworden. Sehr bedauerlich. Keine Milde, keine Mitmenschlichkeit, so lautete das Gesetz.

Die Schreie stiegen in seiner Erinnerung hoch. Der

Rotschopf wollte die Schreie hören. Wenn die Hoffnung dieser Jungs starb, veränderten sich die Schreie. Dann sahen sie ihr eigenes Blut, sie verstanden, dass der Schmerz größer sein konnte als alles andere. Der Schmerz türmte sich bis zum Firmament. Dann schrien sie, weil nichts anderes mehr Sinn ergab. Sie schrien, bis es vorbei war. Das war das Schönste. Die letzten Schreie, das schönste, reinste Glück.

»Hast du Saeed gesehen?«, fragte der Rotschopf einen Mechaniker auf Arabisch.

»Schon länger nicht.« Der Mann kam ins Freie, um zu rauchen.

Der Rotschopf zeigte, dass er auch eine wollte. Der Mechaniker zog eine ölige Packung aus dem Overall. Sie rauchten zusammen.

»Was willst du von Saeed?« Der Mechaniker streifte die Asche nicht ab, wartete, bis sie zu Boden fiel.

»Er schuldet mir Geld.«

Der Mechaniker lachte. »Er schuldet jedem hier Geld.«

Der Rotschopf hatte keinen Hunger mehr und warf das Sandwich zu Boden. Er hatte keine Lust auf den Smoothie. Der Mechaniker nahm ihn gerne.

Gesättigt und hungrig zugleich ging der Rotschopf auf die Jagd.

***

»Das könnte ein Krankenhausstuhl sein, so wie man sie früher benutzt hat«, sagte der Kommissar.

»Wann früher?«, fragte Alain.

»Im Zweiten Weltkrieg.«

»Wer besitzt heute noch so ein Ding?«

»Sammler, Trödler. Leute, die ihren Keller lange nicht mehr entrümpelt haben.«

»Einen Krankenhausstuhl?« Alain riss sich zusammen. Er betrachtete die alte Frau auf dem Video, als ob sie eine gewöhnliche Geisel wäre. Gewöhnliche Geiseln gab es nicht. Jede Geisel war das Produkt einer Gewalttat. Jede Geisel starb vor Angst. Helene Liebermann zeigte keine Angst. Alain sah ein Zimmer ohne Merkmal, weiße Wand, dunkler Boden. Sie trug Nachthemd und Morgenmantel. Worauf sie saß, das war ein antikes Möbelstück mit Armlehnen und einer Vorrichtung unter dem Sitz, die nicht gleich zu deuten war. Helene trug keine Fesseln, Mund und Nase waren frei.

»Was ist das unter ihrem Sitz?«, fragte Alain.

Der Kommissar warf dem Fachmann für Entführungsfälle einen Blick zu. »Na ja, das ist ...«

»Ein Leibstuhl«, sagte der Fachmann.

»Leib?« Alain betrachtete die Vorrichtung genauer.

»Auf diese Weise hat der Entführer keine Umstände, wenn Ihre Großmutter auf die Toilette muss.«

»Er lässt sie ...?« Alain vollendete den Satz nicht.

Der Kommissar hatte den MES-Chef und seinen IT-Spezialisten ins Kommissariat gebeten. Alain und Velkan, zwei Fische in fremden Gewässern. Der Kommissar gab die Leitlinie vor, Alain war hier nur Besucher, er war ein Betroffener.

Velkan hatte den USB-Stick untersucht, der das Video enthielt. »Der ist gebraucht gekauft worden. Die Firma, die ihn hergestellt hat, gibt es seit Jahren nicht mehr.« Als Nächstes hatte sich Velkan die Aufnahme selbst vorgenommen. »Das Video wurde nicht mit einer Handykamera gemacht.«

»Sie meinen, der Täter ist ein Profi?«, fragte der Kommissar.

»Eher das Gegenteil. Er ist ein Hobbyfotograf, würde ich sagen, der noch nicht dahintergekommen ist, dass die modernen Smartphones eine bessere Optik haben als die Kameras, mit denen die Leute Urlaubsschnappschüsse machen.«

»Was schließen Sie daraus?«

»Dass der Täter kein junger Typ ist, eher jemand aus Ihrer Generation.« Velkan sah den Kommissar an. »Fünfzig plus, würde ich sagen.«

»Letzten Dienstag wurde ich neunundvierzig«, gab der Kommissar bekannt.

»Happy Birthday.«

»Weiter können Sie aus dem Material nichts schließen?«, fragte der Entführungsfachmann.

»Nur so viel: Der Täter entscheidet, was er uns sehen lassen will und was nicht.«

»Was will er uns sehen lassen?«

Velkan schlang den Arm um seinen Nacken. »Er hat Frau Liebermann in seiner Gewalt. Sie lebt. Es geht ihr einigermaßen gut. Und er sitzt am längeren Hebel.«

Der Entführungsspezialist wollte Velkan die Analyse nicht allein überlassen. »Der Raum lässt keinen Rückschluss auf die Örtlichkeit zu. Dieses Möbelstück allerdings schon. Bei Kriegsende waren viele Krankenhäuser zerbombt und wurden aufgegeben. Der Stuhl könnte von dort stammen und in privaten Besitz gewechselt haben. Fragt sich, wie er die DDR überdauert hat.«

»Können wir das bitte ausschalten?« Alain ertrug den Anblick nicht länger.

In dem Moment, als das Bild erlosch, schickte er seiner Großmutter einen Gruß: Sei stark, sei weise, sei die alte, zähe Schildkröte, die wir lieben. Hitler hat dich nicht umgebracht, deine Krankheiten haben dich nicht umgebracht. Von so einem Wurm lässt du dich nicht überwältigen. Du und der Tod, ihr seid stets friedlich miteinander ausgekommen. Fast hundert Jahre lang sagst du dem Tod, dass es noch ein wenig Zeit hat, dich mitzunehmen. Und der Tod hält sich daran. Haltet zusammen, ihr beide, du und der Tod, dann passiert dir nichts. Weißt du noch, wie du letztes Jahr dem Tod fast gefolgt wärst?, fragte Alain im Bruchteil jenes Augenblicks. Die Familie hatte sich bereits versammelt und Kerzen angezündet. Du warst bewusstlos. Ich saß neben deinem Bett. Ich habe dir von meinem Fall erzählt und dich um Rat gebeten. Zwei Tage später bist du aufgewacht. Der Tod ist damals genau wie ich an deinem Bett gesessen, aber er war nur ein Besucher.

Der Monitor wurde dunkel.

Alain nahm gegenüber dem Schreibtisch des Kommissars Platz. »Eine alte Frau verschwindet aus ihrer Wohnung in einer tagsüber belebten Straße Charlottenburgs.« Er sprach gefasst, nicht, weil er gefasst war, sondern weil der Umgang mit den Fakten zum Korsett wurde, das ihn aufrecht hielt. »Nachts verwandeln sich die Gassen um den Ku'damm in Geisterquartiere. Dort wohnen wohlhabende alte Leute, die nach zehn nicht mehr aus dem Haus gehen. Junge Leute, die nach Mitternacht unterwegs sind, verlaufen sich selten dorthin. Nur so ließe sich erklären, wieso kein Mensch etwas gesehen hat, als eine alte Frau im Nachthemd zu einem Auto getragen wurde.«

Der Kommissar öffnete das Fenster, stellte einen

Aschenbecher auf das Fensterbrett und rauchte. Du lieber Himmel, der Doppelgänger von Erik Ode, die Reinkarnation der TV-Legende, rauchte sogar. »An der Wohnungstür Ihrer Großmutter ist ein solides Schloss«, sagte er. »Sperrt sie nachts zu?«

»Zwei Mal«, antwortete Alain. »Und legt auch die Kette vor.« Er fand den Mann mit seiner Zigarette immer sympathischer. »Wir hatten schon festgestellt, dass sie den Entführer gekannt haben muss.«

»Wer, außer dem Rabbiner, könnte Ihre Großmutter um diese Uhrzeit besucht haben?«

»Unterschiedliche Menschen. Es ist eine Spezialität Helenes, ihre Audienzen nachts abzuhalten.«

»Wie groß ist Ihre Familie, Herr Liebermann?«

»Unsere Familie lässt sich mit einer mittleren Kleinstadt vergleichen. Rechnet man Omas Freunde dazu, sind es noch ein paar mehr.« Plötzlich hatte Alain Lust auf einen Glimmstängel. »Darf ich?«

»Aber bitte.« Der Kommissar hielt ihm die Packung hin.

»Das letzte Mal habe ich geraucht, da lebte meine Frau noch.« Während Alain sich Feuer geben ließ, trat Velkan zu ihnen.

»Ich auch, bitte.«

Der Kommissar schmunzelte. Der Fachmann für Entführungsfälle schloss sich ebenfalls an. Sie rauchten zu viert. Ein stilles, verbotenes Vergnügen.

»Bis jetzt keinerlei Spuren?« Alain blies den Rauch aus dem Fenster.

»Der USB-Stick war in einem Kuvert. Kein Anschreiben dabei«, antwortete der Fachmann. »Der Umschlag lag heute im Briefkasten.«

»Poststempel?«

»Nein.«

»Er hat den Brief also vorbeigebracht.«

»Oder sie.«

Alain stippte Asche ab. »Überwachungskamera?«

»Wir haben die Aufnahmen rund um das Gebäude ausgewertet. Ohne Ergebnis.«

»Also kennt er die Gegebenheiten.« Alain inhalierte und musste husten. Er sah dem Kommissar an, dass er Erfahrung mit den Angehörigen von Opfern hatte. In diesem Moment war Alain kein Kollege, nur ein Angehöriger, krank vor Sorge.

»Warum war keine Nachricht bei dem USB-Stick dabei, was meinen Sie?«, fragte Velkan den Entführungsfachmann.

»Der Täter erhöht damit den Druck. Er kennt unsere Taktik, auf Zeit zu spielen. Sein Opfer ist alt. Er warnt uns, von unserer Taktik abzusehen. Lange Verhandlungen sollten wir uns nicht leisten.«

Fast gleichzeitig drückten die vier ihre Zigaretten aus.

»Wann rechnen Sie mit einer Forderung?«, fragte Alain.

»Noch heute.«

30

Die Indianer tanzten, wenn ihre Jagd erfolgreich war. Der Rotschopf hatte das auf YouTube gesehen. Ununterbrochen hätte er tanzen mögen. Das Opfer war gestellt. Jetzt kamen Tage für ihn, ach Gott, herrliche Tage voll Leidenschaft und Glück. Der Rotschopf drehte sich, er wiegte sich, sprang von einem Fuß auf den andern. Früher wäre er mit seinem verrückten Gezappel aufgefallen, heutzutage hielt man ihn für einen Typen, der Musik hörte. Viele hatten auf der Straße diese weißen Röhrchen im Ohr. Wie Marsmenschen sahen sie aus. Sie hörten nicht, was um sie herum vorging. Deshalb gab es so viele Unfälle, weil die Arschlöcher nichts hörten. Ein Moped kam, das Marsmännchen hörte nichts, *rumms*, es war tot. *Rumms, rumms, rumms*, woran erinnerte ihn das? Rainald Goetz. *Der Terminator, er ist unbesiegbar*. Goetz hatte das geschrieben. Der Rotschopf sah sich als Terminator, tanzender Terminator, Indianer als Terminator. Er lachte. Lachte mitten auf der Straße laut heraus. Er hatte keine Röhrchen im Ohr. Wer mit Rainald Goetz unterwegs war, brauchte keine andere Erbauung. Goetz war alles, Grausamkeit, Gleichgültigkeit, Kälte. Doch um das Glück des Rotschopfs vollkommen zu machen, hatte er sein Opfer heute gestellt. Er würde ihm von nun an folgen, das Opfer beobachten und sich währenddessen seinen Fantasien hingeben. In der Fantasie waren die Erlebnisse intensiver als in Wirklichkeit. Darum zögerte der Rotschopf das Ende seiner Fantasien hinaus. Am Ende dieser geduldigen Verfolgung würde er alles über das Opfer wissen. Wo es wohnte, wie es hieß, wer seine Eltern und Geschwister waren.

Manchmal führte der Rotschopf Gespräche mit dem Vater oder der Mutter des Opfers. »Können Sie mir sagen, wo die Soundso-Straße ist?«, fragte er dann, oder: »Würden Sie mir einen Zwanziger wechseln?« Harmlose Sachen. Sie ahnten nichts. Keine Familie hatte jemals etwas geahnt, auch das Opfer nicht. Der Rotschopf würde seine Tarnung aufrechterhalten, bis die Jagd zu Ende war. Erst dann ließ er sie fallen.

Der Terminator tanzte bis vor die Gartentür. Er brauchte nicht zu klingeln, gab nur den Code ein. Es schnarrte, er drückte das Tor auf und lief durch den Garten. Die hintere Tür war offen, er rannte die Treppe hoch. Wanderte im Wohnzimmer vor den Bücherregalen auf und ab. Viele Bücher zu haben bedeutete nichts. Gute

Bücher musste man besitzen. Sein Bruder hatte viel Schund. Keinen einzigen Band von Goetz. Nicht einmal *Irre*, das Meisterwerk, nicht einmal *Krieg*. Stattdessen Paul Auster, Erich Fried, diese Gefühlsdusler.

»Wie bist du hereingekommen?« Der Bruder stand unten an der Treppe.

»Du musst mal deinen Code ändern.« Der Rotschopf stellte Canetti ins Regal zurück, ein Lichtblick, auch er ein Autor der Kälte.

Der Bruder kam die Treppe hoch. »Was willst du? Brauchst du Geld?«

»Mach dich nicht so wichtig.«

»Was willst du?« Der Bruder legte die Laptoptasche ab. »Ist etwas passiert? Hast du …?«

»Keine Sorge«, sagte der Rotschopf. »Ich war brav.«

»Aber irgendetwas ist passiert. Sind sie hinter dir her?« Fahrig nahm der Bruder ein Bier aus dem Kühlschrank. »Wenn sie dich schnappen, rühre ich keinen Finger für dich.«

Der Rotschopf schmunzelte. »Wirklich nicht?«

»Warum grinst du?«

»Du warst auch ein Kunde von Frau Horsch.«

»Aber nicht so!«, rief der Bruder. »Niemals so.«

»Khatib hat auch dich mit Frischfleisch versorgt.«

»Niemals so wie dich!«

»Als ob das einen Unterschied machen würde. Du hast die Kids gefickt, ich habe sie nicht gefickt, das ist alles. Also komm mir nicht mit dummen Vorschriften.«

Der Bruder rang um Selbstbeherrschung. »Ich helfe dir ja. Aber du musst fort. Nicht irgendwann, sondern gleich. Heute. Morgen.«

»Mir gefällt's aber in Berlin.« Der Rotschopf bedauerte,

den Smoothie verschenkt zu haben. Pringles machten durstig. Er hasste Bier, vielleicht hatte der Bruder auch etwas anderes. Er ging zum Kühlschrank.

»Du kannst nicht hierbleiben.« Der Bruder kam ihm nach. »Du kannst nicht einmal in Deutschland bleiben.«

Der Rotschopf nahm das Tetrapack und trank einen guten, klaren, kalten Schluck Milch.

Der Bruder zeigte auf die Milch. »So was, zum Beispiel, kannst du nicht machen. Aus der Packung trinken. Den Kühlschrank anfassen. Meine Bücher anfassen. Sie dürfen deine DNA hier nicht finden.«

»Wieso sollten sie bei dir nach DNA suchen?« Der Rotschopf trank noch einmal.

»Ich darf nichts mit dir zu tun haben!«, schrie der Bruder. »Ich bin tot, wenn sie dich kriegen.«

Der Rotschopf stellte die Milch zurück. »Wir sind beide tot. Mir ist das egal.« Er tippte an seine Stirn. »*Die Steine sehen steinern alles*. Verstehst du?«

»Du darfst nicht mehr herkommen.«

»Mit gefällt es aber bei dir. Deine Bibliothek könnte besser ausgestattet sein, aber ...«

Der Bruder legte ihm die Hand auf den Arm. »Ich bitte dich. Weil du hier warst, muss ich jetzt die Überwachungskameras löschen. Ich muss das Haus desinfizieren, alles abwischen, was du angefasst hast. Du musst fort aus Berlin. Aus Deutschland.«

Der Rotschopf nickte. »Wahrscheinlich. Aber noch nicht gleich.«

»Wieso?«

»Erst noch Abschied nehmen.«

»Von wem?«

»Jemand, den ich gerade kennengelernt habe.«
Das Gesicht des Bruders wurde weiß.

***

Diana stupste Alain an. Sie berührte seine Schulter. Sie schüttelte ihn, sanft wie ein Engel. Er fuhr aus dem Schlaf hoch.

»Was?«

Sie sagte nichts.

»Habe ich wieder …?«

Sie streichelte ihn. »Nicht schlimm.«

»Schlimm genug, dass du mich weckst. Wie lange schnarche ich denn schon?«

Diana sagte nichts.

»So lange schon?«

»Du schnarchst sonst nie«, beruhigte sie ihn.

»Wie lange?«

»Gleich, nachdem du eingeschlafen warst.«

Er nahm das Handy, die Uhr leuchtete auf. »Es ist vier Uhr. Ins Bett gegangen sind wir um Mitternacht.«

»Ungefähr.«

»Du liegst seit vier Stunden wach?«

»Ungefähr.«

»O Gott.« Er zog sie in seine Arme. »Das tut mir so leid.«

»Es ist ja nicht oft«, murmelte sie an seiner Schulter.

»Willst du sagen, ich schnarche nicht zum ersten Mal?«

»Nur in letzter Zeit.«

»Dann muss ich was dagegen tun. Es gibt doch bestimmt …« Er machte eine hilflose Geste. »Irgendwas.«

»Mein Vater hat ein Gerät. Das hilft anscheinend.«

Er sah sie interessiert an. »Aha?«

»Das ist ein Kasten, und vorne schaut ein Schlauch heraus.«

»Dein Vater sieht im Schlaf aus wie ein Elefant?«

»Eher wie ein Ameisenbär.«

»Woher weißt du das?«

»Ich habe ihm das Ding besorgt.«

»Gibt es da nichts … Eleganteres?«

»Vergiss nicht, mein Vater lebt in Wuppertal. Da sind sie in der Schnarchforschung hinterher.« Sie erwartete, dass er lächelte.

Er packte seine Decke. »Entschuldige. Bitte entschuldige.«

»Was machst du?«

»Ich schlafe drüben.«

Sie küsste ihn. »Du bleibst hier. Du hast mich wach gehalten, jetzt sollst du mich warm halten.«

Er umschlang sie mit Armen und Beinen. »Ewald ist eine große Hilfe für mich.«

»Du warst wieder bei ihm?«, erwiderte sie, als sei der Themenwechsel absolut verständlich.

»Er bleibt an DeGroot dran. DeGroot steckt dahinter. Ich weiß es. Ich sehe keine andere Erklärung. DeGroot gibt aber nichts zu. Er stellt auch keine Forderung. Niemand stellt bisher Forderungen.«

»Wie lange ist es jetzt schon?« Sie streichelte weiter.

»Drei Tage. Drei volle Tage …« Er riss sich zusammen, riss sich zusammen, riss sich zusammen.

Sie wollte trösten. Man konnte nicht trösten. Drei Tage Geiselhaft für eine Sechsundneunzigjährige. Trost war Lüge. Schließlich fiel Diana doch etwas ein. »Er muss Helene gut behandeln.«

»Wieso?«

»Wenn er sie schlecht behandelt, hat er nichts mehr von seiner Geisel.«

Alain arbeitete sich aus dem Gewirr der Arme und Beine hervor. »Stimmt. Er muss gut zu ihr sein. Er gibt ihr zu essen, lässt sie schlafen.«

»Bestimmt.«

»Aber die Medikamente, die sie braucht ...«

»Das sind schwache Blutdruckmittel. Und ein Stabilisator gegen leichte Diabetes. Und etwas für die Nieren.« Mit jedem aufgezählten Punkt wuchs die Sorge in Diana.

Schweigend lag er in ihren Armen. »Ich sollte mich mehr um meinen Fall kümmern. Ich kann nicht ständig wegen Helene unterwegs sein.«

Diana setzte sich auf. »Spinnst du? Du darfst *nur* wegen Helene unterwegs sein. Wie lange dauert die Sache mit den Kindermorden schon?«

»Vier Monate.«

»Da kann sie auch noch ein paar Tage länger dauern. Helene ist dein Lebensmensch. Ich kann gar nicht sagen, was sie alles ist, für so viele Menschen. Helene ist alles, was zählt. Das MES soll sich um den Fall kümmern. Du kümmerst dich um Helene. Wenn Ewald dir dabei helfen kann, umso besser.«

»Gut. Gut.« Er nickte mehrmals.

»Ihr kriegt den Kerl, du und dieser Kommissar. Ihr holt euch Helene. Sie wird gesund und munter sein, das verspreche ich dir.«

Alain wäre gerne auf der Welle von Dianas Optimismus gesurft, aber es gab Einwände. »Was, wenn der Rotschopf inzwischen – wenn es überhaupt der Rotschopf ist –, wenn er gerade jetzt ein neues Opfer findet?«

»Könntest du das verhindern, wenn du dich *weniger* um deine Großmutter sorgst?« Sie strich ihm das Haar aus seiner Stirn.

»Du bist eine brillante Juristin.« Er küsste sie.

31

»Dreck. Dreck. Folter. Geißel. Dreck. Gespräch. Nichts.«

Der Rotschopf zitierte aus dem Kopf. Er kannte das Buch auswendig, trotz der Masse an Text. Es war mehr als ein Auswendigwissen. Er selbst stellte das Buch dar, er war zum Buch geworden. Er hatte sich in das Buch verwandelt.

Andere, fantasielose Nichtwisser wählten für ihre Metamorphosen plumpe Erscheinungsformen, sie verwendeten Leder oder Latex. Sie brauchten *Geräte* dafür. Doch er, der wahre Herr der Schmerzen, erschuf alles im Kopf. Er war der Lichthungrige, der Eremit, der höllische Gräuel begeistert betrachtete, Ströme von Blut, die den Boden färbten. Der Lichthungrige bediente die Guillotine und sah die Köpfe der Guillotinierten in die Kopfkörbe rollen. Er, der selbst nur noch Kopf war, beherrschte die Körper. Bevor ihre Köpfe rollten, mussten sie Rainald Goetz kennenlernen, jeder musste Goetz hören. Dieses Privileg durfte ihnen nicht vorenthalten werden. Wer las denn in dieser verdummten, mitmenschelnden Welt noch Goetz? Vergessen, vergangen, die Größe von Goetz wurde verkannt. Nur der Lichthungrige hielt Goetz am Leben, indem er zu dessen Buch wurde. Und das Buch rezitierte sich selbst.

»Schieß doch, du Schwein. Wie die aufschlagen mit ihrem Gesicht. Wie man die tanzen lassen kann die Leiber mit jedem Schuss. Geil schaut das aus. Schön.«

Während der Rezitation hörte der Rotschopf ein Geräusch, das nicht hierher gehörte. Im hintersten Hof, verborgen hinter anderen Höfen, hinter Gassen, so schmal, dass Autos sie selten befuhren, hörte man selten Motoren. Diese Lebenswelt gab es nur in Berlin, ein Tor, ein Haus, ein Hof, dahinter noch ein Hof und noch ein Hof. So hatten die Menschen im neunzehnten Jahrhundert gebaut, gelebt, gearbeitet, so war Berlin erschaffen worden. Deshalb gab der Rotschopf Berlin den Vorzug vor allen anderen Städten. Hitler hatte diese Lebenswelt sprengen, niederreißen wollen. Er hoffte, die Fliegerbomben der Feinde würden ihm die Arbeit abnehmen und später, wenn er den Krieg gewonnen haben würde, bräuchte er nur noch den Schutt wegzuräumen. Doch die Höfe und Hinterhöfe und Hinterhinterhöfe hatten alles überdauert. Hitlers Städteplanung war nicht umgesetzt worden.

Der Rotschopf lebte im vierten von insgesamt fünf

Höfen. Er hatte seinen neuen Bekannten nicht freiwillig hierhergebracht. Diese Räume sollten ausschließlich durch den Lichthungrigen belebt werden. Doch es ging nicht anders. Seit der Keller von Frau Horsch nicht mehr zur Verfügung stand, musste der Lichthungrige improvisieren. Andererseits hatte es auch Vorteile. Khatibs Service war teuer gewesen. Astronomisch, was die Miete für diesen Keller gekostet hatte.

Motorengeräusche im vierten Hinterhof bedeuteten nichts Gutes. Der Rotschopf beendete die Rezitation. Er durfte nicht länger das Buch bleiben, musste bedauerlicherweise aus seinem Kopf heraustreten. Hinter der Jalousie schaute er aus dem Fenster. Auf dem Bett im Hintergrund schien sein neuer Bekannter die Fortsetzung der Rezitation kaum abwarten zu können. Er krümmte sich in den Fesseln, wälzte sich, er formte Töne, Laute, er benahm sich unvernünftig. Wusste er nicht, dass der Lichthungrige das Ereignis jederzeit abkürzen konnte, falls sein Bekannter versuchte, Aufmerksamkeit zu erregen? Die Spritze lag schon bereit.

***

»Ich schlage vor, an die Öffentlichkeit zu gehen, Ewald.«

»Was willst du damit erreichen, Alain?«

Da sie einander täglich sahen, waren sie vom gestelzten »*Sie, Ewald*« und »*Sie, Alain*« zum Du übergegangen. Ihr Du war kein Versprechen auf eine Freundschaft und gewiss nicht auf Kumpanei, es stellte sich nur als gängigere Gesprächsebene dar.

»Ich verspreche mir eine Reaktion davon. *Irgendeine* Reaktion. Heute ist der vierte Tag, und es gibt immer noch keine Forderung. Der Kommissar hat sich geirrt. Er glaubte, dem Video würden rasch Bedingungen folgen. Wozu sollte man meine Großmutter in einem Leibstuhl filmen, wenn niemand Kapital daraus schlagen will?« Alain schob die Hemdsärmel hoch. »Derjenige, der sie in seiner Gewalt hat, soll endlich erklären, was sein Ziel ist.«

Wieder einmal stand er in Berylls Büro. Alain kannte sein eigenes Büro kaum noch. Täglich raste er auf der *Black Spirit* durch Berlin, von der Kripo zum Verfassungsschutz und zurück zur Kripo. Er ging dem Kommissar mit seiner Beharrlichkeit auf die Nerven und wunderte sich bei Ewald über dessen Langmut.

Beryll drehte den Bürosessel mit kleinen Bewegungen hin und her. »Hast du schon mal über den allerschlimmsten Fall nachgedacht?«

»Was wäre der allerschlimmste Fall?«

»Dass deiner Großmutter inzwischen etwas passiert sein könnte. Ich meine, zwischen dem Videodreh und dem heutigen Tag. Sie wirkte auf dem Ausschnitt okay, aber wir wissen nicht, wie sie ohne ihre Medikamente mit der Situation umgeht. Ihr Kreislauf …«

»Warum machst du das, Ewald?«, fragte Alain irritiert. »Ich will mir das Worst-Case-Szenario nicht vorstellen. Denn wenn du recht hättest, wäre sie inzwischen tot.«

»Ich wollte nicht … Entschuldige.« Der Vizepräsident legte die Fingerspitzen aufeinander. »Unklar ist immer noch, wie sie verschwinden konnte, ohne dass in der Wohnung der geringste Hinweis auf eine Entführung gefunden wurde. Ist es denkbar, dass jemand deine Großmutter angerufen und sie aufgefordert hat, an einen bestimmten Ort zu kommen?«

»Seit meinem dritten Lebensjahr habe ich bei Helene gelebt. Ich kenne sie achtunddreißig Jahre lang, weiß, was sie tut, und meistens auch, was sie denkt. So ein Fall ist in achtunddreißig Jahren nie vorgekommen. Oma verlässt ihre Wohnung nicht, weil jemand anruft.«

»Sie könnte abgeholt worden sein.«

»Dann hätte sie Chaijm eine Nachricht hinterlassen, dass sie fortmuss. Wahrscheinlich hätte sie Chaijm sogar gebeten, sie zu fahren. Du vergisst, dass sie ihre Schlüssel nicht mitgenommen hat, ihre Handtasche, ihr Parfum. Es muss eine gewaltsame Entführung gewesen sein.«

Beryll schenkte Alain das dritte Glas Mineralwasser ein. »Die Kripo hat eine Liste der Wäsche von Frau Liebermann aufgestellt.«

»Ich habe sie durchgesehen. Es fehlt nichts, soweit ich das beurteilen kann. Oma hat nichts eingepackt.« Alain trank.

»Auf dem Video trägt sie ein weißes Nachthemd, einen blauen Morgenmantel und lila Hausschuhe.«

»Den Mantel kenne ich. Der ist älter als ich. Solange ich mich erinnern kann, trägt sie diesen himmelblauen Mantel. Die Hausschuhe sind neu.« Alain hob die Schultern. »Wieso fragst du?«

***

Ich hab noch einen Koffer in Berlin, hieß es nicht so? Leise vor sich hin lachend, zog der Rotschopf den Rollkoffer. Er war immer noch der tanzende Indianer. Indianer galten als Meister im Spurenlesen, aber auch als Meister im Verwischen ihrer Spuren.

Wie dumm die Hüter des Gesetzes gewesen waren, in

den vierten Hinterhof einzufahren. Mit dem Auto ging es dort nicht weiter. Nur der Rotschopf kannte den Weg. Vom fünften Hinterhof führte eine schmale Brücke zum Garten des Nachbarhauses. Wer die Brücke angelegt hatte, blieb ein Geheimnis, Verliebte, vielleicht, die sich nachts dort trafen. Die Brücke war so schmal, dass er den Rollkoffer nicht ziehen konnte. Seitlich musste er ihn vor sich herschieben.

»Nicht ungeduldig werden«, sagte er zum Koffer. »Wir haben es bald geschafft.«

Nichts rührte sich im Inneren des Koffers. Er bestand aus lilafarbenem Kunststoff, solide, bruchbeständig. Wie oft hatte der Lichthungrige diesen Koffer schon benützt? Er war ideal für Transporte wie diesen. Manchmal hatte er einem Bekannten das Bein brechen müssen oder den Oberarm, aber zu guter Letzt passten sie alle in den Koffer.

»Wir sind ein gut eingespieltes Gespann, finde ich.« Er verließ die Brücke und erreichte eine Straße, an die die Hüter des Gesetzes bestimmt nicht dachten. »Die kriegen uns nicht, meinst du nicht auch?«

Der Inhalt des Koffers antwortete nicht.

Während der Lichthungrige seinen Bekannten hinter sich herzog, bedauerte er das Verlassen seiner Wohnung. Es war ein gutes, stilles Leben gewesen im vierten Hinterhof. Mitten in der Metropole lebte man wie ein Eremit.

»*Hieronymus im Gehäuse*«, zitierte er Goetz. »*Handeln ist Schuld. Nichtschuldigwerden aber ist die größte Schuld am Leben.*«

***

»Alain?«

»Ja?«

»Kann sein, dass wir ihn haben.«

Er blickte von seinem Mineralwasser auf. »Den Rotschopf?«

Auch der Vizepräsident blickte auf. »Den Rotschopf?«

»Wo?«, fragte Alain.

»Der biometrische Gesichtsabgleich hat etwas ausgespuckt.«

»Das Video aus der Osloer Straße …?«

»Die Gesichtserkennung war präzise genug«, antwortete Velkan. »Eine PTZ-Kamera am Gesundbrunnen hat Alarm ausgelöst.«

»Wie hoch ist die Übereinstimmung?« Alain stand auf.

»Zweiundneunzig Prozent.«

»Haben wir jemanden vor Ort?«

»Nein. Aber am Gesundbrunnen ist die Videoüberwachung sehr dicht. Wir haben alle verfügbaren PTZ auf ihn ausgerichtet. Wir konnten ihn tracken.«

Alain schenkte dem Vizepräsidenten einen Blick, als ob ein stolzer Vater soeben das Zeugnis seines Sohnes erhalten hatte. »Sie konnten ihn tracken«, wiederholte er. »Bis wohin?«, fragte er Velkan.

»Zum Grüntaler Kiez. Ein Backsteinbau. Dort haben wir ihn verloren.«

»Wieso?«

»Sackgasse. Es gibt da keine PTZ mehr. Fünf Hinterhöfe.«

»Hast du jemanden hingeschickt?«

»Sie sind schon dort. Alain …« Velkan machte eine Pause.

»Ja?«

»Wir lagen richtig.«

»Womit?«

»Mit dem Rotschopf. Seine Wohnungstür stand offen.«

»Die Wohnung von ... Ja, und?« Auf ein Zeichen des Vizepräsidenten schaltete Alain auf Lautsprecher. »Der Name. Wie heißt der Rotschopf?«

»Das wissen wir nicht.«

»Ich dachte, ihr habt die Wohnung gefunden.«

»Warst du mal im Grüntaler Kiez?« Velkan seufzte. »Namensschilder sind da die Ausnahme.«

»Hausverwaltung. Nachbarn. Meldeamt. Er hat bestimmt Rechnungen in der Wohnung rumliegen.«

»Ist alles in Arbeit. Ich habe zusätzlich die Verkehrspolizei eingeschaltet«, beruhigte Velkan. »Der Rotschopf kommt nicht weit. Aber das Wichtigste. Die Wohnung ...«

»Ja?«

»Die Wohnung ist die reinste Fundgrube, Alain! Wir haben ihn!«

»Spurensicherung?«

»Ist unterwegs.«

»Ich komme.« Alain ließ sich die Adresse geben. Schwungvoll versenkte er das Handy in der Jackentasche. »Was sagst du, Ewald? Was sagst du dazu?«

»Ich gratuliere.« Berylls Wangen waren gerötet. »Das wäre ein Ding, wenn ihr ihn wirklich ...«

»Grüntaler Kiez. Der Typ wohnt in der gleichen Gegend wie seine Opfer. Ich habe es immer gesagt.«

»Brauchst du Verstärkung?«

»Das MES und die Streifenpolizei dürften reichen.«

»Soll ich dich begleiten?«

Alain trat auf den Vizepräsidenten zu und packte ihn impulsiv an den Schultern. »Du hast schon so viel getan, Ewald. Danke. Danke dir sehr.«

»Nichts zu danken«, erwiderte der Vizepräsident, irritiert von der Berührung.

»Ich muss.«

»Klar.« Beryll kehrte hinter den Schreibtisch zurück.

Mit langen Schritten rannte Alain aus dem Büro.

32

Black Spirit. Alain bediente die Freisprechvorrichtung im Helm. Er wollte informiert werden. Aber keiner ging dran. Sein Team jagte den Killer von Berlin, aber niemand redete mit Alain.

Vom Treptower Park bis zum Grüntaler Kiez, eine kleine Weltreise. Puschkinallee, an der Spree lang, bis zum Alex. Alain wich der Torstraße aus, Dauerbaustelle seit der Steinzeit. Im vierten Gang bog er in die Schönhauser Allee. Hier war auch alles dicht. Er nahm sich vor, ein Polizeidezernat zu gründen, dessen einzige Aufgabe es sein sollte, jeden und jede, die auf Hauptverkehrsadern in zweiter Spur parkten, zur Rechenschaft zu ziehen. Der

Verkehr, der durch die Schönhauser Allee wollte – und zu gewissen Tageszeiten schien ganz Berlin diese Route zu nehmen –, war gezwungen, sich einspurig an dem gedankenlosen Vollidioten vorbeizuquetschen, der im Auto saß und telefonierte. In solchen Momenten wünschte sich Alain einen Schwarzenegger-*Hummer*, um über den gedankenlosen Vollidioten drüberzuwalzen.

Er hob den Kopf. Endlich ging jemand dran. Er sprach im Helm. Wie Ironman.

Velkan gab einen Statusbericht. Das MES befand sich in einem U-Bahn-Tunnel bei der gesperrten U-Bahn-Station am Nauener Platz. Dort war der Rotschopf verschwunden.

»Wo bist du?«, fragte Velkan in Alains Ohr.

»Wichertstraße«, antwortete er über den Verkehrslärm hinweg.

»Alain?«

»Ja?«

»Der Rotschopf hat Gepäck dabei.«

»Natürlich, er will abhauen.«

»So ein Gepäck nimmst du nicht mit, wenn du fliehst.«

»Was ist es?«

»Ein großer lila Rollkoffer. Wir haben ihn über eine PTZ wieder geortet, ein Close-up, bevor er in die U-Bahn abgetaucht ist.«

»Was ist an dem Rollkoffer besonders?«

»Er hat ... Luftlöcher.« Stille. »Verstehst du? Wie für eine Katze.«

»Oder für etwas Größeres als eine Katze«, sagte Alain auf Höhe Erich-Weinert-Straße.

»Er hat da jemanden drin«, bestätigte Velkan. »Vielleicht die Leiche.«

»Für eine Leiche brauchst du keine Luftlöcher.« Alain schaffte die Gelbphase Wisbyer Straße nicht mehr. Er raste bei Tiefrot drüber. Es blitzte. Und wenn schon. Er war im Einsatz.

»Das Kind lebt«, sagte Alain, als wäre es ein Gebet. »Es lebt. Ich weiß es. Ich komme. Ist nicht mehr weit.«

Bornholmer Straße. Zum Nauener Platz musste er über die Prinzenallee fahren.

Ein lilafarbener Koffer. Luftlöcher in einem lilafarbenen Koffer. Ein gefangenes Kind. Gefangen. Lila. Gefangen. Wie Weberschiffchen flogen Alains Gedanken hin und her. Ein Satz, ein entscheidender Satz: *Den Mantel kenne ich. Der ist älter als ich. Solange ich mich erinnern kann, trägt Oma diesen himmelblauen Mantel. Aber die Hausschuhe sind neu.*

Die Hausschuhe sind neu.

Die Hausschuhe sind neu.

Die Prinzenallee war der Basar von Berlin. Hier hielt jeder, wie es ihm passte. Hier lieferte jeder irgendetwas, jeder plauderte aus dem Auto, jeder ließ sich Zeit.

Alain ließ sich ebenfalls Zeit, Zeit, nachzudenken. *»Auf dem Video trägt Oma ein weißes Nachthemd, einen blauen Morgenmantel und lila Hausschuhe.«*

Lilafarbene Hausschuhe …

Lilafarbene Hausschuhe …

Alain passierte die Bastianstraße. Dort lag der Gewerbehof, wo sie Saeed geschnappt hatten. Die ganze Zeit waren sie so nahe dran gewesen. Alain wählte Velkans Nummer noch einmal.

Diesmal ging er sofort dran. »Wo bist du?«

»In fünf Minuten bin ich da. Velkan?«

»Ja?«

»Bist du am Laptop?«

»Nein. Ich bin im U-Bahn-Tunnel.«

»Mist. Ich wollte, dass du das Entführungsvideo für mich lädst, das mit Oma.«

»Dafür brauche ich keinen Laptop.«

Alain erreichte die Kreuzung Badstraße. Dahinter lichtete sich der Basar. »Hast du's?«

»Fertig«, sagte Velkan. »Was willst du wissen?«

»Lass das Video laufen.«

»Läuft.«

»Welche Farbe haben die Hausschuhe meiner Großmutter?«

Sekundenpause. »Wie bitte?«

»Die Hausschuhe, welche Farbe haben sie?«

»Keine Ahnung.«

»Sind sie lilafarben?«

Sekundenpause. Alain erreichte die Exerzierstraße.

»Kann ich nicht sehen.«

»Wieso nicht?«

»Weil die Füße auf dem Video abgeschnitten sind.«

»Wie, abgeschnitten?«

»Sie sind nicht mehr drauf. Die Wand, der Sessel, die Oma. Sonst ist nichts drauf.«

»Spiel das ganze Video noch mal ab. Ich muss sicher sein.«

»Mache ich.«

Die Exerzierstraße mündete in die Schulstraße.

»Hab ich gemacht«, sagte Velkan.

»Und?«

»Keine Hausschuhe, weder lila noch sonst wie. Zumindest nicht auf diesem Film.«

»Helenes Schuhe sind also nicht zu sehen?«

»Wie oft soll ich es noch sagen? Ist das wichtig?«

Vor Alain lag die U-Bahn-Station, Baustellenschilder. Überall Baustelle, ganz Berlin. Es musste sehr viel kaputt sein in Berlin. Helenes Füße waren abgeschnitten, keine Hausschuhe. Er selbst hatte diese Hausschuhe erst einmal an ihr gesehen. Ein Geschenk. Lila war nicht ihre Farbe, sie hatte sich trotzdem darüber gefreut. Sie waren bequem, sagte sie, da spielte die Farbe nicht so eine Rolle. Niemand konnte diese Schlappen *früher* schon an Helene gesehen haben. Aber einer hatte sie gesehen.

Alain parkte vor der Fahrschule *Kati* und rannte zum U-Bahn-Abgang. Vergittert. Er hob das Baugitter aus der Verankerung und verschwand in der Unterwelt.

***

Das Gerenne, so entnervend, so erschöpfend. Wer rannte, hatte unrecht. Jeder drehte sich nach einem Rennenden um. »Da rennt einer. Warum rennt der mit einem Koffer?« Der Rennende war der Auffällige. Ein tanzender Indianer rannte nicht. Ein tanzender Indianer schwitzte nicht, er blickte sich nicht um, *wie ein gehetztes Tier*, hieß es nicht so?

»Der Verdächtige war gefasst worden, als er durch den Fahrbahnschacht der U 9 zu entkommen suchte«, würde die Sprecherin ablesen, diese kühle blonde Sprecherin, die ihm eigentlich ganz gut gefiel. Die Fernsehsprecherinnen waren auf angenehme Weise nicht *mitmenschelnd*. Bei den Nachrichtensprecherinnen fand man das noch, dieses Kühle, Abwesende.

In einem U-Bahn-Tunnel konnte man einen Rollkoffer nicht rollen. Das Gerenne war zu Ende. Er legte den

Koffer mitten auf das Gleisbett. Wenn jetzt ein Zug kam, würde das eine Sauerei geben. Er öffnete ihn und nahm seinen Bekannten aus dem Koffer. Er hatte ihm keine Glieder brechen müssen. Ein Junge, neun Jahre alt. Genau genommen, wäre er nächste Woche zehn geworden. Seine Chance, tatsächlich zehn zu werden, waren nicht besonders groß. Am Ende des Tanzes stand nicht der Geburtstag dieses Jungen, sondern sein Tod.

Er nahm den Jungen in den Arm. Die Wirkung der Spritze ließ bereits nach, aber er wehrte sich nicht. Der Junge im Arm des Indianers, ein Anblick, den man für zärtlich halten mochte. Der Indianer tanzte. Die Zärtlichkeit lag nur im Auge des Betrachters.

Da kamen sie. Rannten, wie man es kannte. Rannten wie Lausbuben aus den Fünfzigerjahren, wie Kinder aus einer Erich-Kästner-Verfilmung. Er liebte die frühen Erich-Kästner-Filme, weil Kinder darin so schlau waren. Die Kinder lösten den Fall, während die Erwachsenen dumm aus der Wäsche guckten. Solche Kinder imponierten ihm, es waren Erich-Kästner-Kinder. In Wirklichkeit stellten sich Kinder schrecklich dämlich an. Sie fielen auf die dümmste Lockung herein, den hirnrissigsten Spruch, die durchschaubarste Lüge. Es ernüchterte und langweilte ihn, wie leicht Kinder ihm in die Fänge gegangen waren.

Da kamen sie. Stellten sich tollpatschig an, weil sie über die Bahnschwellen springen mussten. Der Indianer begann zu tanzen. Er beobachtete sie aus dem Augenwinkel. Der Vorderste kam ohne Waffe. Seine Aufgabe war es, Vertrauen zu schaffen. Er wollte diskutieren, Zeit gewinnen. Er würde sein billiges Sakko öffnen und zeigen, dass er keine Waffe trug. Spiele, nichts als Spielerei.

Jeder spielte. Die ganze Welt spielte. Der Lichthungrige tanzte. Er drehte sich mit seinem Bekannten im Kreis. Der Junge schlug die Augen auf.

Das war der schönste Moment, den der Lichthungrige je mit einem Bekannten erlebt hatte. Dieser Junge war würdig, zum Tanz gebeten zu werden. Der Lichthungrige drehte sich immer weiter.

»Ich bringe ihn um!«, rief er über die Schulter, als der, der Vertrauen schaffen sollte, nahe genug war. »Lasst mich laufen, sonst bringe ich ihn um.«

Das waren so dumme Sätze, die er und Rainald Goetz nie in den Mund genommen hätten. Aber für dumme Leute musste man dumme Sätze sagen.

33

Wenn zwei Dinge nicht gleichzeitig zu bewältigen waren, bewältigte man zuerst das eine Ding und dann das andere Ding. Zwei Dinge aber, die miteinander verknüpft waren, konnte man nicht nacheinander bewältigen. Sie mussten gleichzeitig bewältigt werden.

Alain traf als Letzter ein. Er hopste und hinkte über die Bahnschwellen. Während er die *Black Spirit* fuhr, vergaß er seinen lädierten Fuß meistens. Nun, da er in der Dunkelheit Bahngleise überspringen musste, meldete sich der Fuß zurück. Kein eindrucksvolles Bild, wie der Leiter des MES sich dem Tatort näherte. Die letzten Sekunden, bevor er diesen Fall löste, Medienfall, Sensationsfall, Karrierefall – Applaus setzte ein, Kameras klickten, die Nachrichten brachten Sondersendungen –, doch diesem Anlass wurde Alain nicht gerecht. Mit der Linken stützte er sich an der dreckigen Tunnelwand ab, mit der Rechten ruderte er, um das Gleichgewicht zu halten. Er näherte sich dem Ort, an dem Zwölf, Vierzehn und der sympathische Manfred den Rotschopf zu Boden brachten. Ohne Fangschuss.

»Da bist du ja«, sagte Velkan, als er Alain herankeuchen hörte.

»Das Kind lebt?«

»Das Kind lebt.«

Es war viel, das zu sagen. Es war viel, es zu hören. Es war zu viel für Velkan. Seine Nerven. Er schluckte einmal kurz und wandte sich ab. Er riss sich zusammen und drehte sich wieder zu Alain. »Das Kind lebt.«

»Gott sei Dank.«

Der lilafarbene Koffer mit den Luftlöchern lag auf den Gleisen. Das Kind schwebte zwischen Wachsein und Ohnmacht. Manfred hielt den Jungen in seinen Armen. Ein ganz normaler Junge, acht, vielleicht neun Jahre alt. Er verstand nichts, wusste nichts, sagte nichts. Er ließ sich von Manfred zum Ende des Tunnels tragen. Dorthin, wo Ärzte warteten und ein Krankenwagen und noch ein Krankenwagen und weitere Fahrzeuge mit kreisendem Blaulicht. Alain hatte nicht einmal nach dem Namen des Jungen gefragt. Es wurde wenig gesprochen hier unten. Nur einer redete, plauderte, plapperte in einem fort. Alain betrachtete den Rotschopf, den Lockenkopf. Frau Horsch hatte ihn gut beschrieben.

Er hatte sich überwältigen lassen. Er war klug, schätzte seine Lage realistisch ein. Wenn der Einsatzleiter den

Fangschuss-Befehl gegeben hätte, wäre der Rotschopf zu Boden gegangen, ohne Zeit zu haben, das Kind zu töten.

»*Er sieht aus wie ein Mensch*«, sagte der Rotschopf.

»Wer?«, fragte Alain. »Wer sieht aus wie ein Mensch?«

»*Rrrumps!*« Der Rotschopf lachte. Traf er bereits Vorbereitungen, um vor Gericht auf Unzurechnungsfähigkeit zu plädieren?

»*Er sieht aus wie ein Mensch, aber er ist eine Killermaschine.*«

»Halt's Maul«, sagte Zwölf.

Der Rotschopf ließ sich den Mund nicht verbieten. »*Der Terminator! Er ist unzerstörbar.*«

»Name?« Zwölf durchsuchte die Taschen des Mannes.

Der Rotschopf würdigte Zwölf keines Blickes. Er hatte Alain als denjenigen erkannt, der das Sagen hatte. »Kennen Sie Rainald Goetz? Etwas Schöneres ist in deutscher Sprache nie geschrieben worden.« Er nickte vertraulich, als ob er in Alain einen Literaturexperten vermutete.

»Wie heißen Sie?«

Die Ähnlichkeit war unverkennbar, dachte Alain. Die Familienähnlichkeit. Es war nicht von Bedeutung, wie der Mann in Wirklichkeit hieß. Alain erkannte ihn auch so. Er ließ das MES seine Arbeit tun. Er selbst machte sich auf den Weg. *Black Spirit.*

Wenn zwei Dinge gleichzeitig nicht zu bewältigen waren, bewältigte man zuerst das eine Ding und dann das andere. Zwei Dinge, die miteinander verknüpft waren, mussten gleichzeitig bewältigt werden.

Wieder quer durch Berlin. Die *Black Spirit* brachte Alain nach Köpenick. Wenn man in gehobener Stellung in Treptower Park arbeitete und jeden Tag dorthin musste, war es schwierig, standesgemäß zu wohnen. Nichts gegen die Bezirke Britz oder Oberschöneweide, respektable Berliner Viertel, aber repräsentieren konnte man in keinem von ihnen. Wer etwas auf sich hielt, zog nach Karlshorst, östliches Bürgerparadies, oder nach Köpenick. Da wohnte man noch in Berlin – Köpenick war im Jahre 1920 eingemeindet worden –, genoss aber gleichzeitig mittelalterliche Unverwechselbarkeit. Köpenick besaß eine sehenswerte Altstadt, eigene Vororte, dörfliche Beschaulichkeit.

Die *Black Spirit* hielt inmitten dörflicher Beschaulichkeit, vor einer Architektenvilla, die zum Ausdruck brachte: Ich habe das Besondere verdient, ich kann es mir leisten. Er klappte den Ständer aus, setzte den Helm ab, strich sein Haar nach hinten. Er zog die Jacke aus. Er wollte das Haus nicht in Kampfmontur betreten. Die Zeit drängte. Er hatte wenig Zeit. Deshalb machte er einen Umweg.

Alain brauchte nicht zu klingeln. Er wurde erwartet. Der Vizepräsident kam ihm in Jeans und Strickjacke entgegen. »Ihr habt ihn also?«, begrüßte er den Kollegen. »Gratuliere.«

»Ja, wir haben ihn. Weißt du schon, wer es ist, Ewald?«

»Nein. Das haben sie nicht gemeldet.«

»Ich glaube, du wusstest es die ganze Zeit.«

»Was bringt dich auf diese Idee?«

Alain fixierte den Vizepräsidenten. Sah so der Blick eines Mannes aus, der gleich den Colt ziehen würde? War das der Blickwechsel, bevor einer blinzelte?

»Es ist kompliziert«, sagte Beryll.

»Ach, das glaube ich nicht.«

Beryll blinzelte. »Ich frage dich das Wichtigste gleich zu Beginn. Kannst du mich *off the hook* lassen?«

Alain legte die Motorradjacke auf den Küchenblock. »Nein, das kann ich nicht, Ewald.«

»Das dachte ich mir schon.« Der Vizepräsident nahm Alains Jacke, ging in den Flur und hängte sie an den Haken. »Nicht einmal, wenn ich dir etwas zurückgebe, woran dir sehr gelegen ist?«

»Das wirst du auch ohne Gegenleistung tun, Ewald.«

»Warum glaubst du das?«

»Weil ich dich mittlerweile kenne.« Alain bewegte sich so wenig wie möglich.

»Und weil du mich kennst, glaubst du, dass ich ein guter Mensch bin? Du glaubst, ich bringe es nicht übers Herz?«

»Ich glaube, dass du bis vor wenigen Minuten überzeugt warst, deinen Bruder rechtzeitig rausbringen zu können. Aus Deutschland. Aus Europa. Alle Mittel deiner Behörde standen dir zur Verfügung.«

»Und warum habe ich es nicht getan?«

»Weil dein Bruder nicht berechenbar ist. Nicht so wie du oder deine Behörde.«

Beryll schien zu überlegen, ob er seinem Gast einen Platz anbieten sollte. »Wenn die Sache so steht, warum habe ich meinen Bruder nicht an die Behörde, also an dich ausgeliefert?«

»Das kann ich nur vermuten, Ewald.«

»Versuch es.«

»Hatte dein Bruder etwas gegen dich in der Hand?«

»Was könnte das sein?«

»Eine gewisse Neigung, vielleicht, die du nicht zugeben möchtest? Die du in deiner Position unmöglich zugeben durftest?«

Zum zweiten Mal ging der Vizepräsident knapp an

Alain vorbei. »Wenn mein Bruder etwas gegen mich in der Hand hatte, warum habe ich ihn dann nicht umgebracht?«

»Du meinst, so, wie du Martin Khatib hast umbringen lassen?«

»Wie kommst du darauf?«

»Khatib war noch gefährlicher für dich als dein Bruder. Womit hat Khatib dich erpresst? Gab es vielleicht Videos, auf denen du zu sehen warst? Für dein Schweigen konnte Khatib praktisch alles von dir fordern. Deshalb durftest du keinesfalls zulassen, dass wir ihn kriegen. Deine Beziehungen zu den Saudis müssen erstklassig sein, Ewald.«

Beryll wiegte den Kopf. »Nichts davon ist zu beweisen, Alain, und das weißt du. Aber du hast meine Frage nicht beantwortet. Warum habe ich meinen Bruder nicht umgebracht?«

»Ich glaube, dass du, während ich unterwegs zu dir war, in Ruhe nachgedacht hast. Du bist alle strategischen Möglichkeiten durchgegangen.«

»Und was ist deiner Meinung nach bei diesen Überlegungen herausgekommen?« Beryll setzte sich vor seiner beeindruckenden Bibliothek in den Ledersessel.

»Bis jetzt hast du noch kein Kapitalverbrechen begangen, das man dir beweisen könnte. Ein Mord würde deine Lage allerdings erheblich verschlechtern.«

Auf dem Lesetisch entdeckte Alain ein Buch. *Irre* lautete der Titel. Gelb auf blauem Grund, ein Suhrkamp-Buch. Der Vizepräsident erwiderte nichts.

Zeit, dachte Alain, die Zeit drängt. Trotzdem behielt er den Umweg bei. »Nicht nur deine Verbindungen zu den Saudis, auch die zur Staatsanwaltschaft und den Gerichten dürften erstklassig sein. Ich gehe davon aus, dass deine Anwälte umgehend mit der Aushandlung eines Deals beginnen werden. Und einen Punkt werden deine Anwälte bestimmt ins Zentrum ihrer Verteidigung stellen: dass du nichts von dem wusstest, was dein Bruder getan hat.«

»Tja, aber könnten meine Anwälte damit durchkommen? Würden der Staatsanwalt und die mir bekannten Richter sich nicht schnell von mir abwenden, wenn sie sich selbst kompromittieren, sobald sie mir helfen? Würde ihre Freundschaft nicht in Unverständnis und Strenge umschlagen, nach dem Motto: *Niemand steht über dem Gesetz?*«

Alain hielt den Small Talk nicht länger durch. »Wo ist sie, Ewald?«

Der Vizepräsident erwiderte nichts.

»Du bist nicht der Mensch, der eine alte Frau leiden lässt. Ich weiß, du hast es ihr bequem gemacht. Wo wäre es bequemer als in deinem schönen Haus in Köpenick?«

»Was hat dich auf den Gedanken gebracht, dass du sie bei mir finden würdest?« Der Vizepräsident lächelte. »Es waren die Hausschuhe, nicht wahr?«

»Du hast es so gut gemacht, Ewald«, entgegnete Alain. »Nicht den kleinsten Fehler hast du dir geleistet. Die Idee, DeGroots Todesdrohung gegen mich an seiner Stelle durchzuführen, ist brillant. Täglich habe ich mit DeGroots Forderungen gerechnet, habe den Tod Helenes gefürchtet und mir Vorwürfe gemacht, sie in Gefahr gebracht zu haben. Ich war das hypnotisierte Kaninchen vor der Schlange. Ein hypnotisiertes Kaninchen ist kein guter Detektiv.« Alain sah den Vizepräsidenten nachdenklich an. »Du warst großartig, Ewald, deine Unterstützung, deine Anteilnahme. Dabei hattest du Helene die ganze Zeit in deiner Gewalt. Aus Angst und Sorge habe ich meine Pflichten vernachlässigt, meine Gedanken kreisten nur um sie. Du hast mich verdammt richtig eingeschätzt. Ich bin ein Familienmensch, ein jüdischer Familienmensch. Du hast mich an meiner empfindlichsten Stelle getroffen und damit Zeit gewonnen. Du hättest deinen Bruder außer Landes schaffen können. Du hattest alles bedacht, nur das Verhalten deines Bruders nicht. Er konnte nicht aufhören. Dein Bruder hat weitergemacht.«

Beryll fasste sich ins Haar. Genau betrachtet, war auch er ein Rotschopf. »Waren es die Hausschuhe, Alain? Was war es?«

Bedauernd hob Alain die Schultern. »*Die schönsten Fehler sind lila*, Ewald.«

Das brachte den Vizepräsidenten zum Schmunzeln.

»Wie hast du es angestellt? Wie konntest du meine kluge, gewitzte Großmutter entführen und bist dabei vollkommen unsichtbar geblieben.«

»Sie hat mir aufgemacht.«

»Oma? Um ein Uhr nachts?«

»Ich sagte, ich komme von dir. Sie war neugierig. Ich habe ihr die Spritze gleich im Flur gegeben. Es war einfach.«

Schweigen.

Alain machte einen Schritt. »Ich weiß nicht, wie lange ich mich noch zusammenreißen kann, Ewald. Ich bin nicht gut darin. Ich würde dich gerne hier und jetzt erwürgen und danach meine Großmutter befreien. Bitte mach es uns beiden nicht schwer.«

Plötzlich fand der Vizepräsident zu einer unerklärlichen Gelassenheit. »Was würdest du sagen, wenn ich dir die Arbeit abnehme und mir eine Kugel in den Kopf jage? Wäre das nicht der perfekte Augenblick dafür?«

»Wie ich schon sagte, Ewald: Du bist eine besonnene Persönlichkeit. Das Melodramatische liegt dir nicht.«

»In früheren Jahrhunderten hat man einem Straftäter von Stand, also jemandem wie mir, eine Pistole auf den Tisch gelegt und ist für ein paar Minuten hinausgegangen, damit er die Angelegenheit selbst regeln konnte.«

Alain ballte die Fäuste. »Wo ist sie, Ewald?«

Der Vizepräsident stand auf und wies auf eine Tür hinter der Küche. Er ging voraus. Vor der Tür drehte er sich um. »Ich wäre sehr gerne noch mal nach Paris gefahren.«

34

»Der eine kommt nach Paris«, sang der Kabarettist. *»Der andere kommt nicht nach Paris. Weil das Leben halt so is'.«*

Alain applaudierte dem Kabarettisten. Neben ihm applaudierte Helene. Alain hatte seine Großmutter zu dem Kleinkunstfestival begleitet. Er selbst war kein Fan vom Kabarett. Der Mann da oben war gut, aber er wusste es. Das machte ihn eitel. Eitelkeit und Kabarett gingen nicht zusammen. *»Der eine kommt nach Paris. Der andere kommt nicht nach Paris.«*

Alain fuhr aus dem Schlaf hoch. »Was?«

Er lag auf einer Pritsche. Seine Stimme klang sonderbar. Er hatte ein Kratzen im Hals. Alain lag auf einer Pritsche in Untersuchungshaft. Ewald Beryll lag auf der Intensivstation.

Der Vizepräsident hatte ihn in das Zimmer mit der weißen Wand und dem dunklen Boden geführt. Alains Großmutter hing auf dem Leibstuhl aus Metall. Sie hing, weil sie an den Hand- und Fußgelenken gefesselt war. Sie hing, weil sie weder aufstehen noch sich hinlegen konnte. Ihr Kopf war zur Seite und nach vorne gesunken. Helene schlief nicht, so schlief man nicht. Sie musste ohnmächtig sein. War sie tot? Wer überließ eine Sechsundneunzigjährige in diesem Zustand sich selbst? Wer kümmerte sich nicht darum, dass sie es bequem hatte? Wer tat einer uralten Frau so etwas an? Alain hätte schreien, auf Beryll losstürzen mögen. Aber dazu ließ es der Vizepräsident nicht kommen. Der nüchterne Bürokrat trat zu seiner Gefangenen und packte den Kopf der Bewusstlosen. Er sprach beherrscht, aber er war es nicht.

»Dort liegen Plastikbinder. Du fesselst dich. Ich sperre euch ein. Du lässt mich gehen.«

Alain konnte nicht sprechen. Wenn Hass eine Gestalt hatte, dann stand er in diesem Moment im Raum. Alain sah den Kopf seiner Großmutter in Berylls rötlich behaarten Händen.

»Nicht«, war alles, was er sagte. »Nicht.«

»Ihr geschieht nichts, wenn du tust, was ich sage. Nimm den Plastikbinder.«

Alain rührte sich nicht.

»Wie leicht es wäre, ihr Genick zu brechen.« Beryll drehte Helenes Kopf ein wenig.

»Wenn du das tust, hättest du deinen letzten Trumpf verspielt.«

»Du weißt, dass ich vor nichts mehr zurückschrecke.«

Alain tat einen Schritt.

»Nicht näher!« Beryll deutete mit dem Kopf zur Kommode. »Der Plastikbinder.« Dort lagen die Kunststoffstreifen sauber aufgereiht.

Alain trat zu der Kommode. Die Nachttischlampe. Der Stab, der den Lampenschirm hielt, bestand aus Leichtmetall, der Lampensockel aus Gusseisen. Alain nahm den Plastikbinder mit der rechten Hand.

»Gut«, sagte Beryll. »Ganz langsam.«

Alain ergriff die Lampe mit der Linken. Wusste Beryll, dass Alain Linkshänder war? Mit einem Wurf drehte er die Lampe um, der Stiel landete in seiner Hand. Alain sprang auf den Vizepräsidenten zu und holte aus. Beryll hob schützend den Arm. Er hob den Arm und ließ dabei Helenes Genick los. Alain ließ den Lampenfuß auf Ewalds Schädel niedersausen. Wenn man ein Blutgefäß dicht unter der Kopfhaut traf, schoss das Blut wie ein Quell hervor. Alain traf. Blut, wie bei einem Wasserrohrbruch. Beryll wollte die Gewalt über seine Geisel zurückgewinnen. Alain schlug immer wieder auf Ewalds Schädel ein. Dreimal, viermal. Berylls Hand fiel herab. Er glitt an Helene hinunter, für einen Moment kam er auf ihren Knien zu liegen. Alain schlug zu. Beryll sank zu Boden. Das Blut färbte alles. Das Blut färbte Helenes lilafarbene Hausschuhe dunkel. Nicht rot, eher braun. Alain hielt den Finger an die Halsschlagader seiner Großmutter. Ein Pochen, sehr schwach, ein einziges Pochen, erst nach Sekunden das nächste. Alain rannte in die Küche, riss das Messer aus dem Block, rannte zurück und zerschnitt Helenes Fesseln. Er hob sie aus dem Leibstuhl, stieg über Beryll, über das Blut und brachte Helene ins Wohnzimmer. Er legte sie auf die Couch. Er fühlte ihren Puls mit einer Hand, mit der anderen zog er sein Telefon. Er benachrichtigte alle. Zwei Krankenwagen. Das Leben der Sechsundneunzigjährigen musste gerettet werden. Der andere Krankenwagen galt dem Vizepräsidenten.

Alain hatte den Vizepräsidenten des deutschen Verfassungsschutzes fast umgebracht. Gewalt gehörte zu Alains Beruf. Täter und Opfer gehörten zu seinem Beruf. Alain war Täter, Beryll war Täter und Opfer zugleich.

Helene Liebermann lag im gleichen Krankenhaus wie Beryll. Ihr Zustand wurde als besorgniserregend beschrieben. Ihr alter Freund saß nicht mehr geduldig an der Bettkante. Er strich nicht mehr durch ihr Zimmer, schmökerte nicht in Helenes Bibliothek. Er war gekommen, seine Pflicht zu tun. Jahrzehntelang hatten die beiden ihre Freundschaft gepflegt, nun kam er, sie zu holen.

Die diensthabende Ärztin schenkte Familie Liebermann reinen Wein ein. Der Entführer hatte die Sechsundneunzigjährige nicht im üblichen Sinn des Wortes verletzt. Doch der Schock, die Angst, der Blutdruck, die Thrombose – es war leicht, eine alte Frau in Lebensgefahr zu bringen. Die Familie versammelte sich im Warteraum, wie vor einem Jahr, als es Helene so schlecht gegangen war. Auch diesmal blieb ihnen nichts übrig, als zu warten, wie sich der Tod entscheiden würde.

Alain war nicht bei der Familie. Man hatte ihn verhaftet. Er saß in Untersuchungshaft. Er hatte den Vizepräsidenten des deutschen Verfassungsschutzes lebensgefährlich verletzt.

***

Die Anwälte stritten alles ab. Nicht abstreiten konnten sie, dass Gunther Kriesche Ewald Berylls Bruder war. Kein Halbbruder, sondern vom selben Fleisch und Blut. Der Grund für den Namensunterschied lag darin, dass Ewalds und Gunthers Mutter ihren Ehemann gehasst hatte. Sohn Ewald war geboren worden, bald darauf wurde die Mutter mit einem zweiten Kind schwanger. Sie wollte Gunther abtreiben, brachte es aber nicht über sich und verließ ihren Mann hochschwanger. Sie nahm ihren Mädchennamen Kriesche an und brachte Gunther in einer anderen Stadt, einem anderen Leben zur Welt. Sie starb an Brustkrebs. Der Hass begleitete sie bis zuletzt. Die Brüder wussten lange nichts voneinander.

Obwohl die Entführung Helene Liebermanns unwiderlegbar schien, wurde sie von Berylls Anwälten bestritten. Ewald Beryll war ein angesehener Mann von unzweifelhaftem Ruf, ein Wächter des Staates, Freund der Regierung, respektiert, alleinstehend, ein Gentleman. Die Anwälte bestritten, dass er eine Verbindung zum pädophilen Sex-Ring Martin Khatibs gehabt hatte. Beryll war unverheiratet, doch was besagte das schon? Um die normale sexuelle Ausrichtung ihres Mandanten zu untermauern, baten die Anwälte frühere Freundinnen Berylls um ihre Stellungnahme. Diese Frauen bestätigten, der Vizepräsident sei ein *gewöhnlicher* heterosexueller Mann. Diana Göring, mit der Beryll eine Zeit lang geliebäugelt hatte, kontaktierte man nicht, da man bei ihr Befangenheit vermutete. Die Anwälte bestritten, dass die beiden Brüder einander im Freudenhaus der Frau Horsch kennengelernt hatten.

Der Staatsanwalt hatte seine liebe Mühe mit Gunther Kriesche, der alles zugab, die unvorstellbarsten Taten, nur den Kontakt zu seinem Bruder nicht. In diesem Punkt entpuppte sich Kriesche als wertvoller Mitstreiter von Berylls Anwälten. »Der Bruder wusste von den Taten seines Bruders nichts«, lautete ihre gebetsmühlenartig vorgetragene Maxime. Kriesche untermauerte diesen Punkt. Im Übrigen war er ein nervtötender Angeklagter. Er brüstete sich mit seinen Taten. Er erfand Verbrechen, die er gar nicht begangen hatte, erfand Leichen, die er auf die ganze Bundesrepublik verteilt haben wollte. Er stilisierte sich zum Massenmörder, er wollte ein Mythos werden, seine Taten sollten Bücher füllen. Das erste davon wollte er selbst schreiben. Seine häufigen Verweise auf den Schriftsteller Rainald Goetz und dessen angebliches Konzept der totalen Gewalt irritierten die Ermittler, da Kriesche behauptete, dass Goetz ihn zu seinem *Opus Magnum* angestiftet hätte. Der Autor wurde zu einer Befragung gebeten und gab glaubhaft an, dass er Kriesche weder kenne noch ihn in irgendeiner Weise habe inspirieren wollen. Goetz' Bücher seien für jedermann zugänglich, und *man könne sich seine Leser leider nicht aussuchen*, so der Schriftsteller.

Die größte Hoffnung der Anwälte bestand darin, dass Helene Liebermann das Bewusstsein nicht wiedererlangen würde. Bis jetzt beruhte der Verdacht des Kidnappings einzig und allein auf Alains Aussage. Zu diesem Punkt entwarfen die Anwälte eine Theorie von äußerster Perfidie. Sie stilisierten die Meinungsverschiedenheiten zwischen dem Verfassungsschutz-Vizepräsidenten und dem Leiter des MES zu einem Konkurrenzkampf, bei dem Liebermann alles getan habe, die Reputation des Vizepräsidenten zu beschädigen. Sie behaupteten, Liebermann hätte sich im Fall der Ergreifung Victor DeGroots in den Vordergrund gespielt, indem er sowohl bei dem Einsatz in Berlin als auch in Israel das MES eigenmächtig und gegen den Willen des Verfassungsschutzes in Stellung gebracht habe. Als Beweis legten die Anwälte den Mitschnitt eines Telefonats vor, bei dem Alain Liebermann anbot, mit seinem Team illegal in Israel einzureisen und DeGroot ohne Wissen und gegen den Willen der israelischen Behörden zu entführen. Diesen völkerrechtlichen Rechtsbruch konnten die Anwälte Alain nachweisen. Das Platzhirschgehabe Liebermanns, so die Anwälte, hätte ihn dazu gebracht, dem Vizepräsidenten die Entführung Helene Liebermanns unterzuschieben. Ob den Anwälten diese Unterstellung geglaubt wurde, war weniger entscheidend als die Tatsache, dass sie vom Gericht geprüft werden musste. Das gab den Anwälten Zeit. Zeit half Ewald Beryll. Er überlebte. Das schwere Schädeltrauma, das Alain ihm beigebracht hatte, machte Beryll zum Opfer. Der Leiter des MES galt als Täter und wurde vorübergehend suspendiert.

35

Es bestand keine Verdunkelungsgefahr. Alain wurde auf freien Fuß gesetzt. Er begab sich sofort ins Krankenhaus. Dort wechselten sich die Liebermanns in drei Schichten ab. Die Berufstätigen kamen vor Mitternacht und blieben bis zum Morgengrauen. Die Freiberufler und die Arbeitslosen lösten die Berufstätigen ab und verbrachten die Zeit bis zum Nachmittag im Krankenhaus. Alain stieß zur dritten Schicht, denen, die rund um die Uhr bei Helene wachten. Man hatte sie an die Kreislaufmaschine angeschlossen. Bis jetzt wurde sie noch nicht künstlich beatmet. Die Ärztin offenbarte den Liebermanns, dass sie nicht Helenes Genesung, sondern ihr

Sterben begleiteten. Es handelte sich nur um eine Frage der Zeit.

»Schlaf nur. Schlaf«, sagte Alain. Er war unsagbar müde. Er saß an ihrem Bett, ihre Hand in seiner, und zum ersten Mal wusste er nicht, was er mit seiner Großmutter sprechen sollte. Wenn Onkel Chaijm hier saß, betete er für sie. Auch Alain betete, er sprach die wenigen Brocken, die ihm geläufig waren. Aber die Worte wurden schal, sie zerfielen bald, versiegten. Sich Gott anzuvertrauen bedeutete nichts. Gott war eine zu entfernte Instanz, wie ein Kaiser, ein Diktator. Solche Leute halfen einem nicht. Alain hätte helfen können, wenn er rechtzeitig zu den richtigen Schlussfolgerungen gelangt wäre, wenn er sich von Beryll nicht hätte einlullen lassen, wenn er die Kunden des Sex-Ringes besser durchleuchtet, die Charade um DeGroot früher durchschaut hätte.

Die vielen *Wenns* ergaben eine gescheiterte Ermittlung. Der Täter saß in Haft, die Kinder waren gerettet, trotzdem fühlte sich Alain gescheitert.

Das Scheitern. Immer und immer wieder scheitern. Bei großen Künstlern galt Scheitern als der Weg zur Perfektion. Bei einem Polizisten blieb es simples Versagen. Sisyphos war der Schutzpatron der Polizisten, der Stein rollte ohne Unterlass nach unten. Für immer.

Diana kam in Helenes Zimmer. Sie setzte sich neben ihn.

»Ich muss aufhören«, sagte Alain.

»Womit?«

»Mit dem, was ich tue. Mit meinem Beruf.«

»Ja, vielleicht musst du aufhören.«

Diana um Mitternacht. Ruhig, einfach, warm. Zusammen betrachteten sie die Schläuche, die Helenes Körper erreichten. Betrachteten das Gesicht, das alles gesehen, erlebt, überlebt hatte. Helene, auf der die Pyramide der Liebermanns errichtet worden war. Die menschliche Pyramide wuchs und wuchs. Ein einziger Artist stand zuunterst und trug sie alle. Helene Liebermann. Was geschah, wenn sie verschwand?

Alain konnte nicht über *den Fall* sprechen, über Beryll, den sie wahrscheinlich nicht drankriegen würden, nicht über sich selbst, den sie möglicherweise drankriegen würden, oder den Rotschopf, der ihnen vielleicht in die psychiatrische Anstalt entkommen würde. Er konnte nicht über Helene sprechen. Gar nicht sprechen. Er lehnte sich an Diana, ihre Schulter, roch ihr Parfum. Ihr Haar kitzelte ihn an der Nase.

Diana, das Geschenk. In vielem war er gescheitert, der Fehlschlag trug seine Handschrift, das Ungenaue, das Unlogische, das Irrationale, das Impulsive, das Unausgegorene. Das alles war Alain. Am Bett der Sterbenden gestand er sich selbst ein, dass er auf der Haben-Seite des Lebens wenig verbuchen konnte. Und trotzdem, trotzdem, trotz allem hatte das Leben ihm dieses Geschenk gemacht. Diana.

Wer hatte entschieden, dass sie in sein Leben treten sollte und sich zu ihm bekannte? Wer schüttete dieses Füllhorn aus? Alain, der Gescheiterte, war der Glückspilz, der Gewinner des großen Loses. Und erkannte es erst so spät. Er begriff es in dem Augenblick, als er sich an ihre Schulter lehnte.

»Wie geht es dir?«, fragte er leise.

»Mir? Wieso?«

»Du weißt schon. Gibt es etwas Neues?«

»Die Schwangerschaft?«

Beide betrachteten die drei verschiedenen Displays, die Helenes Sterben in Impulse umwandelten.

»Ja«, sagte er. »Ich meine: Kann es da schon etwas Neues geben?«

Statt einer Antwort langte Diana nach hinten und nahm ihre Tasche. Sie holte das Portemonnaie hervor und öffnete jenes Fach, das man gemeinhin nie benützte. Dieses hintere Fach, wo eigentlich nichts hineinpasste. Alains Blick schweifte von Helenes Gesicht zu Dianas Händen. Sie hielt etwas, das so klein war, dass es nur unwichtig sein konnte. Es sah wie ein Parkticket aus oder ein Fahrschein der BVG. Diana strich es glatt und legte es auf ihr Knie.

Was man darauf erkannte, war schwarz und grau, verschwommen. Es wirkte wie schlechte Kunst, die sich als bedeutende Kunst aufspielte. Ein Gebilde stand im Mittelpunkt, ein sonderbares Gebilde, verkrümmt, unfertig, angestrengt. Es sah aus – es gab kein besseres Wort dafür –, es sah aus wie ein schwarz-weißes Gummibärchen.

»Ist das …?«

Diana nickte. »Die Ärztin hätte mir schon sagen können, ob Junge oder Mädchen, aber ich wollte nicht. Hättest du das gewollt?«

Alain bestaunte das Gummibärchen. So etwas Schönes hatte er im Leben noch nie gesehen. »Lieber nicht.«

»Eine Überraschung also.« Sie überreichte Alain das Parkticket.

Er nahm das große Los entgegen. Er hatte gewonnen. Alles. Das Ganze.

»Schau, Oma, mein Kind. Schau nur, Oma. Unser Kind.« Er hielt das Bildchen so nahe vor Helene, dass sie es auch ohne Prismenbrille erkannt hätte.

Es war unmöglich, und daher nicht zu glauben. Alain glaubte es nicht gleich. Aber im Augenblick, als er seiner Großmutter die Abbildung des Fötus präsentierte, die frühe Fotografie ihres dreiundzwanzigsten Urenkels, in diesem Augenblick hob ein langer, entspannter Atemzug die Brust der alten Frau. Ihre Hand auf der Bettdecke bewegte sich. Es war unmöglich, aber unleugbar, dass Helenes Kopf ein wenig zur Seite sank, sie lächelte. Sie schlug die Augen auf.

»Vegele«, flüsterte Helene.

Ihr alter Freund, der Tod, trat beiseite, damit Helene das Bildchen besser betrachten konnte. Das Gummibärchen in Alains Hand. Das Lächeln des Lebens. Das Lächeln.

»Vegele.«